민주주의는 증언에서 시작된다

조선대학교 인문학연구원 이미지연구소 편

민주주의

인문학

앨피

심연으로서의 광주

2017년 2학기 종강으로 치닫던 어느 겨울 날 일본에 살고 있던 친구가 대뜸 광주로 날아왔다. 20년 만에 처음 만난 그 중학교 동창은 반갑다는 말보다 망월동 묘지를 참배하고 싶다는 말을 먼저 꺼낸다. 송정리역에서 망월동까지 가는 30분 동안 아무 말이 없다. 그리곤 80년 광주 무명 희생자들의 묘역과 박종철, 이한열, 그리고 내가 이름을 기억하지 못하는 몇 명의 열사들 비석 앞을 서성였다. 무엇이 그를 여기로 불러 세웠는지 묻지 않았다. 대신 나는 그 위로 새롭게 안장된 백남기 선생의 무덤가로 발길을 옮긴다. 86학번 열혈 운동권이었던 그가 87년 6월항쟁의 기억을 떠올리고 있을 것이 분명한 그때, 나는 지난 겨울 두 딸들과 함께 촛불을 들었던 서울시청 앞 광장의 모습과 대통령 탄핵 인용의 순간을 떠올렸다. 각자의 기억 속에 빠져 있던 우리는 자리를 옮겨 그 친구는 낮술을 마셨고 나는 밥을 먹었다. 얼굴이 불그스름해진 후에야 그는 잘 지내냐며 안부를 물었고, 일본에서 성장하고 있는 딸 이야기를 꺼냈다. 딸이 내년이면 초등학교에 입학하는데 아직 한국말을 못해 속상하다고, 그래서 한국말을 가르치고 싶어 한국어 교재를 사러 일부러 한국에 들렀다는 것이다. 광주에 온 이유를 물었으나 모르겠다고 했다. 그저 꼭 한 번 와 봐야겠다는 생각이 들었다고 했다.

그를 떠나보내고 생각했다. 무엇이 그를 광주로 불렀을까? 일종의 '부채의식'은 아니었을까? 1980년 5월 이후 한국을 살아온 모든 이가 느껴야만 했던 광주에 대한 부채의식 말이다. 아니면 그의 디아스포라적 위치가 가져다준 '향수'는 아니었을까? 80년 광주와 87년 6월항쟁으로 이어진 투쟁과 승리의 기억, 그리고 그에 대한 향수. 그 기억 속에서 자신이 현재의 한국을 만든 역사의 주역이었음을 확인하고 싶었는지도 모른다. 하지만 부채의식과 디아스포라적 향수만으로 그의 행동을 모두 설명할 수는 없을 것 같다. 그는 어린 딸의 모습을 마음속에 품고 광주에 왔기 때문이다. 일본에서 살고 있지만 한국인으로 성장하길 바라는 딸의 미래 모습을 품고 온 것이다. 딸의 미래를 광주라는 대한민국의 역사적 과거에서 찾는 것, 전형적인 민족주의적 움직임이다. 민족의 시원으로서 신화적 과거로 되돌아가 그곳에서 민족의 미래를 찾으려는, 다시 말해 과거로의 퇴행과 미래를 향한 진보의 교차 지점에서 민족의 정체성을 찾으려는, 야누스적 민족주의의 모습인 것이다. 아마도 나의 친구는 80년 광주와 87년 6월항쟁의 이미지를 딸의 가슴속에 각인시키고 이를 통해 딸이 스스로 한국인으로서의 정체성을 찾기를 바라는 것일지도 모른다.

그래도 여전히 의문이 남는다. 광주가 야누스적 민족주의의 시원적 과거라고 한다면, 혹은 한인 디아스포라의 정신적 귀의처라고 한다면, 혹은 미래 후손들의 정체성 확립을 위한 토대라고 한다면, 그때의 광주는 무엇을 의미하는가? 민주주의를 위해 목숨을 바친 민족적 영웅들의 고향? 무자비한 국가폭력에 짓밟힌 무고한 희생자들의 거처? 그러한 영웅들과 희생자들의 무덤가? 아니면 대한민국 민주주의의 시발점? 어쨌든 그에게 광주는 반드시 그 무엇이든 되어야만 한다. 그 무엇도 아니라면 그의 삶은 토대를 상실하고 의미를 상실할 것이며, 그의 딸의 한국인으로서의 미래는 말소되고 말 것이다. 그것이 광주를 사는 우리의 소박한 소망일 것이다. 결국 그 친구는 삶의 의미를 묻기 위해, 딸의 미래를 묻기 위해, 민족의 의미를 묻기 위해 광주를 찾은 것이다. 광주는 그리고 망월동 묘지는 그에게 무슨 답을 주었을까? 일본행 비행기에 오른 그는 어떤 답을 얻었을까?

*　*　*

2017년 봄, 조선대학교 인문학연구원은 '광주학연구소'를 발족시켰다. 기존의 '이미지연구소'가 이미지라는 중심 개념을 통해 작금의 사회 문화 현상을 분석하고자 했다면, '광주학연구소'는 대한민국의 역사에서 '광주'의 의미를 묻고 그에 대해 답변하는 과정 속에서 학문으로서의 '광주학'의 가능성을 타진하고자 한다. 학문으로서의 광주학은 아직 어떠한 형체도 갖추고 있지 못하다. 그 대상은 물론이고 범위도 설정되어 있지 않다. 대한민국의 현대사를 관통하는 무거운 질문들로 가득할 뿐이다. '대한민국은 무엇인가?'로 시작하여 '국가란 무엇인가?' '민주주의란 무엇인가?' '폭력이란 무엇인가?' 등 온통 질문들뿐이다. 그렇지만 광주학연구소가 이 모든 질문에 대한 정답을 내놓을 수 있으리라고는 생각하지 않는다. 그리고 정답을 찾는 것이 광주학의 목적도 아니다. 다만 광주와 관련된 다양한 담론들 속에서 '광주'라는 기표의 부정성negativity을 드러내는 것이 광주학의 소임이 아닐까?

　역사학자 도미니크 라카프라Dominick LaCapra는 우리에게 '부재'와 '결여'와 '상실'을 구별할 것을 요청한다. 이 요청은 광주에서 더 특별히 의미를 갖는다. 광주가 갖는 광활한 의미의 스펙트럼 속에서 처음부터 광주에 존재하지 않았던 것, 광주가 결여한 것, 그리고 광주를 통해 상실한 것을 우리는 구별해야 하기 때문이다. 애초에 존재하지 않았던 부재의 대상을 상실한 것으로 착각하거나 결여된 것으로 오인하는 순간, 광주는 정치적 전유의 대상으로 전락한다. 광주가 아닌 것이 광주를 대신하고 광주의 주인 기표가 되는 것이다. 예컨대, 5·18 민주화운동이 간

첩의 책동에 의한 것이라는 극우파의 치졸한 주장은 광주의 진실을 왜곡하고 신군부의 쿠데타에 면죄부를 주기 위한 일종의 판타지 구조였다. 진보진영 역시 이로부터 자유롭지 못하기는 마찬가지다. 지나치게 강고한 민족주의나 민주주의의 진보라는 발전론적 내러티브를 통해 5·18 민주화운동을 민족의 시원적 과거로 화석화하고 신화화한다면 광주는 사라질 것이며, 그 자리에는 오직 감상적인 이데올로기의 호명만이 창궐할 것이다.

결국 광주학의 궁극적 목적은 광주를 통해 광주를 부정하는 일이 될 것이다. 이는 광주라는 기표의 심장에 구멍을 뚫는 작업이며 광주의 의미를 공백으로 남겨 두는 부정의 행위다. 그것은 또한 광주가 무엇이기를 바라는, 광주의 의미가 고정되길 바라는, 그래서 우리의 정체성에 확고한 기반을 제공해 주길 바라는, 우리의 소박한 소망을 박살내는 일이기도 하다. 광주가 그 무엇이 되는 순간 광주는 이미 그 무엇이 아니다. 그러하기에 광주학은 말할 것이다. 광주는 없다. 물론 역사적 사건으로서의 광주는 존재한다. 하지만 우리가 바라는, 우리가 소망하는, 우리가 욕망하는, 그 광주는 없다. 광주는 하나의 공백이며 심연이다. 우리가 직시해야 할 것은 바로 이 공백이고 심연이다. 이 공백 속에서, 이 심연 속에서, 자신만의 광주를 찾고자 시도할 때, 우리는 모두 정치적인 의미의 절름발이가 된다. 그것이 장선우의 영화 〈꽃잎〉이 광주를 살아가는 우리에게 던지는 마지막 경고였음을 상기해야 할 것이다.

＊　＊　＊

조선대학교 인문학연구원의 여섯 번째 '이미지총서'인 이 책은 기존의 '이미지연구소'와 새로 개설된 '광주학연구소'가 각각 개최한 학술대회의 결과물이다. 1부는 이미지를 매개로 하여 민주주의와 통치성의 문제를 다룬 글들을 엮었다. 2부는 증언에 대한 인문학적 의미를 질문하는 글들을 모았다. 이 둘 모두 고유명사이자 보통명사가 된 광주의 의미를 되묻는 작업이었다. 학술대회에 기꺼이 참여해 주시고, 옥고를 수록할 수 있도록 허락해 주신 필자들에게 감사의 마음을 전한다.

2018년 2월
조선대학교 인문학연구원 편집진을 대신하여
임경규 씀

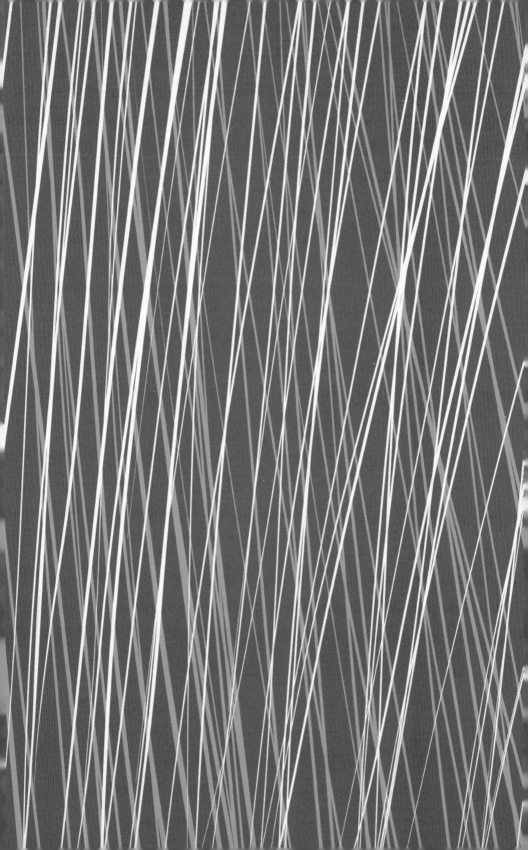

제1부

민주주의와 통치성

눈 감은 자들의 도시
— 시각문화의 관점에서 되짚어 본 박근혜

김 신 식

* 이 글은 2017년 2월 조선대학교 인문학연구원 이미지연구소 정기 학술대회에서 발표한 원 고를 수정 및 보완하여 재수록한 것이다.

입장 入場

나는 2016년 벌어진 국정농단, 이와 관련된 정치인 박근혜를 둘러싼 논평을 살펴보면서 막강한 적대자가 알고 보니 시시한 적대자였음을 주장하려는 지점에 관심을 갖게 되었다. 특히 정치인을 논하는 과정에서 시시함이라는 시선이 갖는 한계가 무엇인지 들춰 보고 싶었다. 정치평론가들을 비롯한 많은 논자. 이들의 입에서 나온 '알고 보니~'라는 표현과 평들. 이들이 표한 이른바 '시시함의 논평'은 정작 박근혜라는 정치인과 그의 정치술을 제대로 읽어 내고 있는 것일까. 외려 시시함으로 박근혜를 읽어 내는 시도야말로 박근혜가 원하는 바 아니었을까.

잇자면 나는 박근혜가 본인을 증상으로 읽어 내기를 도모하는 정치인이라고 생각한다. 한 국가의 최고권력자가 자신을 증상으로 읽어 내길 유도하는 취약성의 지대. 그것이야말로 정치평론이 쉽사리 문 미끼는 아니었을까.

완패와 석패

2017년 어느 날, 한국인인 당신은 유럽으로 축구를 보러 떠났다. 언론에선 박빙의 승부를 예상했다. 경기가 시작됐다. 당신은 홈팀을 열렬히 응원했다. 70분 언저리, 경기장이 고요한 도서관으로 변했다. 홈팀이 지고 있단 뜻이다. 스코어는 6대 0. 하나둘 자리를 떴다. 당신도 일어섰다. 투덜거리는 사람들이 보였다. 그들은 경기장 근처 펍으로 들어

갔다. 당신도 뒤섞일 준비를 한 채 가게 문을 열었다. 이미 자리를 차지하고 있던 사람들은 오늘의 패배를 어떻게 받아들여야 할지 난감해했다. 당신은 이야기판이 벌어지길 고대했다. 누군가 입을 뗐다. "스미스가 훈련 중 발목을 다쳤는데도 나왔잖아." 입을 뗀 또 다른 사람. "내가 듣기론 선수들이 경기 전에 식중독 증세를 보였다던데?" 당신은 대화에 불쑥 끼어들었다. 조금 다른 목소리로. "그것도 그렇지만 상대팀이 원래 우승 후보였잖아요. 애초에 이긴다는 게 불가능했다고요." 사람들은 고개를 끄덕였다. 당신은 의뭉스럽다. 완패란 가능한가? 당신의 말에 설득당한 사람들은 완패를 석패로 받아들이기 시작했다.

당신은 마음속에 날뛰는 기억을 제어하지 못했다. 당신은 뜬금없이 지금으로부터 54년 전에 벌어진 일을 생각했다. 《뉴요커The New Yorker》에 연재되었던 한 철학자의 글이 유대인의 공분을 샀다. 한나 아렌트Hannah Arendt라는 철학자는 범죄자 아이히만Adolf Eichmann의 재판 과정을 취재해 나갔다. 아렌트는 '악의 평범성'이라는 용어로 그다지 특출나지 않았던 아이히만에 주목했다. 유대인은 정작 이 용어를 좋아하지 않았다. 그들에게 악은 시시하지 않아야 했다. 악의 응시를 받는다고 생각하는 자들(유대인)의 입장에서, 악의 평범성이란 시시한 희생을 치루지 않았다는 유대인의 위안을 가로막는 용어였다. '내가 이렇게 뻔하고 형편없는 자들에게 당하다니 말이 된다고 생각하세요?' 완패를 석패로 여기는 자들이 상대(적)를 매우 막강하게 여겨 화를 누그러뜨리듯, 자신의 비참을 받아들이려는 유대인에게 나치는 세상에서 가장 극악무도한 이미지로 남아야 했다.[1]

2005년 4월 30일, 당신은 당신 나라에서 일어난 일을 떠올렸다. 당시

---

[1] 마리 루이제 크노트, 《탈학습, 한나 아렌트의 사유방식》, 배기정·김승인 옮김, 산지니, 2017, 46쪽 참고.

박근혜가 이끌던 당은 여론조사 결과를 뒤엎고 재보선에서 23대 0으로 상대 당에 압승을 거뒀다. 선거의 여왕이라는 칭호를 받는 박근혜에게 이 기록은 낱장에 불과했다. 승리한 팀에서 우두머리를 치켜세우는 일은 당연하다. 승리한 팀은 박근혜가 곧 승자임을 고백하며 환호성을 터뜨렸다. 패자도 가만히 있을 수 없었다. 패자는 승자를 인정했다. 완패의 상처를 완화하고자. 패자는 누구도 이길 수 없는 엄청난 적에게 패배했다고 시인했다. 승자에 대한 엄청난 호평도 용납했다. 이제 승자에게도 패자에게도 정치인 박근혜는 신드롬 자체가 됐다. 승자가 엄청난 대상으로 떠오른 순간, 패자에게 완패는 곧 석패로 인식된다. 그래야 패자는 시시한 자가 되지 않기 때문이다. 시간이 흐른 뒤 당신은 생각한다. 지금 벌어지고 있는 일들에 대해. 그리곤 시시함에 대하여 좀 더 곱씹어 보기로 한다.

처함의 정치(1)

당신은 TV를 켠다. TV를 채우는 코멘테이터의 말에 이골이 날 만도 한데 당신은 자연스레 그들의 말에 귀 기울인다. "그럴 줄 알았다." 코멘테이터의 말은 한결같다. 앵커가 작금의 정치적 혼란에 대해 코멘트를 부탁하자 코멘테이터는 자신을 괜찮은 예견자로 포장한다. 코멘테이터는 비탄한 정치적 현실을 야기한 박근혜가 실은 얼마나 시시한 정치인이었는지 털어놓는다. 당신은 피식 웃는다. 당신은 한때 코멘테이터가 박근혜를 얼마나 추켜세웠는지 기억하기 때문이다. 코멘테이터에게 박근혜는 엄청난 정치인이었다. 그러던 그가 박근혜를 부정한다.

당신은 평자의 변덕과 변심을 책잡으려는 게 아니라고 스스로 다짐한다. 그리곤 코멘테이터의 말에 집중한 채 잠시 코멘테이터의 입장이 되어 보기로 한다. 한때 정치적 적수였던 박근혜에게 패한 바 있던 코멘테이터. 당신은 그의 과거를 상기해 본다. 박근혜가 대세가 된 형국. 박근혜로 인해 코멘테이터는 정치란 '하는 것'이 아니라 '처하는 것'이라고 생각했다. 박근혜의 정치적 승리 앞에 코멘테이터가 내놓은 평가는 '처함'이었다. 코멘테이터는 자신의 정치적 패배를 증언하고자, 자신이 한 일보다 패할 수밖에 없던 처한 상황을 언급하는 데 애썼다. 코멘테이터는 자신의 내몰림에 관심을 쏟았다. 코멘테이터는 그렇게 피동형 인간이 되었다.

당신은 코멘테이터의 얼굴을 바라본다. 코멘테이터는 침을 튀기며 박근혜가 실상 꼭두각시에 불과했다고 강변한다. 꼭두각시라니. 당신은 또 한 번 웃는다. 꼭두각시라는 말맛에서 시시함이 느껴지기 때문이다. 당신은 잠시 코멘테이터의 말에 휩쓸려 박근혜를 시시한 정치인으로 여긴다. 그러다가 꼭두각시의 상태를 생각한다. 당신은 쉽사리 꼭두각시를 피동적 존재로 정의한다. 꼭두각시란 무엇인가. '처한' 인간. 꼭두각시는 누군가의 행위를 유발하는 존재다. 꼭두각시란 피동성을 발휘하는 위치에 놓인 존재다. 이 존재는 한 정치인의 위상을 예증한다. 시시한 위치에 놓인 채 추락해 버린 한 사람.

당신은 코멘테이터와 박근혜를 나란히 놓는다. 다시 코멘테이터의 입장을 파고들어가 상상해 본다. 지난날 박근혜는 코멘테이터를 처한 인간으로 만들었다. 이젠 코멘테이터가 박근혜를 처한 인간으로 논평한다. 코멘테이터는 미심쩍어한다. '아니 어떻게 저런 사람이 나를 그낭떠러지까지 내몬 거지?' '박근혜가 꼭두각시였다면 나는 무슨 힘에 밀려 가까스로 지탱하며 살아왔던 걸까?' 코멘테이터는 박근혜를 꼭두각시로 평해 놓고 정말 박근혜가 꼭두각시였는지 믿지 못한다.

부동의 원동자

코멘테이터에게 빙의된 당신은 정치를 물리학으로 비유한다. 박근혜와 코멘테이터 사이에 힘의 작용과 반작용이 뚜렷했는가. 당신의 취조는 썩 성과가 없다. 그럴수록 당신은 박근혜의 특색에 주목한다. 꼼짝하지 않음. 하나 남들은 움직이고 있음. 부동의 원동자. 당신은 아리스토텔레스의 말을 끄집어낸다. 정작 자신은 움직이지 않지만 남을 꼼작거리게 하는 존재. 이는 실상 신의 정의에 가깝다. 박근혜는 신이었을까. 당신은 TV에서 박근혜를 향해 울부짖는 무리를 본 적이 있다. 당신은 박근혜의 사진 앞에서 바짝 엎드려 절하는 사람들을 본 적이 있다. 당신은 친구와 함께 그들을 실컷 비웃은 적이 있다. 당신은 정치를 종교로 여기는 자들을 상대하지 않았다. 그들을 기이히 여겼다. 정치를 종교로 생각하려는 시도는 한낱 미혹이었다. 한데 당신은 마음을 바꿔 먹는다. 당신은 비웃던 이들의 무리에 섞일 때만 박근혜에 대한 궁금증을 풀 수 있으리라 생각한다. 정치생활의 범위는 곧 열정의 문제에 초점을 맞춤으로써 제한될 수 있다는 홉스의 생각을 받아들인 당신은 광장의 열정, 어느 신을 향한 열정을 다루기 시작한다.

맹목

당신은 그렇게 광장으로 들어간다. 박근혜를 떠받드는 무리에 속하여 본다. 당신은 일단 광장 한 켠에서 울부짖는 무리가 보여 주는 열정을

---

[2] 마크 릴라, 《사산된 신: 종교는 왜 정치를 욕망하는가》, 마리 오 옮김, 바다출판사, 2009, 305쪽 참고.

제어하려는 시도를 경계한다. 마침 박근혜의 사진 앞에서 눈물을 흘리며 절한 자가 무리 속으로 들어온다. 당신은 묻는다. 왜 무리의 일부가 되었냐고. 그이는 말한다. 박근혜가 난국難局에 처했다고. 당신은 묻는다. 어떨 때 박근혜를 찾느냐고. 그이는 말한다. 이 나라가 난국亂國일 때라고. 당신은 묻는다. 이 나라가 하루 한시도 난국亂國의 상태가 아닌 적이 있었냐고. 그이는 말이 없다. 당신은 좀 더 과감해진다. 난국亂國이 아니라 그저 난국難局일 때라도 당신은 박근혜의 도움을 받은 적이 있냐고. 그이는 말한다. 없다고. 그이는 덧붙인다. 지금 박근혜가 내몰린 형국에서 박근혜를 도울 생각밖에 없다고. 그것이 박근혜를 믿는 이유라고.

당신은 청년 시절 잠시 드나들었던 교회를 추억한다. 예배를, 신자를 떠올린다. 어느 날 당신은 당신을 구해 줄지도 모를 신에 의지하고자 이곳에 왔다고 고백했다. 목사는 잘 왔다며 맞아 준다. 몇 달 뒤 당신은 목사의 설교를 찜찜해했다. 왜 목사의 말엔 빚이라는 단어가 자주 등장하는 걸까. 현실에서 물질적·심리적 빚에 둘러싸인 당신은 교회에서마저 빚을 진 존재로 호명되는 것이 속상했다. 목사는 진정한 신앙이란 신을 향해 되갚아 나가는 삶이라고 말했다. 목사는 수요기도회에서, 새벽기도에서, 주일 예배에서 줄곧 신의 곤경을 설교했다. 목사는 우리 죄를 죽음으로 사한 신을 위해, 우리는 늘 신을 도울 준비가 되어 있어야 한다고 설파했다. 왜 우리가 신을 도와줘야 하는가. 이는 당신이 생각한 신앙이 아니었다. 당신은 이제 신을 구하기 위해 교회를 다니게 되었다. 당신은 무리 속 그이의 얼굴을 보며 지난날의 당신 자신을 투영한다. 신앙인이 되려면 눈이 멀어야 했던 당신을. 맹목은 신실한 믿음을 지탱한다.

역설적 신뢰

당신은 그이에게 (따져) 묻는다. 우리나라가 난국亂國이 된 이유는 정작 박근혜가 까닭일 수 있다고. 하나 당신은 이내 그 말이 소용없다는 걸 안다. 그이는 지난날 당신처럼 눈이 멀었기 때문이다. 그이는 '역설적 신뢰'에 빠졌다. 오래전 미국을 여행하던 보드리야르Jean Baudrillard는 미국의 정치현실을 비판했다. 그는 레이건을 따르던 미국인에게서 역설적 신뢰를 발견했다. 보드리야르에게 역설적 신뢰란, 정치인이 실패를 거듭할수록 정치인이 자질의 부재를 드러낼수록 오히려 강화되는 신뢰였다.[3] 구원자를 표방하는 정치인이 시민을 향해 내건 구원적 예언이 이루어지지 않을수록 정치인을 향한 신앙은 두터워졌다. 이처럼 역설적 신뢰는 레이건의 견고한 정치적 방어막이 되었다.

역설적 신뢰로 가득 찬 정치계. 공약과 예언의 경계는 흐려진 지 오래다. 예언은 정치인의 생존을 지속시켜 주는 효과적인 실패담으로 자리매김했다. 정치인이 내뱉은 예언. 예언의 실패. 이는 구원자가 된 정치인이 위기에 처했다는 신호였다. 신자가 된 시민은 자신의 구원자를 구하려고 기꺼이 눈먼 인간이 된다. 당신은 신자가 된 정치적 시민의 입장을 떠올려 본다. 한때 당신이 교회를 다녔던 그 모습대로. 신앙은 자신을 도와줄 신과의 조우가 아닌, 자신이 도와줄 신과의 조우였다는 까실까실한 진실을 끄집어낸다. 삶의 부조리를 체득해 가면서 신에게 항거하고 자유의 길을 좇은 채 해방을 모색했던 인간학 대신, 광장엔 마치 인간에게 죽임을 당한 신의 추모만 가득해 보였다.[4] 그것이 지금 광장의

---

[3] 장 보드리야르, 《아메리카》, 주은우 옮김, 산책자, 2009, 207쪽 참고.

[4] 강응석, 〈정신분석의 신학적 해석: '기의 없는 기표'와 성서 읽기〉; 김석 외, 《라캉과 지젝》, 글항아리, 2014, 144쪽 참고.

한 컷에서 벌어지는 어떤 정치적 시민들의 신학이었다. 광장의 신자에게 신의 초라한 꼬락서니를 보는 시간은 어쩌면 축복이었을지도. 설령 자신의 신앙이 모자랐다면 이를 일깨울 수 있는 시간. 이 정치적 시민들의 신앙이 굳건해지려면 신은 늘 수세에 몰려야 했다. 수세에 몰린 신, 사진 속에서 어색한 미소를 짓고 있는 어느 신은 그간 해명하느라 바빴다. 이제 광장 속 신자들은 신의 상황을 해명하느라 바쁘다.

처함의 정치(2)

무리가 수세에 몰린 박근혜를 좋아했던 까닭에는 기다림이 있었다. 알다시피 박근혜는 기다리면서 무얼 하는 정치인이 아니었다. 박근혜는 기다리는 동안 하지 않았다. 박근혜는 '할 수 있음'의 정치인이 아니라 '하지 않음'의 정치인이었다. 박근혜의 정치적 마력은 소거성에 있었다. 그동안 박근혜는 정치적 적수들에게 줄곧 할 수 있는 항목을 요구받았다. 하나 박근혜는 그것을 하나하나 지워 냄으로써 하지 않음의 상태에 머물렀다. 그러다 보면 박근혜의 지지자들은 박근혜의 하지 않음을 '이것도 무엇을 하는 중'으로 해석해 줬다. 박근혜는 잘 처해 있었다. 박근혜가 내세운 처함의 정치적 목적은 유발을 유도하는 것이다. 이 부동의 원동자는 타인으로 하여금 유발케 함으로써 자신의 존재를 각인시켰다. 박근혜는 역대 어느 권력자들보다 대중으로 하여금 반응을·표현을·표정을 이끌어 낸 정치인이다. 논자와 평자들은 유발을 도모하는 박근혜의 능력에 낚이기 일쑤였다. 혹자는 박근혜가 내세우는 처함의 정치를 매력적인 신중함으로 해석했다. 혹자는 초라해진 박근혜의 현재를 보며 처함의 정치를 철저히 무력한 정치인의 예로 내세우기도 했다. 여기서 당신은 더 나아가 보고자 한다. 당신은 처함의 정치를 해석하는 데서 비롯된 피동과 능동의 대립항 설정, 거기서 박근혜가 정확히 어느 유형에 맞아떨어지는지 택하는 일이 허황된 실천이라고 생각한다. 당신이 보기에 이 대립에서 헤어 나오지 못한 평자들이 박근혜에게 가장 집착하는 지점은 '비가시성'이다. 결국 무엇을 함은 드러남으로 이어진다. 하는 존재는 드러날 수밖에 없는 존재다. 하지 않는 박근혜는 정치인으로선 드물게 대중의 가시권에서 자주 벗어나 있었다. 박근혜의 실체가 온 세상에 까발려졌다고 생각하는 평자들은 박근혜를 은둔자로 정의하길 즐겼다. 박근혜는 사회공포증에 걸린 정치인이었고 코쿤Cocoon의 정치에 능한 권력자라는 것. 혹자는 박근혜의 어눌한 언어 습관은 칩거에서 비롯되었다고 주장했다.[5] 그들의 주장에 따르면 박근혜는 '창피해서 죽을 것 같은 당신'이다. 하나 사회공포증은 정신의학적 '진단명'임을 알아야 한다. 진단은 정신의학 전문가들이 징후와 증상들로부터 장애를 확인하기 위해 사용하는 이름표다.[6] 당신은 이 진단의 허술함을 간파하고자 한다.[7]

사회공포증, 더 나아가 자신의 연설문 외에는 타인의 눈을 마주치지 못하는 시선공포증을 가진 자로 간주되는 박근혜로 읽어 내기. 여기서 경계해야 할 것은 평자의 전능감이다. 유발을 유도하는 박근혜의 피동적 정치술이 정작 위험한 이유는 얼마든지 박근혜의 얼굴을 자신 있게 읽어 낼 수 있다는 자만을 평자들에게 자연스레 유포시키기 때문이다. 평자가 자신의 글말 속에서 전술했던 것처럼 박근혜의 얼굴에서 의미

---

[5] 최종희, 《박근혜의 말》, 원더박스, 2016 참고.

[6] 바바라 마크웨이 외, 《창피해서 죽을 것 같은 당신》, 이동귀 · 손현국 · 서해나 옮김, 시그마프레스, 2013, 3쪽.

[7] 가령 정신의학 전문가들의 속마음을 고찰한 푸코의 말을 고스란히 빌려, 이런 식으로 되뇌며 대응하는 것이다.
"나에게 징후를 내놓아라. 하지만 안정되고 코드화되고 규칙적인 징후를 내놓아라."(미셸 푸코, 《정신의학의 권력》, 심세광 · 전혜리 옮김, 난장, 2014, 444쪽.)

를 읽어 낼 때, 그 의미는 정작 암울한 정치현실을 파상하지 못한다. 그 의미는 오히려 당신이 극복하고 부숴 내고 싶은 이 현실을 지탱하는 데 이바지한다. 가시성과 비가시성, 피동과 능동의 대립 가운데 어쩌면 박근혜가 유발하려는 것은 자신을 증상으로 읽어 달라는 주문에 응하는 시도의 범람일 테다. 이런 맥락에서 박근혜의 취약성을 (알고 보니) 연약한 정치인의 연대기적 서사로 곧잘 들여오려는 시도를 멈춰야 하지 않을까. 기존 평자들이 꼼꼼하게 수놓았다고 자신하는 박근혜의 정치적 행적에 대한 흔적들. 이는 '그래 무기력한 정치인으로서의 모습을 고쳐 나가려면 너의 그 불우했던 과거와 반드시 마주해야 해' '네가 사회공포증을 이겨 내려면 사람들 앞에서 너의 노출을 몇 단계로 나눠 감행해 보는 거야'와 같은 최저급 팝 심리학의 조언과 맥을 같이한다.

물론 쉽지 않을 것이다. 가령 당신은 2012년 8월 대통령 후보 경선 투표를 마치고 나온 박근혜의 사진을 보면서, 상대 당의 대통령 후보를 옆에 두고 자신의 얼굴을 팸플릿으로 가린 박근혜의 사진을 보면서, 박근혜의 성격을 정치 그 자체로 판단해 보고 싶을 것이다. 박근혜의 낯가림에 주목하며 박근혜의 정치를 내향성의 정치로 정의해 보고 싶을 것이다. 보는 것도 일이 되어 버린 사람들. 어느덧 시각노동자가 되어 버린 시민들은 정치인의 얼굴을 읽고 해석하는 것을 즐거운 임무로 받아들인다. 정치인의 얼굴에 대한 해석을 금하자는 것은 아니다. 다만 문제는 정치인의 얼굴을 읽어 냄으로써 그 결과물로 추출된 의미가 가리고 있는 것은 무엇인가다. 낯을 가리는 박근혜를 통해 정작 *끄집어내*야 할 문항이 있다면, 다음과 같다. 베일은 얼마나 시시한가.

베일은 시시하다

당신은 프라 안젤리코Fra Angelico가 그린 〈조롱당하는 그리스도〉(1450년 경)를 보고 있다.(그림 1) 이 그림은 제사장의 집을 나선 예수가 군중에게 모욕을 당하는 장면을 담았다. 언뜻 보아 한 남자가 예수를 향해 침을 뱉는데, 베일에 가려진 예수는 누가 침을 뱉었는지 알지 못한다. 베일은 사람들에 의해 씌어졌는데, 이는 예수로 하여금 누가 침을 뱉었는지 맞춰 보게 하기 위함이었다. 이 그림을 통해 기적을 체험하고 싶은 사람이 있을 것이다. 누가 침을 뱉었는지 예수가 정말 맞춰 버리는 기적. 누군가는 그렇게 신묘함을 만끽하고 싶었을 것이다. 대체 베일로 가득 덮인 예수의 얼굴과 그 눈에는 어떤 힘, 대체 '무엇'이라는 힘이 있기에 라는 의문을 새기며. 하지만 당신은 조금 다른 소감을 밝힌다. 정말 예수가 자신에게 침을 뱉은 자가 누구인지 맞춰 버린다면, 그것은 기적도 신비도 아닌 시시한 이야기가 아닌가 하고.

당신은 손으로 베일을 만드는 박근혜의 사진(그림 2)을 다시 보며 입장

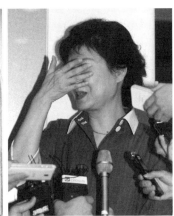

그림 1   그림 2   ⓒ아시아경제신문

들을 상상한다. 누군가는 저 수많은 언론의 말과 쏘아 대는 카메라 빛 사이에서 자신의 얼굴을 읽어 내지 말기를 요청하는 자유인의 모습을 그려볼 것이다. 다른 누군가는 '빌려 온 고양이'라는 일본식 표현을 떠올릴 것이다. 빌려 온 고양이란 사람의 시선이 닿지 않는 장소에서 가만히 몸을 웅크리고 기척을 숨긴 채, 주변 반응을 민감하게 챙기는 고양이에 빗댄 내향적 인간을 뜻한다.[8] 빌려 온 고양이 같은 박근혜는 심하게 낯을 가리며 실상 오랜 세월 타인으로부터 자신을 둔갑하는 데 신경을 곤두세워 온 무력한 금치산자로 해석될 것이다. 하나 베일은 베일 뒤에 '무엇'이 있으리란 환상을 지탱할 뿐이다. 베일이 지탱되는 것은 분명 베일 뒤에 그 무엇이 있으리란 당신과 수많은 사람의 믿음이다. 이것이 이데올로기가 작동하는 방식임은 자명하다. 시시한 것은 박근혜가 아니다. 베일 그 자체다.

당신은 다시 TV를 켠다. 코멘테이터는 오늘도 어김없이 박근혜의 얼굴을 읽는 데 열중한다. 박근혜의 얼굴을 격자화하고, 박근혜의 기분을 도출해 내 상징화한다. 코멘테이터는 관상학자가 된다. 박근혜의 얼굴에서 박근혜의 운명을 읽어 낸다. 당신은 18세기 관상학을 본격적으로 알렸던 라바터Johann K. Lavater를 떠올린다. 관상학자인 그가 자신의 생각을 입증하고자 벌였던 시도는, 사람의 실제 얼굴을 읽는 데서 실루엣을 읽는 것으로 변질된다.[9] 라바터가 이루려 했던 것은 해석이 불러일으키는 나르시시즘이었다.

관상학자는 타인의 얼굴에서 운명을 밝혀내지 않는다. 자기애가 그려낸 해석적 얼굴상을 타인의 얼굴에 고스란히 옮겨 줄 뿐이다. 얼굴에

---

[8] 다카시마 미사토, 《낯가림이 무기다》, 정혜지 옮김, 흐름출판, 2015, 41쪽 참고.

[9] 한철, 〈문학: 얼굴과 문자—18세기 독일 관상학의 기호론적 구상들〉, 《독일어문학》 44권, 2009 참고.

서 영혼을 읽어 낸다는 관상학의 정의는 폐기되어야 한다. 관상학자는 타인의 얼굴에서 안전한 징후가 제공되길 바라면서, 자신에게 미리 주어진 얼굴 이미지를 타인에게 덧씌울 준비를 하는 자일 뿐이다.

의구심은 이어진다. 관상을 볼 때 관상학자의 얼굴은 과연 누가 읽는가. 관상학자는 타인의 얼굴을 읽으면서 자신을 '얼굴 없음'의 상태로 여기는 착시에 빠진다. 하나 이는 불가능하다. 얼굴을 가진 이상 결국 드러날 수밖에 없기 때문에. 의뢰인이 관상학자의 얼굴을 읽을 때 역설적이게도 타인의 생김새에서 죽을 때까지의 팔자를 끄집어내던 관상학자는 얼굴 읽기가 얼마나 무서운 것인지 체험하게 된다.

텅 빈 얼굴을 분석하는 정치 코멘테이터에게

영화 〈관상〉(2013). 당신은 영화가 취하는 전개상의 목적과 다른 레이어를 추구하려 한다. 영화에서 수양대군은 관상을 믿지 않는 자로 나온다. 어느 날 자신의 집에 수많은 관상가를 불러들인 그는 자신의 얼굴을 읽어 내는 자들의 신통함을 수긍하는 대신, 얼굴을 통해 산출된 말을 함부로 뇌까리는 관상가들을 처단한다. 수양대군은 타인의 얼굴을 읽는 데 취해 있는 관상가들이 얼굴 읽기를 벌이는 그때, 정작 의뢰인이 관상자의 인상과 표정을 지켜보고 있음을 폭로한다. 자신에게 달콤한 운명을 약속하는 자의 표정이 불안해 보인다는 수양대군의 말은 관상가들을 죽음으로 내몬다.

〈관상〉은 얼굴을 함부로 읽어 내지 말라는 레비나스Emmanuel Levinas의 윤리를 어긴 자들이 어떻게 최후를 맞이하는지 보여 주는 작품이다. 부분이면서 전체인 얼굴의 환유성. 이는 얼마든지 얼굴을 읽어 낼 수 있다는 전능감을 미끼로 던진다.

어쩌면 낯을 가리는 정치인의 얼굴을 읽어 내는 관상학자가 되어 버린 코멘테이터야말로 낯을 가릴 수밖에 없는 운명을 타고난 자들이리라. 자신의 낯을 가리지 않으면, 상대에게 인상과 표정을 읽히기 때문이다. 관상학자가 기여한 것이 있다면, 일찍이 그들은 초상의 죽음을 예견한 예술가의 임무를 떠맡았다는 점이다. 초상을 '만들어 낼' 능력을 지닌 디지털 시대 시각예술가들은 실상 관상학자의 후예다. 이야기했다시피 타인의 얼굴에 쓰인 각각의 운명을 그대로 돌출시키는 것이 아닌, 자신이 지닌 얼굴 이미지들 중 하나를 꺼내어 타인을 운명의 초상으로 재탄생시키는 관상학자들은 과연 진정한 초상은 가능한가라는 물음을 자아낸다. 나아가자면 관상학자들의 얼굴 읽기는 얼굴이 없어야만 가능하다. 관상학의 전도사였던 라바터가 왜 실제의 얼굴에서 실루엣으로 영혼을 읽어 내려 심혈을 기울였을까. 관상학자가 필요로 하는 것은 초상이 아니라 초상의 부재, 여기서 비롯된 가상적 얼굴이다. 박근혜의 얼굴에서 전부를 읽어 내려는 정치적 관상학자들. 어쩌면 그들은 '텅 빈 얼굴'을 보며 논평하고 있는지도.

보론: '정전停電의 정치'를 상상하며

모든 것이 드러나고 전시되는, "가시성의 폭정"[10]이 난무하는 '총표현사회'. 경영컨설턴트는 '보이게 일하라'를 외치며, 심리상담가들은 자신의 취약성을 어김없이 노출시키라고 강변한다. 보이는 족족 기호를 징표로 삼는 데 여념이 없는 TV 속 해석노동자, 코멘테이터들도 총표현사회를 유지하는 데 한몫한다. 어느 날 한 코멘테이터가 사진을 들고 나

---

10 한병철, 《투명사회》, 문학과지성사, 2014, 35쪽.

그림 3　　　　　　　　　　　　　　　　　　ⓒ 한겨레신문

왔다. (그림 3)

국가를 휘감은 전염병 메르스를 막지 못한 박근혜. 그는 모니터를 통해 의지를 표출한다. 코멘테이터의 해석을 통해 이 사진은 정치인의 지독한 연극성으로 의미화되고, '웃픔'의 대상이 된다. 그러나 이 상황에서 가장 훌륭한 연극성을 행하는 것은 박근혜가 아니라, 박근혜를 응시하는 '살려야 한다'는 문구다. 하나 저 살려야 한다는 문구가 오로지 박근혜만을 응시하고 있다곤 볼 수 없다. 문구의 응시가 사진을 보는 이에게 향할 때, 살려야 한다는 윤리적 언명은 죽어가는 이 앞에서 무력할 수밖에 없는 당신의 시선에 윤리적 부채감을 심는 데 쓰인다(그렇다. 우리에게 너무나도 익숙한 농담. 부끄러움은 왜 나의 몫인가!). 타개해야 할 정치적 현실 앞에서 눈감은 박근혜는 자신이 등장한 사진을 보는 사람들이 왜 자신처럼 눈감아 온 이였냐라며 당신을 책망하고 있는지도. 이데올로기는 그러한 책망이 통하리라는 환상의 지탱물이다. 당신이 이데올로기를 파쇄하려면 정작 '살려야 한다'는 저 윤리적 언명의 응시에 현혹되어선 안 된다. 박근혜의 정치는 당신을 윤리적 틀 안에 가둔 채 당신이 당신 자신을 괴로워하는 인간으로 아른거리게 하는 데 소임을 다하기 때문이다. 그렇다면 우리는 어떻게 해야 하는가.

'살려야 한다'는 저 언명과 응시로 당신을 윤리적 부채감에 머물게 하는 박근혜의 정치술에 대항하고자, 우리는 똑같이 눈을 감을 필요가 있다. 여기서 눈을 감는다는 것은 외면이 아니다. 회피가 아니다. 인간의 수동과 피동이 자아낼 가능성으로 환원되는 정치적 상상력이 아니다. 지난 시간 광장을 수놓은 촛불 속에서 간간이 일어났던 정전의 퍼포먼스를 잠시 떠올려 본다. 스위치로 비유하자면 on에서 off의 상태가 되었던. 눈으로 비유하자면 눈을 뜸에서 눈을 감은 상태가 되었던 그 고요, 그 적막. 이를 '정전의 정치'라 부를 수 있다면, 때론 눈을 감는다는 것은 이 세계를 그릇된 권력과 폭압으로 지탱하고 있는 에너지와의 절대적 차단이다. 때론 눈을 감는다는 것은 '복잡다단한 윤리적 옵션과 그 선택의 까다로움'으로 지탱되고 있는 정치적 이데올로기를 파상할 극단의 결단이다.

|참고문헌|

단행본

강응석, 〈정신분석의 신학적 해석: '기의 없는 기표'와 성서 읽기〉 김석 외, 《라캉과
    지젝》, 글항아리, 2014.

다카시마 미사토, 《낯가림이 무기다》, 정혜지 옮김, 흐름출판, 2015.

마리 루이제 크노트, 《탈학습, 한나 아렌트의 사유방식》, 배기정 · 김승인 옮김, 산
    지니, 2017.

마크 룰라, 《사산된 신: 종교는 왜 정치를 욕망하는가》, 마리 오 옮김, 바다출판사,
    2009.

미셸 푸코, 《정신의학의 권력》, 심세광 · 전혜리 옮김, 난장, 2014.

바바라 마크웨이 외, 《창피해서 죽을 것 같은 당신》, 이동귀 · 손현국 · 서해나 옮
    김, 시그마프레스, 2013.

장 보드리야르, 《아메리카》, 주은우 옮김, 산책자, 2009.

최종희, 《박근혜의 말》, 원더박스, 2016.

한병철, 《투명사회》, 문학과지성사, 2014.

논문

한철, 〈문학: 얼굴과 문자─18세기 독일 관상학의 기호론적 구상들〉, 《독일어문학》
    44권, 2009.

2

민주주의는 풍요 없이 계속될 수 있을까?

— 파국서사를 통해 민주주의 이미지 다시 읽기

문 강 형 준

* 이 글은 조선대학교 인문학연구원《인문학연구》제54집(2017.8)에 게재된 원고를 수정 및
보완하여 재수록한 것이다.

부르주아사회는 도덕적으로나 지성적으로 재앙에 대비되어 있지 않다.
한편에는 모든 실존적인 문제를 '문제'로 재정의해서 그 문제들 각각에 대한 '해결책'을
찾으려는 자유주의적 기질이 있다. 다른 한편에는 마법적인 경제 엔진의 효율성을 통해
무한한 목표를 달성할 수 있다는 유토피아적 가정이 있다.
하지만 재앙은 닥쳤고, 다시, 또다시 닥치게 될 것이다.
– 다니엘 벨,《자본주의의 문화적 모순들》

만약 이 재앙이 스필버그 영화에서 보이는 그런 식이 아니라
수세기를 거치며 계속될 진짜 지겨운 어떤 것이라면 어떻겠는가?
– 티모시 모튼,《생태학적 사유》

'민주주의'를 비껴가기

2016년 10월 말 이후 정권의 부패와 권력농단이 드러나면서 전국에서 수많은 시민들이 광장에 모여 '민주주의'를 외쳤고, 결국 대통령이 탄핵되었다. 새로운 대통령이 선출되어 다시금 '정상'을 되찾은 것처럼 보이는 이 시대에 '민주주의'에 대해 사유하고 말한다는 것은 무엇을 뜻할까? 미디어를 통할 때, 민주주의를 외치는 시민들의 목소리는 유사해 보인다. 행정부 최고권력자의 부패를 처벌하고, 정부-검찰-정당의 개혁을 통해 대의민주주의 제도를 정상화시키고, 권력과 재벌 간의 유착관계를 청산하여 시민들이 다시금 민주주의 제도에 대한 신뢰를 회복할 수 있게 만들라는 것이다. 이에 더해 이명박-박근혜 정부 약 10년 동안 악화되었던 비정규직 문제, 청년실업, 복지 약화, 재벌 권력 강화, 정보기관의 규제, 언론 민주화 등이 함께 의제화되고 있다. 요컨대, 오늘 한국에서 '민주주의'를 외친다는 것은 우리가 교과서에서 배운 대의민주주의의 '정상화'에 대한 요청이라고 할 수 있다. 거리를 가득 메운 시민들의 촛불집회 이후 인권변호사로 거리에서 싸웠던 이가 대통령 자리에 오른 것을 보는 심경은 벅차오르지만, 기실 우리들의 요청은 1987년 이후 형식적으로 확립된 민주주의 제도와 실천을 '제대로, 정상적으로' 하라는 외침과 다르지 않다. 이는 '87년 체제' 이후 30년이 지난 오늘날까지도 '민주주의 제도'라는 것이 한 방향으로 진화하고 성숙하는 게 아닐 수도 있음을 말해 준다고 할 수 있다.

이 글은 계속 '정상화' 주변을 맴도는 오늘날의 민주주의 담론에서 한 발짝 벗어나 보려고 한다. 그렇게 함으로써 이 글은 민주주의에 대한 천편일률적 목소리에서 비껴나, 같은 문제에 다르게 접근하는 하나의 방식을 구체화해 보려 한다. 이 방식이란 '파국서사를 통해 민주주의를 다시 읽는' 것이다. 주지하듯이 '파국서사catastrophic narrative'란 '세상의 종말이라는 상상적 상황에서 벌어지는 이야기 형식'으로서, 크게 '아포칼립스 서사apocalyptic narrative'(종말 서사)와 '포스트 아포칼립스 서사post-apocalyptic narrative'(종말-이후 서사)로 나눌 수 있다.[1]

파국서사는 각 서브장르마다 '종말'을 상상하는 내용이 너무나 다양하여 이를 단순화하여 말하기는 불가능하나, 절대다수의 파국서사는 그것이 본질적으로 종말로 가는 과정 혹은 종말 이후의 모습을 전제한다는 점에서, 강도의 차이는 있으되 기본적으로 현재의 질서를 비판적으로 바라보(게 하)는 기능을 수행한다고 할 수 있다. 이 점은 '민주주의'와 관련해서도 마찬가지다. 현재의 민주주의 질서를 가장 급진적인 방식으로 다시 생각하게 하는 파국서사의 서브장르는 포스트 아포칼립

---

[1] 국문학과 외국문학을 포함한 한국문학계에서 '파국서사'라는 명칭은 그리 흔히 쓰이지는 않는다. 파국의 상황을 다루는 문학을 통칭하는 합의된 명칭이 아직 존재하지 않기 때문이다. 현재 가장 흔히 쓰이는 명칭은 '재난문학', '종말서사', '묵시록 문학' 등이지만, 각각의 명칭이 갖는 한계가 있기에('재난문학'은 '재난'이라는 사건만을 부각시키고, '종말서사'는 종말-이후를 배제하며, '묵시록'이라는 개념 역시 종말-이후보다는 종말로 가는 분위기에 집중할 뿐 아니라 단어 자체에 기독교적 색채가 묻어 있다.) 이 글에서는 '파국서사'라는 개념으로 '세상의 종말 전후'를 포괄하려 한다.

스 서사, 그중에서도 민주주의-이후의 삶의 방식을 그리는 어떤 이야기들이 아닐까 싶다. 민주주의-이후의 삶의 방식은 현재의 자본주의적 경제 질서가 아닌 물질적 조건을 배경으로 삼는 이야기들에서 가능할 것인데, 이 글은 그중에서도 '포스트-오일' 상황에서의 삶을 그리는 제임스 하워드 쿤슬러James Howard Kunstler의 《손으로 만든 세상World Made by Hand》(2008)을 살피려 한다.

이 소설이 그렇듯, 이 글 역시 민주주의에 대해 오늘날의 전형적 접근법과는 다른 접근을 취한다. 질문은 이런 것이다. '민주주의는 풍요 없이도 계속될 수 있을까?' 파국서사는 현재의 질서와는 급진적으로 다른 (종말 전후의) 질서를 상상하는데, 이 '다른 질서' 속의 물질적 조건은 '풍요'와는 거리가 멀다. 대부분의 파국서사는 물질적 풍요material abundance가 없는 세상 속에서는 오늘날 우리가 누리거나 바라는 민주주의와는 완전히 다른 정치 질서가 지배할 것이라고 상상한다. 많은 디스토피아 소설에서 전체주의나 권위주의 체제를 상상하듯, 파국서사 역시 마찬가지다. 다시 말해, 오늘날 우리에게 익숙한 민주주의는 사실 서양 근대 이후 역사의 특정 국면에서 생겨난 '풍요로운' 물적 조건과 뗄 수 없는 관계를 맺고 있으며, 그 조건이 사라지는 순간 민주주의 역시 사라질 수도 있다는 것이다. 자본주의가 그렇듯 민주주의도 인류 역사의 특정 기간 동안에만 존속하는 '역사적' 체제인 것이지, 그 자체로 절대적인 진리의 체제는 아닐 것이다. 파국서사를 통한 반反민주주의적 '사고실험thought experiment'은 정치-경제체제에 대한 시야를 비판적으로 확장시킴으로써 현재를 낯설게 보게 만들 수 있으며, 궁극적으로는, 다시, 오늘날 민주주의 담론의 문제가 무엇인지를 되돌아보는 모종의 계기를 마련해 줄 수 있을 것이다.

성장에서 몰락으로

존 부어먼John Boorman 감독의 영화 〈자도즈Zardoz〉(1974)에서 종말 이후인 2293년의 지구는 '야만인Brutals'이라 불리는 이들에 의해 문명 이전의 상태로 몰락했고, 이 야만인들은 '영생인Eternals'이라고 스스로를 부르는 숨은 엘리트층의 통치를 받는다. 영생인은 야만인들 중 일부를 '몰살자Exterminators'라는 이름의 전사 계급으로 만들어 다른 야만인들을 지배하도록 한다. 몰살자들은 영생인과는 접촉하지 않지만, 영생인이 만들어 작동시키는 거대한 얼굴 모양의 비행물체 '자도즈'를 경배한다. 자도즈는 벌린 입을 통해 몰살자들에게 총을 지급하여 그것으로 야만인을 죽이거나 노예화하도록 사주하고, 몰살자들은 야만인이 생산한 곡물을 자도즈에 옮기는데, 이 곡물은 몰살자들 모르게 영생인이 사는 비밀스런 풍요의 공간인 보텍스에 공급된다. 자도즈에 몰래 숨어 들어가 보텍스에 잠입하게 된 몰살자 제드(숀 코네리)를 통해, 영화는 영생인의 편안하고 문명화된 삶은 야만인에게서 공급받은 풍부한 곡물을 통해서만 가능하다는 사실을 드러낸다. 평화롭고, 창조적이고, 지적인 존재들의 고도로 문명화된 유토피아적 공동체는 이 문명의 복지를 지탱하는 노동을 하는 자들에 대한 가혹한 착취와 압제를 통해서, 그리고 노동하는 자들이 담당하는 무한한 물질적 공급을 통해서만 유지되는 것이다.

〈자도즈〉의 보텍스가 식민지인인 야만인들의 노동을 통해 물질적인 안정을 누리는 것과는 달리, 어슐러 르 귄Ursula Le Guin의 《빼앗긴 자들 The Dispossessed》(1974)의 아나키스트 행성인 아나레스는 극심한 자원 결핍으로 고통받는다. 《빼앗긴 자들》은 아나레스와 우라스라는 두 개의 상반된 행성을 묘사하는데, 이 중 아나레스는 우라스에 살았던 아나키스트 집단인 오도니안 분리주의자들이 정착한 행성이다. 아나레스가 평등주의적이고, 탈집중적이고, 반자본주의적인 이상적 사회임에도 불구하고, 아나레스인들은 가혹한 자연환경을 견뎌 내야만 한다. 자원 결핍으로 인한 항상적 위협에서 살아남고 이상적 사회를 유지하여 우라스의 식민 지배 위협으로부터 벗어나기 위하여, 아나레스인들 모두에게는 육체노동이 의무적으로 부과된다. 이 과정에서 아나레스인에게는 예술이나 과학 등 높은 수준의 문화 활동에 쓸 시간이 부족해지고, 아나레스가 낳은 천재 물리학자 셰벡은 우라스의 자본주의 국가인 에이-이오A-Io로 일정 기간 떠나게 된다. 이 소설이 자유와 평등이라는 아나키즘의 이상을 보존하기 위해 투쟁하는 아나레스인들을 그리고는 있지만, "저 하늘 위 굶주린 이상주의자들의 조그마한 꼬뮨"이 우라스의 원조 없이 스스로 지탱할 수 있을지의 여부는 불확실하며, 우라스는 끊임없이 이 작은 행성을 뒤흔들려고 한다.[2] '일국 사회주의'라는 스탈린주의 이론을 공격하며 트로츠키Leon Trotsky가 말하듯이, 물질적 풍요 없이는 "오직 궁핍만이 일반화할 것이고, 궁핍과 더불어 필수품을 얻기 위한 투쟁이 생겨날 것이며, 그와 함께 모든 오래된 쓰레기들이 되살아날 것이다."[3] 트로츠키는 "사회주의 사회는 (…) 이러한 물건들(기술과 상품 -인용자)을 자유롭게 즐기지 않고는 생각할 수조차 없다"고까지 주장한다.[4] 자원 결핍이라는 조건 하에서 사회주의의 운명에 대한 트로츠키의 판단은, 르 귄의 아나키스트 유토피아인 아나레스의 곤경에도 그대로 적용될 수 있을 것이다.

'물질적 풍요'라는 주제는 사회체제의 유지와 관련해 핵심적 질문을 제기한다. 하지만 물적 공급의 필수성과 사회적 안정성 간의 관계는 대

---

[2] Ursula K. Le Guin, *The Dispossessed*, New York: Harper & Row, 1974, p.135.

[3] Leon Trotsky, *The Revolution Betrayed: What Is the Soviet Union? Where Is It Going?* Trans. Max Eastman, New York: Pioneer Publishers, 1945, p.295.

[4] Leon Trotsky, *Op. cit.*, p.57.

체로 경시되기 일쑤이며, 무한한 경제성장에 대한 거의 보편적인 믿음 앞에서는 대부분 사라져 버린다. 우파가 성장을 방해하는 모든 장애물들을 자본주의의 역동적 에너지가 극복할 것이라고 믿는다면, 좌파는 사회복지와 재화의 분배가 더 광범위하고 더 과감하게 이뤄져야 한다고 주장한다. 이렇게 표면적인 방향성은 달라 보이지만, 사실 우파와 좌파 모두 경제적 성장이 계속될 것을 믿는다는 점에서는 동일한 신앙을 공유하고 있는 셈이다.[5] 다니엘 벨Daniel Bell이 지적하듯, "경제성장은 발전하는 산업사회의 세속 종교가 되었다."[6] 벨은 이어서 그러한 경제성장에 대한 믿음이 수요의 증가와 상품 및 원자재의 부족 같은 요소들로 인해 필히 인플레이션을 부르게 된다고 주장한다. 그러나 대중의 선호에 좌우되는 선거로 운명이 결정되는 민주주의 정부는 경제성장의 제한을 선택지로 고려하지 않으며, 대중의 희생을 요구하는 일도 없다. 1970년대에 벨은 "다음 수십 년 동안 사회-경제정책의 기본 골격은 자원(음식·에너지·원자재), 인구, 환경 간의 상호작용에 의해 결정될 것"이라고 보았으며, 따라서 무한한 경제성장과 궁극적인 사회적 실패 간의 관계가 자본주의 체제의 가장 큰 위협이 된다고 파악했다.[7] 이러한 벨의 염려는 성장과 위기의 순환 사이클을 자본주의의 근본적 요소라고 보았던 맑스Karl Marx의 주장과 공명한다. 자본주의는 한없이 성장해야지, 그렇지 않으면 몰락에 직면하는 것이다. 《공산당 선언》에서 맑스와 엥겔스Friedrich Engels는 이렇게 쓴다. "생산과 교환의 거대한 장치를 만들어 낸 사회, 생산과 교환과 재산의 관계들을 가지고 있는 사

---

[5] 그 점에서 우파와 좌파는 모두 문명의 진보가 계속될 것이라고 믿는 '진보주의자'라고 부를 수 있다.

[6] Daniel Bell, *The Cultural Contradictions of Capitalism*, New York: Basic Books, 1996, p.237.

[7] *Ibid.*, p.237.

회로서의 근대 부르주아사회는 자신의 마법으로 만들어 낸 지하세계의 힘을 더 이상 통제할 수 없는 마법사와 같다."[8] 하지만 맑스의 공산주의 이론 역시 기술과 산업 발전이 인간으로 하여금 "필요의 영역"을 극복해 내고 "자유의 영역"으로 진입하게 할 거라는 19세기의 믿음에 기반을 두고 있다. 맑스는 자본주의 생산력의 도움을 받아 인류가 결국 필요를 뛰어넘어 자유를 쟁취하게 될 때, 자본주의는 공산주의에 자리를 내어 줄 것이라고 믿었다. 공산주의에 대한 맑스의 설명이 자본주의가 가진 잔혹하고 비인간적인 모순을 극복하는 형식으로 나타나기는 하지만, 공산주의 역시 영원한 경제성장을 전제로 삼고 있다. 철학자 존 그레이John Gray가 주장하듯, 맑스와 케인스John Maynard Keynes 모두 산업의 힘이 모든 장벽, 그중에서도 특히 천연자원의 부족이라는 장벽을 없앨 수 있다고 믿었다.

19세기 후반과 20세기 초반의 위대한 경제학자들과 사회이론가들은 거의 예외 없이 산업의 부흥으로 인해 결핍이 극복될 것이라고 믿었다. 맑스와 케인스는 많은 지점에서 근본적으로 의견이 다르지만, 현대 산업 경제학과 천연자원이 기본적으로 무관하다고 믿었다는 데에서는 일치한다. 맑스가 물건이 너무나 풍부해서 가격을 따질 필요가 없어진 세상을 꿈꿨다면, 케인스는 인류의 경제적 문제는 해결되었다고 선언하는 데 있어 맑스에 크게 뒤처지지 않았다.[9]

그레이로 하여금 영속적인 경제성장이 파괴적인 판타지라고 믿게 만

---

[8] Karl Marx and Friedrich Engels, *The Communist Manifesto*, London and New York: Verso, 1998, p.41.

[9] John Gray, *Heresies: Against Progress and Other Illusions*, London: Granta Books, 2004, p.116.

든 것은 생태 파괴와 자원 고갈의 문제들이다. 자본주의는 지구라는 행성의 운명과 불가분하게 연결되어 있어서, 지구환경의 몰락은 지금껏 인류가 한 번도 경험해 보지 못한 가장 큰 재난을 만들어 낼 공산이 크다는 것이다. 자본주의는 영원히 순환하는 사이클 속에서 계속 점증하는 이익을 만들어 내기 위해 상품을 생산해 내고 그것을 판매해야 하는데, 이렇게 '성장'을 지속하려면 그 어떤 자연적·인공적 자원도 모조리 써야만 한다. 이런 의미에서, 자본주의에서의 모든 경제활동은 생산이 아니라 "소비"다.[10] 자원의 소비 없이 자본주의 체제는 무너진다. 맑스가 지적하듯이, "모든 부의 원천은 노동이 아니다. 자연이야말로 노동만큼이나 사용가치의 원천이다. 인간의 노동력이란 그 자체로 자연의 힘이 외부로 나타난 현상일 뿐인 것이다."[11] 따라서 자본은 마이클 하트Michael Hardt가 생태적 공공재ecological commons라고 부르는 것, 곧 "대기, 대양, 강, 숲, 그리고 그들과 상호작용하는 모든 형태의 생명체를 포함한 지구 행성과 그것의 생태체계"의 착취와 파괴에 의존하고 있는 것이다.[12] 자본주의의 핵심에는 불가피하고 심대한 모순이 도사리고 있으니, 자본축적이라는 성격이 그 결과 발생하는 피해의 사회적 성격을 결코 극복할 수 없다는 것이다. 신자유주의적 자본주의의 전략이 공적 영역의 사유화를 겨냥하고 있으나, 맑스가 "지하세계의 힘"이라고 불렀던 생태적 공공재의 파괴는 궁극적으로 자본주의적 '소비 행위'를 막아서 생태적으로나 경제적으로나 이 체제가 지속되는 것을 봉쇄하게 된다.

---

[10] John Bellamy Foster and Brett Clark, "The Ecology of Consumption: A Critique of Economic Malthusianism," *Polygraph* 22, 2010, p.116.

[11] Karl Marx, "Critique of the Gotha Program," *The Marx-Engels Reader*, Ed. Robert C. Tucker, New York: W. W. Norton, 1978, p.525.

[12] Michael Hardt, "Two Faces of Apocalypse: A Letter from Copenhagen," *Polygraph* 22, 2010, p.265.

제이슨 W. 무어Jason W. Moore에 따르면, 16세기의 초기 자본주의 이래 오늘날의 신자유주의적 자본주의로 이어지는 생태적 공공재의 자유로운 전용은 이제 불가능하게 되었다. 자연이라는 "공짜 선물"이 거의 고갈되었고 이제 다시는 예전처럼 복구되지 않을 것이기 때문이다.

신자유주의적 자본주의는 가져갈 공짜 선물이 남아 있어서 그것을 전용함으로써만 유지된다. 북해, 알래스카, 서아프리카, 멕시코만의 유전 지대, 비옥한 토양과 값싼 물을 쓰고 버릴 수 있는 남아시아의 녹색 농업 지대, 값싼 금속과 석유로 인해 생산비용을 절감하게 만들었던 1989년 이후 구소련 블록의 세계시장으로의 통합, 중국 빈농이라는 거대한 잉여 노동으로의 전용, 국가와 준국영 기업과 공적 서비스의 사유화 등이 바로 그 공짜 선물이었고, 이것은 되풀이되지 않을 것이다. 거대한 변경은 이제 닫혀 버린 것이다.[13]

자원 고갈은 생태 파괴의 주요한 결과물로 이해될 수 있다. 현재 고갈되고 있는 천연자원 중에서 석유는 그것의 전략적 · 경제적 중요성으로 인해 도드라진다. 1859년 펜실베이니아주의 타이터스빌에서 처음 발견된 이래, 석유는 자본주의의 재생산과 팽창을 가능하게 한 핵심적 에너지였기 때문이다. 현대 문명 전체가 석유에 의해 가능해진 저가의 에너지 체계에 기반을 두고 있으며, 그래서 우리 시대는 "석유현대petromodernity"라는 이름으로도 불리는 것이다.[14] 석유가 없다면 "현대적

---

[13] Jason W. Moore, "Crisis: Ecological or World-Ecological?" *Depletion Design: A Glossary of Network Ecologies*, Eds. Carolin Wiedemann and Soenke Zehle, Amsterdam: Institute of Network Cultures, 2012, p.77.

[14] Stephanie LeMenager, "The Aesthetics of Petroleum, after Oil!" *American Literary History* 24.1, 2012, p.60.

전쟁기계도, 글로벌 운송산업도, 통신혁명도 없었을 것"이다.[15] 우리가 아는 자본주의는 제만Imre Szeman이 "석유 자본주의oil capitalism"라고 부르는 경제체제, 즉 "값싸고 손쉽게 조달할 수 있는 석유 자원"에 우선적으로 기반하고 있다.[16] 자본주의가 석유와 뗄 수 없이 얽혀 있기 때문에 석유 고갈의 가능성이 석유-이후의 미래post-oil future에 대한 담론의 폭발을 이끌어 낸 것은 당연하다. 예컨대 정치학자인 토머스 호머-딕슨 Thomas Homer-Dixon은 우리가 "실제적이고 악화된 석유 결핍을 경험하게 될 것"이고 그것은 "세계 전체를 뒤흔드는 결과를 가져올 것"이라고 주장한다.[17] 같은 맥락에서 드미트리 올로프Dmitry Orlov는 미국 경제가 석유와 부채에 의존해 왔고, 이 둘 중 어느 하나에라도 문제가 생기면 미국 경제는 급작스러운 몰락을 경험할 것이라고 말한다.

석유는 미국 경제의 거의 모든 것에 에너지를 공급한다. (…) 석유 공급이 줄어들수록 생산량도 줄어들게 되고, 경제성장은 멈추게 된다. 안정된 상태에서 작동하도록 고안된 경제에서라면 큰 문제가 아닐 수 있겠지만, 미국 경제는 부채에 의해 작동하고, 부채의 가치는 미래 성장의 전망과 연동되어 있다. 성장이 없으면 부채의 피라미드는 무너지기 시작하고, 일단 이런 일이 벌어지게 되면 석유 수입 등과 같은 일에 쓸 돈이 부족해지게 된다.[18]

[15] Imre Szeman, "System Failure: Oil, Futurity, and the Anticipation of Disaster." *South Atlantic Quarterly* 106.4, 2007, p.806.

[16] *Ibid.*, p.807.

[17] Thomas Homer-Dixon, *The Upside of Down: Catastrophe, Creativity, and the Renewal of Civilization*, Toronto: Knopf, 2006, p.85, p.100.

[18] Dmitry Orlov, *Reinventing Collapse: The Soviet Experience and American Prospects*, Gabriola Island, Canada: New Society Publishers, 2011, pp.6-7.

석유 고갈 상황이 가진 힘은 지정학적 갈등을 야기할 가능성이 확실하다. 그레이는 경제적 가치를 가진 석유의 대부분이 페르시아만 같은 정치적으로 불안정한 지역에 매장되어 있음을 지적하면서, 석유 매장지를 둘러싼 미국·러시아·중국 등 열강들 간의 "거대한 게임"이 이미 시작되었다고 말한다.[19] 석유 고갈과 관련한 연구를 지속해 온 쿤슬러는 석유를 둘러싸고 벌어지는 군사적 긴장이 "궁극적으로 중동에서 동남아시아에 이르는 지역에서 전쟁을 촉발시키고 (…) 그것이 최후의 세계전쟁이 될 수 있다"고 예측하기까지 한다.[20]

경제성장은 생태 파괴와 자원 고갈이라는 현실을 거슬러서 계속될 수 없다. 경제가 붕괴되기 시작하면 정치·사회·문화의 체계들, 곧 전체 사회가 붕괴되기 시작한다. 이런 비상사태가 지속되면, 인간 문명의 총체적 붕괴 가능성도 가속화된다. 포스트 아포칼립스 서사 중 '피크오일 소설peak-oil novel'이라는 서브장르가 2000년대 이후 지속적으로 인기를 얻고 있는 것은 이런 이유일 것이다. 포스트 아포칼립스 서사와 마찬가지로, 하지만 석유 고갈이라는 자원 부족 상황이 만들어 낸 삶의 환경에 특히 집중하면서, 피크오일 소설은 대개 이런 질문들을 던진다. '급작스런 경제-사회적 붕괴가 생겨나면 어떤 일이 벌어질까? 붕괴 이후의 삶은 어떤 모습일까? 붕괴의 시기에는 어떤 종류의 태도나 습속이 생존을 위해 필요해질까?' 이런 붕괴의 서사가 여전히 불필요한 걱정 혹은 마이너한 장르소설에 불과한 것으로 과소평가되지만, 사실 이런 종류의 파국서사는 기존 질서에 관해 중요한 정치적·사회적·문화적 질문을 던지고 답을 탐구한다. "'액체' 근대가 '고체' 근대를 대체하

[19] John Gray, *Op. cit.*, p.119.
[20] James Howard Kunstler, *The Long Emergency: Surviving the Converging Catastrophes of the Twenty-First Century*, New York: Atlantic Monthly Press, 2005, p.98.

는 일이 (…) 최종적인 역사의 변환을 증명하는 것"이 되고, 혹은 조화롭게 공존한다는 의미의 근대적 "콩비방스convivance" 개념이 의미를 상실한 대신 생존이라는 형태로 "사람들의 마음속에 불확실성의 요소가 들어앉아 있는" 현실이 들어섰을 때, 이 시기야말로—적어도 문학의 경우는 더욱 그렇다—정상성의 취약함을 재고하고, 자본주의와 민주주의의 실행가능성에 질문을 던지며, 붕괴 이후의 삶을 상상해 볼 수 있는 가장 완벽한 시기일 수 있는 것이다.[21]

"이제 모든 것이 지역으로 돌아갔다"
:《손으로 만든 세상》

제임스 하워드 쿤슬러의 소설 《손으로 만든 세상》은 문명 붕괴 이후의 삶이라는 주제를 탐구한다. 이 소설은 포스트 아포칼립스 서사의 몇몇 지배적 관습들에서 현저히 벗어나는 접근법을 취한다. 현대 문명이 붕괴한 이후의 세계를 배경으로 하지만 이 소설의 어떤 인물도 유전 조작으로 만들어진 동물이나(《인간 종말 리포트Oryx and Crake》), 살을 뜯는 좀비나(〈워킹 데드The Walking Dead〉), 사람을 먹는 갱(《로드The Road》)으로부터 도망 다니지 않는다. 다른 인기 있는 포스트 아포칼립스 서사들과 달리, 이 소설에는 피에 굶주린 괴물도(《더 패시지The Passage》), 기괴한 휴머노이드도(《나를 보내지 마Never Let Me Go》), 지성을 가진 로봇도(《아이, 로봇I, Robot》), 전체주의 정권도(《칠드런 오브 맨Children of Men》), 전

21 Zygmunt Bauman, *Collateral Damage: Social Inequalities in a Global Age*, Cambridge: Polity, 2011, p.37; '콩비방스' 개념에 대해서는 Marc Abélès, *The Politics of Survival*, Trans. Julie Kleinman, Durham and London: Duke University Press, 2010, p.103.

염병도(《페스트하우스The Pesthouse》), 시간여행도(〈12 몽키스12 Monkeys〉), 행성과 지구의 충돌도(〈맬랑콜리아Melancholia〉) 등장하지 않는다. 극적인 역동과 세계를 뒤흔드는 사건들로 가득한 다른 파국서사들과 달리 쿤슬러의 이 소설은 자동차 대신 걷거나 마차를 타야 하고, 스마트한 인지노동 대신 육체노동에 종사해야 하는 새로운 환경에 적응하려고 노력하는 사람들의 일상적인 현실에 좀 더 초점을 맞춘다. 그러나 쿤슬러의 이 소설은 독자로 하여금 석유, 전기, 정부, 자본주의적 시장체제가 없는 삶을 상상하도록 만든다는 점에서 액션으로 가득한 소설들보다 더욱 급진적이다. 쿤슬러에게 '세상의 끝'이란 극적이고, 쾌감을 주는 할리우드식 생존서사가 아니라 자원 고갈로 변화된 세상에 대한 현실적인 고찰과 닿아 있다. 소설의 제목이 보여 주듯, 쿤슬러의 포스트 아포칼립스 세상은 석유에 의해 가능한 모든 편의시설과 사치가 사라진 세상, 곧 "손으로 만든 세상"이다.[22]

쿤슬러는 이 소설을 쓰기 3년 전인 2005년에《장기 비상 시대The Long Emergency》라는 책을 통해 석유 고갈이라는 임박한 현실과 그것이 미국 사회에 미칠 영향을 다룬 바 있다. 이 책에서 쿤슬러는 지구온난화로 야기되는 생태적 황폐화와 더불어 석유의 고갈이 희소한 자원을 둘러싼 지역적·지구적 전쟁을 촉발시킬 것이라고 예견한다. 이런 사태 속에서 궁극적으로 인간은 전통적인 국가장치를 유지할 수단을 확보하지 못하여 아나키 상태로 가게 될 것이고, 이제 파편화된 인간은 소비자본주의에 연동된 생활방식에서 벗어나 지방공동체, 농업, 물물교환경제, 육체노동 등으로 규정될 전원적 생활방식으로 옮겨 가게 될 것이다. 이런 미래의 모습에 쿤슬러가 부여하는 명칭이 '장기 비상 시대the

---

[22] James Howard Kunstler, *World Made by Hand*, New York: Atlantic Monthly Press, 2008, p.142. 이후, 이 소설에서의 인용은 괄호 안에 페이지수를 표기하는 것으로 한다.

long emergency'이다. 쿤슬러가 바라보는 장기 비상 시대의 모습은 민주주의-자본주의가 약속하는 기술 기반의 발전되고 풍요롭고 더욱 인간적인 미래가 아니다.

장기 비상사태라는 환경은 우리가 현재 경험하고 있는 그것의 반대가 될 것이다. 풍요 대신 배고픔이, 따뜻했던 곳에는 추위가, 여유가 있었던 자리에 노력이, 건강이 있었던 곳에 질병이, 평화가 있었던 곳에 폭력이 있게 될 것이다. 이 새로운 상황에 우리는 우리의 태도, 가치, 생각을 적응시켜야 하고, 그래서 우리는 근 미래의 우리 모습 혹은 과거의 우리 모습을 인지하지 못하게 될지도 모른다. 생존 자체가 다른 모든 관심사들을 굴복시키는 세상 속에서는 삶에 대한 비관적 시선이 재등장하기 쉽다. 다시 말하면 우리는 일반적인 인간의 본성이 가진 한계들과 그것이 특히 죽음이라는 보편적 상태와 맺는 관계를 냉철하게 인식하게 될 것이다. 삶은 훨씬 더 현실적이 될 것이다. 상대주의라는 퇴폐적인 사치는 미래의 묘지 안에서 잊히게 될 것이다. 아이러니, 세련됨, 첨단의 '쿨'함은 겨울을 나기 위해 충분한 음식을 생산하기 위해 힘쓰는 사람들에게는 기묘한 것 혹은 설명 불가능한 것으로 여겨질 것이다. 장기 비상사태 속에서, 아무것도 제공하지 않은 채로 어떤 것을 얻는 사람은 존재하지 않을 것이다.[23]

쿤슬러가 바라보는 미래는 홉스Thomas Hobbes적인 불안정이 지배하는 세계에 가깝다. 황량한 미래의 전망을 내어놓음으로써 쿤슬러는 우리 시대의 지배적 문화에 대한 비판뿐 아니라 "미래의 몽유병에 빠져 있

---

[23] James Howard Kunstler, *Op. cit.*, p.303.

는" 우리 모두에게 새로운 현실 감각을 일깨워 준다.[24]

《손으로 만든 세상》은 사회학적인 《장기 비상 시대》의 문학 버전이라고 할 수 있다. 이 소설은 석유-이후 시대 뉴욕주 북부의 '유니온 그로브'라는 가상의 마을에서 살아가는 소규모 집단의 이야기이다. 마을 밖의 세상은 혼돈에 빠져 있다. 미국은 중동의 이슬람 근본주의자들과의 전쟁에서 패했고, 대통령은 군사 쿠데타로 실각했으며, 지하디스트 jihadist가 워싱턴과 LA를 폭격하여 연방정부 자체가 유명무실해진데다가, 전염력 강한 멕시코 독감이 미국 전역에 퍼져서 수많은 미국인들이 죽었다는 소식이 들린다. 장밋빛 신자유주의 세계화가 약속했던 세상은 악몽의 현실로 대체되었으니, "지구는 평평해지기를 그치고 다시금 매우 동그래졌다."(23) 정부도, 경제도, 석유와 전기도, 자동차도, 텔레비전과 인터넷도 없으며, 오직 혼돈만 있다. 이런 아나키적 상황에서 어둡고 폭력적인 인간 행동이 터져 나온다. 조직폭력, 인종주의, 반유대주의, 계급 갈등이 다시 퍼져 나간다(148-9). 현시대 가장 강력한 단일 제국이었던 미국이 갑자기 전형적인 제3세계로 변해 버린 것이다.[25]

소설의 배경이 되는 유니온 그로브는 많은 면에서 평화로우나, 문명 붕괴의 영향을 받고 있다. 인류학자의 정확성을 가지고 쿤슬러는 이 마을에서 벌어진 거대한 변화들을 기록하는데, 그중 가장 특기할 만한 점이 '자동차 문화'의 소멸이다. 쿤슬러에게 자동차 문화란 한계를 모른 채 기술 진보라는 판타지에 몰두했던 지난 시대의 미국 문화를 상징하

Ibid., p.1.

[25] 미국에서 파국서사가 일정한 위치를 가지고 지속적으로 인기를 얻고 있는 주요한 이유 중 하나는, 바로 세계 유일의 단일 헤게모니를 가져 왔던 미국이 몰락할지 모른다는 불안에 있을 것이다. '미국의 제3세계로의 추락'이라는 모티프는 모든 파국서사에서 공히 등장한다. 실제 역사 속에서 '제3세계화'를 경험해 본 적 없는 미국은 파국서사라는 상상적 형태를 통해 이를 경험한다. 최근 파국서사의 인기가 시작된 시점이 2001년 9/11 이후라는 사실은 그런 의미에서 의미심장하다.

는 것이다. 소설에서 부정적으로 그려지는 인물들이 자동차와 연관되어 있는 것은 이 때문이다. 새로운 현실을 받아들이지 못한 채 정신이 반쯤 나가 버린 노인이 반쯤 찬 기름으로 자동차를 몰다가 죽어 버리는 장면(183)이 그렇고, 과거에 '바이크족'이었던 웨인 카프가 현재 '장군'으로 불리며 폭력적인 갱단을 이끌면서 유니온 그로브를 위협하는 것 등 (28-9)은 그 예다. 자동차와 함께 소멸된 것의 목록은 이어진다. 쇼핑몰 (11), 기계(18), 커피와 후추(24), 교외지구(31), 고층빌딩(317), 대도시(85), 자본주의 경제(16), 정치와 관료제(169-70) 등등. 소설 속에서 옛 시절의 일로 소개되는 이 모든 항목들이 값싼 화석연료로 만든 에너지에 의존한 현대 산업 문명과 직간접적으로 연결되어 있다는 점은 주목할 필요가 있다. 이것들은 쿤슬러가 "고-엔트로피 경제high-entropy economy"라고 부르는 자본주의의 유물인 것이다.[26]

산업 문명의 붕괴 이후 유니온 그로브의 삶의 방식은 전근대적이고 지역적이다. 사람들은 다른 마을과 동떨어져 살고("5마일 바깥에서 무슨 일이 벌어지는지 알 길이 없지")(3), 말을 타고 다니며("때로 온 세상에 말 냄새가 나는 것 같았다. 언젠가 말 한 필을 소유하는 게 내 소망이었다.")(5), 모든 이들이 농업에 종사한다(5). 마을에서의 삶은 전반적으로 평화롭고 사람들은 "우호적이다"(9). 동요하고 폭력적인 도시의 모습과는 달리, 유니온 그로브는 상대적으로 안정적이고 평화로운 장소로 그려진다. 1장에서 주인공 로버트가 마을로 진입하는 길에서 낯선 이와 우연히 마주칠 때, 그가 타인에게서 가장 먼저 보는 것은 그의 말과 마차이지 그의 외양이 아니다(5-6). 로버트는 숨거나 방어하려고 하지 않으며, 이들은 오히려 악수하며 날씨에 대해 이야기를 나눈다. 다른 포스트 아포칼립스 서사에서 타인이야말로 궁극의 위협으로 제시되는 반면, 쿤

---

[26] *Ibid.*, p.190.

슬러의 이 소설 속에서 '인간'은 치명적인 위협으로 그려지지 않는다. 이 변해 버린 세상에서 가장 핵심적인 위협은 자연 자체이기 때문일 것이다. 사실 쿤슬러는 《장기 비상 시대》에서부터 석유-이후 시대가 도달할 때 가장 안정적으로 새로 시작할 수 있는 장소는 대도시에서 벗어난, 물과 숲과 대지가 갖춰진(수력, 과실, 농경) 작은 시골 마을이라고 말하고 있는데, 유니온 그로브는 바로 이런 쿤슬러의 '이상'을 전형화한 곳이라 할 수 있다. 비록 유니온 그로브가 석유 시대의 붕괴 이후 살아갈 수 있는 최적의 장소로 그려진다 해도, 거주민들은 여전히 생존을 위한 투쟁에 나서야 한다. "역사의 로드킬"(239)인 이들로서는 "가혹할 정도로 육체적인"(17) 삶에 적응하지 않으면 결코 살아남을 수 없기 때문이다.

풍요에서 희소성으로: 민주주의와 풍요 이미지

《손으로 만든 세상》이 묘사하는 가능태로서의 세계는 기술이 아니라 자연 자체에 의해 지배된다. 값싼 화석연료가 만드는 에너지에 의해서만 가능한 대량생산, 대량 소비, 대량 커뮤니케이션은 더 이상 작동하지 않고, 소설 속 모든 이들은 손으로 하는 노동에 의해서만 삶을 지탱해 갈 수 있다. 소설 속에서 강조되는 육체노동의 필요성은 석유문명의 붕괴에 의해 촉발될 삶의 리듬 변화를 환기시킨다. 언제나 필수 재화의 부족이 존재하고, 자원과 상품이 풍부했던 시대가 사라지면 사람들은 스스로 물건을 제조해야만 살아갈 수 있다. 붕괴-이후의 세계에서 다시금 희소성scarcity이 표면화되는 것이다.

현대인들—최소한 선진 산업사회에 사는 이들—에게 희소성의 문제는 익숙하지 않을 것이지만, 사실 희소성이라는 조건은 인류 역사에서 언제나 기본 상태였다. 그레이에 따르면 "역사 전체에서 전쟁은 금과 은, 강과 옥토에의 접근권을 둘러싸고 발생했다."[27] 정치학자 윌리엄 오 펄스William Ophuls 또한 인류 역사 대부분에서 자원을 쟁취하기 위한 갈 등은 보편적이었다고 말한다.

어떤 이유로든 희소성의 짐이 일시적으로 가벼워진 상대적으로 짧은 몇몇 기간들을 제외하면, 불평등·억압·갈등은 정치적 삶에서 매우 돋보 이는 특징이었다. 이것은 통치자의 성격을 비롯한 다른 간헐적인 요소들 의 결과로 조금씩 증대하거나 감소하는 데 그쳤다.[28]

고대 철학자들은 희소성을 인간 조건에 불가피하게 결합되어 있 는 제약으로 받아들였다.[29] 가령 《정치학Politics》에서 아리스토텔레스 Aristotle는 제한된 자원만 있는 조건 아래서 어떻게 선한 삶을 살 것인가 의 문제를 깊이 의식하고 있다. 그는 정치적으로 관리할 수 있는 자원 의 양에는 한계가 있다고 주장했으며, 따라서 대규모 인구로 잘 통치되 는 국가(도시)를 만들어 내기란 불가능하다고 보았다. "위대한 국가와 인구가 많은 국가는 동일하지 않다. 게다가, 인구 많은 국가가 좋은 법 에 의해 운영되는 일은 불가능하지는 않을지라도 어렵다는 것을 경험 이 보여 준다. 어쨌든, 우리는 인구수를 제약하지 않은 채로 잘 운영되 는 헌정이라는 명성까지 가진 국가를 알지 못하는 것이다."[30]

---

[27] John Gray, *Op. cit.*, p.115.

[28] William Ophuls, *Ecology and the Politics of Scarcity Revisited: The Unraveling of the American Dream*, New York: W. H. Freeman and Company, 1992, p.190.

[29] David Lewis Schaefer, "Economic Scarcity and Political Philosophy: Ancient and Modern Views," *International Political Science Review* 4.3, 1983, p.280.

[30] Aristotle, *The Politics*, Trans. T. A. Sinclair, London: Penguin, 1981, VII. iv. 1326a25.

16세기에서 현재에 이르는 시기는, 희소성이라는 근본적 조건으로부터 예외가 된 시기이다. 그런 변화를 만들어 낸 주요한 원인으로는 신세계의 발견, 석유라는 고열량 에너지의 발견, 기술의 급격한 향상 등을 꼽을 수 있다. 15~16세기 아메리카 대륙의 발견과 식민화는 경제적으로 폐쇄되어 있던 유럽 문명이 거의 무한해 보이는 천연자원에 접근하여 이를 소비함으로써 팽창할 수 있는 계기를 마련해 주었다. 19세기 말 석유의 발견과 상업화는 자본주의의 생산력을 극단적으로 가속화했다. 19세기 이래 더 많은 원자재와 더 많은 노동력과 더 넓은 시장의 확보를 위해 전 세계로의 팽창을 추동하던 서구는, 아시아와 아프리카 등 그전까지 통합하지 못했던 지역을 포함한 세계의 거의 모든 지역을 식민화할 수 있었다. 무어와 오펄스에 따르면, 그중에서도 가장 중요한 원인은 신세계의 발견이었다. 이 사건은 유럽 주요 열강들에게 전례 없는 경제적 발전을 가능케 하는 기회를 주었으며, 이를 통해 현대 문명을 특징 짓는 제도와 가치들이 생겨나게 되었다.[31]

희소성에서 벗어나는 팽창이 가능했던 이 시기의 사상들 역시 희소성이라는 조건에서 벗어나 있으며, 이로부터 현대적 '자유민주주의'의 근간이 성립하기 시작한다. 근대 자유주의와 민주주의의 사상사에 우뚝 솟아 있는 존 로크John Locke는 《통치론Two Treatises of Government》에서 자신의 노동을 사용해 자연 상태의 어떤 물질을 자신의 사적인 물건으로 확보하여 합법적으로 전유할 수 있는지에 대해 설명하고 있다. 로크는 인간이 자기 노동으로 물건을 확보하면, 그 물건은 배타적으로 자신의 재산이 되어야 한다고 쓰는데, 그 이유는 "최소한 타인들에게도 물건은 보편적으로 충분하고도 양질인 상태로 남아 있기 때문"이다.[32] 배

---

[31] Jason W. Moore, *Op. cit.*, pp.74-77; William Ophuls, *Op. cit.*, pp.190-191.

[32] John Locke, *Two Treatises of Government and A Letter Concerning Toleration*, Ed. Ian Shapiro, New

타적으로 소유되는 사유재산이라는 이 개념으로부터 개인의 권리 개념이 탄생하며, 그로부터 다시 현대적인 민주주의의 원리가 탄생한다. 이러한 로크의 주장은 인간이 풍부한 자원에 접근 가능했던 유럽의 특정한 역사적 상황을 명백히 전제하고 있는 것이다.[33] 중상주의적 자본주의의 선구적 정치경제학자인 애덤 스미스Adam Smith 역시 경제 발전에 있어 모든 규제를 제거함으로써 번영이 가능해지며, 그 결과 인간이 봉건적 굴레에서 해방될 수 있다고 주장한다. 스미스의 희망적인 주장 아래에도 역시 신세계로 팽창하는 유럽의 역사적 현실이라는 조건이 놓여 있다. 맑스는 산업화된 경제의 생산력에 대해 훨씬 더 낙관적이었다. 《자본》 3권에서 맑스는 이렇게 쓴다.

자유의 영역은 필요와 외부 형편에 의해 결정되는 노동이 끝나는 곳에서만 진정 시작하는 것이다. 자유의 영역은 그 고유한 성질상 물질적 생산 영역을 넘어서는 곳에 놓여 있다. 야만인들이 자신의 필요를 만족시키고, 자신의 삶을 유지하고 재생산하기 위해 자연과 맞붙어야 하듯이 문명인도 그러하며, 문명인은 사회의 모든 형태 속에서 그리고 가능한 모든 생산양식 아래에서 그 일을 해야만 한다. 자연적 필요라는 이 영역은 그(문명인—인용자)의 발전과 함께 팽창하는데, 왜냐면 그의 필요 역시 팽창하기 때문이다. 그러나 이러한 팽창을 만족시키는 생산력 역시 동시에 팽창하게 되는 것이다.[34]

Haven and London: Yale University Press, 2003, p.112.

[33] Jeremy Waldron, "Enough and as Good Left for Others," *The Philosophical Quarterly* 29.117, 1979, p.319.

[34] Karl Marx, *Capital: A Critique of Political Economy. Volume Three*, Trans. David Fernbach, London: Penguin, 1991, p.959.

맑스는 사람들의 결핍 증가에 따라 "자연적 필요의 영역"이 증가할지라도 근대적 산업 생산력의 혁명적 발전의 도움을 받아 이를 극복할 수 있다고 주장하고 있다. 헤겔G. W. F. Hegel의 역사철학을 따라 맑스는 프롤레타리아의 혁명적 의지뿐 아니라 생산력의 진보에 의해서 자유의 영역이 달성될 수 있다고, 다시 말해 자본주의가 공산주의에 의해 극복되면 오래된 인간사의 갈등 역시 궁극적으로 종료될 수 있다고 말하고 있는 셈이다. "맑스는 희소성의 종말이 역사의 종말을 가져올 수 있다고 상상하는 것이다."[35] 진정 자유, 민주주의, 해방의 가치들에 형태를 부여했던 근대 서구의 사상가들은 모두 사실은 식민주의적 기획에 의해 가능해진 무한한 경제적 팽창이 만들어 낸 유럽의 물질적·기술적 이점에서 벗어날 수 없었으며 오직 그 틀 안에서만 사유할 수 있었던 것이다. 풍부한 천연자원에의 접근이 가능하지 않았다면, 서구 근대 정치철학자들의 이 모든 인간적이고 리버럴하고 평등주의적이며 민주주의적인 가치들은 실현될 수 없었을 공산이 크다.[36]

불행하게도 풍요의 시대는 이제 끝났다. 자유롭고 인간적인 사회를 건설할 수 있도록 인간에게 자원을 공급해 줄 수 있는 새로운 변경의 발견 가능성은 거의 사라졌다. 그럼에도 우리의 지배적인 정치 모델은 여전히 풍요의 약속과 무한한 성장의 기대에 얽매인 채로 남아 있는 것처럼 보인다. 다니엘 벨은 자본주의사회를 붕괴의 벼랑으로 몰아가는 것이 사회적 구조(기술-경제 질서)와 문화(상징적-심리적 질서) 사이의 괴리라고 지적한 바 있다. 자본주의의 사회적 구조는 자원의 희소성에 의해 결정되고, 그렇기에 바뀔 수 있으며, 그 속에서 제한 없는 무한

---

[35] John Gray, *Straw Dogs: Thoughts on Humans and Other Animals*, New York: Farrar, Straus and Giroux, 2002, p.167.

[36] William Ophuls, *Op. cit.*, pp.190-192.

성장이란 생각할 수 없는 것이다. 반면 문화의 영역은 심리적 결핍감에 의해 지배되고, 그 심리적 결핍이란 무한한 것이다. (미국의 경우) 과거에 이 두 영역은 청교도주의와 프로테스탄티즘 아래에서 하나의 구조로 결합되어 있었다. "청교도적 기질"(인간의 타락에 사로잡혀 생기는 성스러움에 대한 열망과 고뇌의 감각)과 "프로테스탄트 윤리"(세속적 이익을 지향하는 실용성)이라는 문화적 가치가 각각 조너선 에드워즈Jonathan Edwards와 벤저민 프랭클린Benjamin Franklin이라는 아이콘을 통해 미국 부르주아사회에서 지배적이었을 때, 경제와 사회적 구조는 일관되게 잘 관리될 수 있었다.[37] 하지만 자기실현에 대한 근대적 믿음, 20세기 중반의 소비사회, 그리고 1960년대의 쾌락주의 등의 등장—이 모든 것은 시장의 논리를 따랐는데—으로 인해 사회 영역과 문화 영역 간의 필수적 유대가 부식되었다고 벨은 말한다. 벨에게 있어 이러한 변화들은 과도한 지출과 강박적 쾌락주의 문화를 만들어 냈고, 이것이 자본주의사회 구조의 기반을 심하게 뒤흔들었다는 것이다. 벨에 따르면 이 사회적 구조와 문화 간의 괴리가 '현대 자본주의의 문화적 모순'이다. 문제는, 소비의 문화가 자원의 희소성과 충돌한다는 데 있다.

자원이 낭비할 수 있을 정도로 풍부한 곳에서, 혹은 개인이 고도의 불평등을 정상적이거나 정당한 것으로 수용하는 곳에서는 이 소비가 가능할 수 있다. 그러나 사회의 모든 구성원이 더 많은 것을 원하고, 그것이 권리의 문제라고 여김에도 자원은 한정되어 있다면, 정치적인 요구와 경제에서의 한계 사이의 긴장이 발생하는 근거가 어디에 있는지를 보기 시작할 것이다.[38]

---

[37] Daniel Bell, *Op. cit.*, pp.55-61.

[38] *Ibid.*, p.23.

희소성이 삶의 지배적 요소가 된다면 무슨 일이 벌어질까? 풍요가 더이상 소비자본주의와 자유민주주의의 기반으로 기능하지 못하게 되자마자 다툼, 불평등, 제한, 억압, 극심한 경쟁이 뒤따를 게 확실하다. 오펄스가 지적하듯이, "(현재 이해되는 방식으로서의) 개인주의, 자유, 민주주의의 황금시대는 거의 지나"간 게 아닐까?[39] 우리에게 익숙한 편안한 삶의 방식은 사라질 것이고, 인간은 자연의 가혹함과 일상의 위험 위에 감도는 영속적 불안 속에 내팽개쳐질 것이다. 홉스Thomas Hobbes가 《리바이어던Leviathan》의 〈행복과 비참함과 연관된, 인간의 자연적 조건에 대하여〉라는 장에서 관찰하듯이, 인간은 위험의 상황 속에서 "지속적인 공포와 폭력적인 죽음의 위험"에 맞닥뜨린다. "인간의 삶이란 고독하고, 불쌍하며, 끔찍하고, 잔인하며, 짧다."[40]

풍요 없는 시대의 민주주의

역사적으로 근대 민주주의 체제는 15세기 신세계의 발견을 통해 엄청난 자원의 변경을 얻어 내고, 그 과정에서 노예제와 식민화를 통해 유럽 시장의 확장을 일궈 낸 서구 유럽 문명의 풍요에서 그 사상적 기원을 갖는다. 상업자본주의에서 산업자본주의로, 나아가 금융과 인지자본주의로 쉴 새 없이 확장되면서 이제 지구상에는 그 어떤 '변경'도 남아 있지 않다. 지리상에서 사라진 변경은 인간의 감정·정동·지식의 영역을 마지막으로 포섭했고, 인간 내면까지 장악한 다음에는 사이보그와 휴머노이드의 세계, 곧 인공지능·로봇공학·생명과학 중심의 4차

---

39 William Ophuls, *Op. cit.*, p.192.
40 Thomas Hobbes, *Leviathan*, Ed. C. B. Macpherson, London: Penguin, 1985, p.186.

산업혁명이 전면화될 것이다. 중요한 점은 무한할 것 같았던 천연자원이 한계를 맞이할 무렵 금융과 인지자본주의가 헤게모니를 잡기 시작했다는 데 있다. 이미 '노동의 종말'은 가시화되었고, 자본은 인간을 벗어나 숫자가 명멸하는 모니터의 세계 속으로 빠져들고 있다. 다른 한편에서는 자본주의 500년의 역사가 만들어 낸 생태 파괴가 가속화되고 있다. 자본주의는 애초부터 생태계를 필요로 했고, 자본주의와 결합하는 순간 자연의 생태계는 '자본-생태계capitalist ecology'로 변모한 지 오래되었다.[41] 지구온난화, 자원 고갈, 사회적 갈등, 인간 본성의 변화 등을 포괄하는 생태 파괴는 지금까지 자본주의가 소비하고 기생했던 그 환경 자체가 사라짐으로써 결국 자본주의마저 그 기반을 잃어버릴 가능성이 농후함을 보여 준다.[42] 다시 말해, 우리가 익숙하게 여기던 근대 자본주의 문명 자체의 붕괴가 가능한 것이다. 쿤슬러의《손으로 만든 세상》이 그리는 석유-이후의 미래는 단지 '상상'에 그치지 않는다. 이 작품은 자본-생태계의 한 문제인 자원 고갈, 그중에서도 석유 에너지의 고갈이라는 합리적인 가설(혹은 사실)에 기반을 둔 '미래적 리얼리즘' 소설이다. 이 파국서사를 통해 생각할 수 있는 많은 문제 중 하나가 '민주주의와 풍요' 간의 관계다. 쿤슬러가 묘사하는 풍요 없는 세상은 민주주의가 사라진 전체주의적 디스토피아 세상이라기보다는 민주주의적 삶의 방식이 다양한 정치체제 중 하나로 여겨지는 곳이다. 이 소설에 등장하는 다양한 집단은 기실 민주주의 체제, (사회주의적) 권위주의 체제, 폭정 체제라는 세 개의 정치체제로 환원할 수 있다. 소설 속에서 유

---

[41] Jason W. Moore, *Capitalism in the Web of Life: Ecology and the Accumulation of Capital*, London: Verso, 2015.

[42] '생태'라는 개념은 '자연환경'만을 의미하지 않으며 인간-자본-자연환경을 모두 포괄하는 거대한 개념으로 사용되어야 한다. Timothy Morton, *The Ecological Thought*, Cambridge, MA: Harvard University Press, 2010.

니온 그로브라는 민주주의 체제는 폭정 체제에 맞서서 승리를 거두지만, 사실 유니온 그로브의 민주주의는 권위주의 체제를 동반자로 여길 뿐 아니라, 그것의 민주주의 자체도 현실주의적인 방식으로 축소되고 수정된 차원에 그친다. 쿤슬러는 석유-이후 세계의 민주주의는 그만큼의 한계를 지닌다고 추론하고 있는 것이다.[43]

파국서사가 상상하는 민주주의는 풍요가 사라진 세계에서의 민주주의다. 역사적 민주주의가 물질적인 풍요와 뗄 수 없이 연결되어 있다면, 그 풍요가 사라졌을 때의 체제 역시 민주주의일 것이라고 상상하기란 어렵다. 저성장 체제로 굳어져 가는 신자유주의적 자본주의 하에서 한국·일본·미국 등의 민주주의 체제는 각기 다르지만, 교과서적인 민주주의 체제의 후퇴 양상을 보이고 있다는 점은 같다. 박근혜와 아베와 트럼프가 동시에 출현하고,[44] 두테르테와 브렉시트와 장-마리 르 펜과 이슬람국가가 기정사실이 된 오늘날 세계는 어쩌면 자유민주주의의 수정 혹은 후퇴 혹은 심지어 소멸까지도 생각해 보게 한다. 풍요가 사라진 세계의 체제는 오히려 '힘 있는 자들의 지배'가 더욱 강력해지는 반민주적 체제가 될 공산이 크다. 수많은 디스토피아 소설과 파국서사가 그리고 있는 세계가 바로 그런 세계다.

2017년의 한국은 민주주의의 '정상화'를 외치며 민주주의적 열정을 불태웠지만, 형식적 민주주의가 일시적으로 '정상화'되면 모든 게 해결될까? 자본이 장악한 우리의 일상도 그렇게 민주주의적으로 변할까?

---

[43] 미국 드라마 〈워킹 데드The Walking Dead〉 시리즈 역시 유사하게 분석할 수 있다. 릭 그라임스 집단은 구성원의 의사가 존중되고 표현되는 민주주의 체제이고, 그라임스 집단이 만나는 다른 집단의 정치체제는 각기 다르다. 그러나 그라임스 집단의 민주주의 역시 현실주의적인 수정을 거친 민주주의이고, 그 집단이 다른 체제의 집단과 만날 때 언제나 강력한 도덕적 우위를 갖는 것은 아니다.

[44] 박근혜가 대통령 자리에서 물러났다고 해서 '박근혜적인 것'이 완전히 사라졌다고 볼 수는 없다. 그것은 언제든 다시 돌아올 수 있다.

한국의 '부'(풍요)를 극히 일부 세력이 독차지하고, 다수 대중은 그 혜택을 누리지 못하는 상황이 지속된다면 '민주주의'는 그저 구호와 껍데기로 남을 뿐이고, 그 상황이 극단을 향해 치닫는다면 어떤 체제가 등장하게 될지 아무도 모른다. 플라톤Plato은 민주주의는 아나키를 만들어내고, 아나키는 다시 폭정으로 이끈다고 썼다.[45] 하지만 플라톤이 말하는 민주주의는 우리가 한 번도 겪어 본 적 없는 제대로 된 평등의 민주주의였다. 어쩌면 자본-생태계의 균열로 만들어지고 있는 총체적인 난국의 끝은 플라톤의 상상보다 더 끔찍할지도 모른다. 제대로 된 민주주의를 경험해 보지도 못한 채 아나키와 폭정으로 갈지도 모르고, 그 폭정에의 반항으로부터 새로운 과두제나 전제주의가 등장할지도 모른다. 파국서사가 상상하는 미래 세계는 대개 민주주의가 없거나 수정된 체제다. 우리는 풍요 없는 세상을 그리는 파국서사를 통해 민주주의를 생각하면서, 오늘날 우리가 그토록 믿는 '상식'으로서의 민주주의라는 것이 역사의 변화 속에서는 부질없이 소멸할 수도 있는 취약한 개념이자 형체임을 다시 생각해 볼 필요가 있다. 민주주의 없이 살자는 게 아니라, 민주주의를 지키기 위해서라도 이 자원의 풍요 혹은 희소성이라는 문제를 그 전에 고민해야 한다는 말이다. 우리가 지킬 민주주의는 대통령의 교체에서 끝나는 게 아니라, 극단적으로 불균등한 자원의 배분이라는 그 문제에서 사실은 다시 시작해야 한다는 것이다.

---

[45] Plato, *The Republic*, Ed. G. R. F. Ferrari, Trans. Tom Griffith, Cambridge: Cambridge University Press, 2000.

| 참고문헌 |

Abélès, Marc. *The Politics of Survival*, Trans. Julie Kleinman, Durham and London: Duke University Press, 2010.

Aristotle, *The Politics*, Trans. T. A. Sinclair, London: Penguin, 1981.

Bauman, Zygmunt. *Collateral Damage: Social Inequalities in a Global Age*, Cambridge: Polity, 2011.

Bell, Daniel. *The Cultural Contradictions of Capitalism*, New York: Basic Books, 1996.

Foster, John Bellamy and Brett Clark, "The Ecology of Consumption: A Critique of Economic Malthusianism," *Polygraph* 22, 2010.

Gray, John. *Straw Dogs: Thoughts on Humans and Other Animals*, New York: Farrar, Straus and Giroux, 2002.

_____, *Heresies: Against Progress and Other Illusions*, London: Granta Books, 2004.

Hardt, Michael. "Two Faces of Apocalypse: A Letter from Copenhagen," *Polygraph* 22, 2010.

Hobbes, Thomas. *Leviathan*, Ed. C. B. Macpherson, London: Penguin, 1985.

Homer-Dixon, Thomas. *The Upside of Down: Catastrophe, Creativity, and the Renewal of Civilization*, Toronto: Knopf, 2006.

Kunstler, James Howard. *The Long Emergency: Surviving the Converging Catastrophes of the Twenty-First Century*, New York: Atlantic Monthly Press, 2005.

_____, *World Made by Hand*, New York: Atlantic Monthly Press, 2008.

Le Guin, Ursula K. *The Dispossessed*, New York: Harper & Row, 1974.

LeMenager, Stephanie. "The Aesthetics of Petroleum, after Oil!" *American Literary History* 24.1, 2012.

Locke, John. *Two Treatises of Government and A Letter Concerning Toleration*, Ed. Ian Shapiro, New Haven and London: Yale University Press, 2003.

Marx, Karl and Friedrich Engels, *The Communist Manifesto*, London and New York: Verso, 1998.

Marx, Karl. *Capital: A Critique of Political Economy. Volume Three*. Trans. David Fernbach. London: Penguin, 1991.

_____. "Critique of the Gotha Program." *The Marx-Engels Reader*. Ed. Robert C. Tucker. New York: W. W. Norton, 1978.

Moore, Jason W. "Crisis: Ecological or World-Ecological?" *Depletion Design: A Glossary of Network Ecologies*. Eds. Carolin Wiedemann and Soenke Zehle. Amsterdam: Institute of Network Cultures, 2012.

_____. *Capitalism in the Web of Life: Ecology and the Accumulation of Capital*. London: Verso, 2015.

Morton, Timothy. *The Ecological Thought*. Cambridge, MA: Harvard University Press, 2010.

Ophuls, William. *Ecology and the Politics of Scarcity Revisited: The Unraveling of the American Dream*. New York: W. H. Freeman and Company, 1992.

Orlov, Dmitry. *Reinventing Collapse: The Soviet Experience and American Prospects*. Gabriola Island, Canada: New Society Publishers, 2011.

Plato. *The Republic*. Ed. G. R. F. Ferrari. Trans. Tom Griffith. Cambridge: Cambridge University Press, 2000.

Schaefer, David Lewis. "Economic Scarcity and Political Philosophy: Ancient and Modern Views." *International Political Science Review* 4.3, 1983.

Szeman, Imre. "System Failure: Oil, Futurity, and the Anticipation of Disaster." *South Atlantic Quarterly* 106.4, 2007.

Trotsky, Leon. *The Revolution Betrayed: What Is the Soviet Union? Where Is It Going?* Trans. Max Eastman. New York: Pioneer Publishers, 1945.

Waldron, Jeremy. "Enough and as Good Left for Others." *The Philosophical Quarterly* 29.117, 1979.

'퀴어'한 세계에서 '퀴어'로 살아가기

오 혜 진

* 이 글은 서울예술대학교 교지 《예장》 37호(2017. 1)에 실리고, 2016년 조선대학교 인문학연구원 이미지연구소 정기학술대회 〈민주주의/이미지/통치성〉(2017. 2. 15)에서 발표된 원고를 수정 및 보완하여 재수록한 것이다.

폴키친 × 신촌아트레온 : 두 개의 영화체험

2016년 연말에 두 번의 잊지 못할 영화체험을 했다. '영화를 봤다'가 아니라 '영화체험을 했다'고 말한 것은, 나의 관심이 '영화' 자체뿐 아니라 영화를 보게 된 계기와 시간과 장소 등 해당 영화 관람과 관련된 상황 전반에 있기 때문이다. 나는 지금 '한국 퀴어영화계의 새 장을 열었다'고 평가되는 두 편의 다큐멘터리, 〈불온한 당신〉(이영, 2015)과 〈위켄즈〉(이동하, 2016)의 영화경험에 대해 말할 참이다.

〈불온한 당신〉을 처음 본 것은 2016년 12월 3일 홍대 근처에서 열린 소규모 공동체상영회에서였다. '여성모임/행동하는성소수자인권연대'에서 개최한 행사였는데, 나는 트위터를 통해 우연히 상영회 소식을 접했다. 이 모임의 트위터 계정에 들어가 보니 "레즈비언, 바이섹슈얼, 트랜스젠더 등 여성성소수자 누구나 참여할 수 있는 모임입니다." 라는 소개말이 적혀 있었다. 나는 이 모임에 아무런 연고가 없었지만 소문으로 익히 들어 온 그 영화를 보고 싶어서 참여 가능 여부를 문의했고, 한국의 사회문화적 상황이 꽤 생소할 법한 한국계 미국인인 20대 여성 페미니스트와 함께 영화를 보러 갔다. 상영회가 열린 '폴키친'이라는 레스토랑 겸 바는 전혀 처음 가 보는 곳이었다. 홍대 근처에서 노닥거린 게 족히 10여 년은 될 텐데, 그 거리에 그런 바가 있는 줄은 몰랐다. 건물 꼭대기에 달린 작은 간판은 눈에 잘 띄지 않았고, 바의 입구에는 'WOMEN ONLY'라고 적혀 있었다. 상영회가 시작되자 그 바는 정말 '오직 여성'들로만 가득 찼다. 조금 과장하자면, 장안의 스타일리시한 '부치'들이 다 모인 듯했다.

영화는 평생 자신을 '남성'이라 믿고 살아온 이묵 씨, 동일본대지진을 계기로 커밍아웃한 일본의 레즈비언 커플, 2014년 서울에서 열린 퀴어 퍼레이드, 성소수자 차별 금지 조항이 포함된 〈서울시민인권헌장〉 폐기 반대를 위한 무지개농성단의 서울시청 점거, 세월호참사 유가족들의 집회, 서울시 〈학생인권조례〉 토론회 등지에서 매번 부딪치는 성소수자인권운동가들과 혐오세력들 간의 갈등을 다루고 있었다. 영화를 보는 동안 나는 종종 동행자의 옆얼굴을 살폈는데, 태극기를 흔들고 북을 치며 시종일관 고성을 지르는 모습으로 등장하는 '혐오세력'들의 주장이 그녀에게 잘 전해지고 있는지 궁금했기 때문이다. 영어 자막을 통해 서사를 따라가고 있을 그녀에게 이 지극히 '한국적인' 스펙터클이 어떻게 이해되고 있는지 알고 싶었다. '절대 두 번은 못 보겠다'고 생각할 만큼, 영화에서 중계되는 갈등 상황은 그저 지켜보는 것만으로도 매우 피로했다.

한편, 〈위켄즈〉의 첫 관람은 2016년 12월 23일 저녁, 신촌의 한 멀티플렉스 극장에서였다. 크리스마스 직전이라 신촌 거리는 흥성거렸고 극장은 분주했다. 나는 영화에 대한 사전 정보를 그리 많이 갖지 못한 채, 비교적 가벼운 마음으로 멀티플렉스 극장의 익숙한 어둠 속에 기꺼이 파묻혔다. 영화는 20년 된 게이인권운동단체 '친구사이'의 소모임인 게이합창단 '지보이스G_Voice'의 10주년 기념공연 준비 과정을 보여주며 시작했다. 10년이 됐는데도 "우리는 왜 여전히 노래를 못할까"라고 웃으며 자문하는 등장인물을 보는 순간, 내가 느낀 것은 일단 '편안함'이었다. 이 영화가 결국 내게 서로 다른 세대적 · 경제적 · 지역적 · 교육적 배경을 지닌 게이들이 적지 않은 난관을 극복하고 성공적으로 공연을 마친 뒤, 더없는 성취감과 연대감, 그리고 환희를 맛보며 성장한다는 식의 해피엔딩을 선사해 줄 것임을 능히 짐작할 수 있었기 때문이다. 물론 그럼에도 나는 영화를 보는 내내 내가 예상한 것보다 훨씬 더 많은 눈물을 흘려야 했다. 감동의 진폭이 매우 커서 이후 며칠 동안 머릿속에 영화 속 노래들과 인물들의 표정이 자꾸 맴돌았다. 영화를 꼭 다시 한 번 보고 싶었다.

요컨대 〈불온한 당신〉과 〈위켄즈〉, 두 영화체험의 기묘한 '같고 다름'이 이 글을 쓰게 된 결정적인 이유다. 두 영화는 모두 성소수자 당사자들이 '한국에서 성소수자로 산다는 것'이라는 문제를 다큐멘터리 형식으로 직접 서술한 일종의 '자기서사'이고, 양자 모두 성소수자들과 혐오세력 간의 갈등을 공통적인 문제 상황으로 설정한다. 심지어 2014년 퀴어퍼레이드 및 무지개농성단의 서울시청 점거 장면은 두 영화에 거의 똑같이 등장하기까지 한다.

두 영화는 같은 사건, 같은 현장을 매개로 서로 다른 플롯과 톤, 정서를 만들어 냈고, 그 때문에 나는 두 영화를 오버랩해 보고 싶어졌다. 두 영화가 내게 남긴 깊은 인상의 정체는 무엇인지, 어째서 한 편은 '두 번 보기 힘들 만큼' 고통스러웠고, 다른 한 편은 '한 번 더 보고 싶을 만큼' 편안했는지 해명하고 싶었다. 두 영화의 같고 다른 재현문법과 그 효과를 설명할 수 있다면, 현재 한국의 퀴어다큐멘터리가 구성하고 있는 성소수자 재현의 스펙트럼과 그 임계를 가늠해 볼 수 있을지도 모른다.

'연대'와 '조율'에 대한 가장 완벽한 서사, 〈위켄즈〉

대부분의 리뷰들이 공통적으로 말하듯, 〈위켄즈〉는 '함께해 온 세월의 힘', 그 연대의 시간에 대한 이야기다. 이 작품은 여러모로 한국 영화계에 전무후무한 기록을 남겼는데, 그중 하나는 단연 이 영화가 열어젖힌 '가시성visibility'의 차원과 관련된다. 두말할 것 없이, 〈위켄즈〉는 "서른 명이 넘는 게이들의 얼굴이 이렇게 한꺼번에, 아무 위장이 안 된 채로

스크린에 담"긴 국내 최초의 사례다. 이 '가시화'는 당연히 일반적인 영화의 스펙터클이 지니는 의미 그 이상이다. 스크린에서 모자이크나 블러 처리가 되지 않은 게이들의 얼굴을 보는 관객은, 그저 어떤 영화의 등장인물을 보는 것에만 그치지 않는다. 관객이 소환된 장소는 게이들의 커밍아웃 현장이며, '거기에 있음'으로써 관객은 '커밍아웃'이라는 사건의 목격자이자 그 대상이 된다. 실제로 〈위켄즈〉에 등장하는 게이들은 불특정 다수의 대중을 관객으로 초청하는 '지보이스' 정기공연에서 한 번, 그리고 이에 대한 촬영분으로 만든 영화의 전국적인 상영을 통해 또 한 번 커밍아웃한 셈이다. 영화에 등장하는 "저 각각의 얼굴들은 곧, 그 한 사람이 촬영동의서를 쓸 때의 고민과 두려움과 결단의 무게에 값한다"[2]는 지적은 바로 그런 의미다.

이 영화가 가장 완벽하고 아름다운 퀴어영화인 또 다른 이유는, 퀴어들의 보편적이고도 특수한 존재 방식과 그 가시화 및 성장·연대·화해·용서와 같은 주제들을 말하기 위한 가장 효과적인 소재를 제대로 찾아냈기 때문이다. 바로 '합창' 말이다. 그간의 스테레오타입화된 게이 재현과 거리를 두면서도 당사자들의 게이로서의 자기정체성을 확실히 가시화하고, 이들이 맺는 다른 사회구성원과의 상호연대 관계를 재현하는 데 있어 '합창'보다 제격인 소재가 또 있을까. 지보이스 공연의 문화정치적 의미를 고찰한 한 탁월한 연구가 잘 지적했듯, 합창은 "상대방의 목소리에 귀 기울이며 하모니를 만들어 관객들에게 특정한 정동을 불러일으키는, 그 자체로 이상적인 민주주의 실천의 은유"[3]다. 나름

---

[1] 너돌양, 〈'위켄즈'-함께 노래하며 더욱 강해진 사람들, 차별과 혐오 넘어 연대로〉, 《미디어스》, 2016. 12. 23.

[2] 너돌양, 앞의 글.

[3] 배재훈, 〈게이 남성 합창단의 문화정치학〉, 《여/성이론》 31, 여이연, 2014. 11., 147쪽.

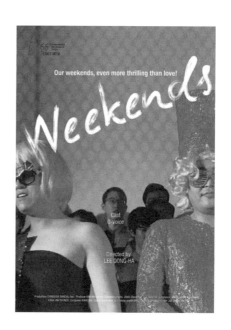

그림 1 | 영화 〈위켄즈〉 포스터

의 가능성과 한계를 가진 개인들이 합심해 '우리'라는 전혀 다른 주체를 만들어 내는 그 시간의 축적은, 여러 개의 음으로 쌓아 올린 화음들이 동시에 울려 퍼지는 '합창'의 메커니즘에 대한 가장 정확한 유비analogy다. 더구나 합창되는 노래들이 모두 노래하는 이들의 실제 이야기를 소재로 직접 창작한 '자신들의 이야기'임을 감안한다면, '주체화'에 대한 이보다 더 강력한 서사는 찾기 힘들 정도다.

영화는 '합창'의 이러한 정치적 함의를 정확하게 간파하고 있고, 그래서 기실 이 영화가 사건들을 배열하는 방식은 화음을 쌓아 올리는 일과도 유사하다. "애인이 그만두면 나도 그만둘 거야"라고 말하던 '샌더'는 어느새 합창단의 멋진 '단장'이 돼 있고, "우리가 배제되는 존재라는 걸 처음 알았다"던 단원들은 이제 혐오세력이 뿌린 '똥물' 맞은 몸을 서로 닦아 준다. "집회나 시위에 한 번도 나가 본 적 없"다던 그들은 세월호참사 유가족들의 집회, 쌍용자동차 해고노동자 투쟁, 무지개농성장 무대에 서며 "인권운동계의 아이돌"로 거듭났다. 그뿐인가. 답가를 부르러 왔다며 국제성소수자혐오반대의 날IDAHOT 기념행사에서 지보이스의 노래 〈콩그레츄레이션〉을 율동과 함께 부르는 쌍용자동차 해고노동자 노래패 '함께 꾸는 꿈'의 무대까지 보고 나면, 이건 그야말로 완벽하게 성공적인 합창 무대이자 가장 바람직한 '연대'의 정석을 보는 듯하다. 이제 게이들은 단지 '차별받지 않아야 하는 존재'를 넘어, '싸우는 주체'가 될 수 있고, 누군가에게 연대의 손길을 내미는 주체일 수도 있다고 이 영화는 말한다. 기존의 게이영화들이 게이를 우습거나 발랄하게 재현해야 한다는 강박에서 자유롭지 못했음을 떠올려 본다면, 스스로 혐오의 현장을 겪으며 '운동'의 주체로 성장해 가는 게이들에 대한 이 재현은 꽤 비전형적이며 충분히 새롭다.

흥미로운 것은 이 영화가 관객에게 남긴 지배적 정동情動의 정체다. 그러니까, 대부분의 관객은 이 영화가 게이들을 "누구보다도 섬세하고 착하면서도 밝은 에너지로 넘치는 사람들"[4]로 그렸다는 지적에 별 무리 없이 동의할 수 있다. 혹자는 이 영화가 게이들의 "절박할 수 있는 내밀한 고백을 고통스럽게 혹은 처연하게 기록할 마음이 없"음을, "그 속내를 끄집어내기보다 웃고 떠들고 싸우고 노래하는 그 일상의 결들을 포착하는 것"이야말로 "관객들에게 지보이스의 결심과 자세를 공감하게 만드는 영화적인 '선택'"[5]이라고 설명하기도 했다.

물론, 이 영화가 '이성애자들이 거부감을 느낄 만한' 게이들의 연애와

---

[4] 김동민, 〈게이합창단의 노래, 가사가 너무 리얼하다〉, 《오마이스타》, 2016. 10. 11.
[5] 하성태, 〈'사랑은 혐오를 이긴다', 지보이스여 함께 노래하라〉, 《오마이스타》, 2016. 12. 26.

그림 2 | 영화 〈위켄즈〉의 한 장면

성에 대한 이야기조차 에둘러 가지 않을 정도로[6] "착한 게이"를 재현하는 데에만 그치지 않은 것은 사실이다. 그럼에도 이 영화는 '게이도 평범한 보통 사람들과 같다'라는 메시지를 전하는 데 성공했고, 대다수 관객에게 '착하고 평범한 사람들의 밝고 긍정적인 에너지'를 전하는 이야기로 각인됐다. 이제 바로 그 영화적 선택의 이유와 효과를 생각해 볼 때다.

이는 어쩌면 성공적인 합창을 위해 단원들 개개인의 발성과 호흡이 섬세하게 조율되듯, 차곡차곡 '각성하고 연대하는' "올바른 게이성장담"[7]을 위해 인물 한 명 한 명의 퍼스낼리티와 사건들의 재현이 섬세하게 조율됐기 때문 아닐까. 예컨대 이 영화에서 기억에 남는 몇몇 장면들은 이런 것이다. "'백화점에서 2천 원짜리 빵을 팔던 나'라는 합창곡 〈쉽지 않아〉의 가사와 달리, 실제로 '샌더'가 납품하던 빵의 가격은 8천 원이었다는 것, '성소수자 공개 결혼식'으로 큰 화제를 모은 김조광수 · 김

---

[6] 신윤동욱, 〈볼륨을 높여라〉, 《한겨레21》 1144, 2016. 1. 2.
[7] 신윤동욱, 앞의 글.

승환의 결혼식 축하무대에서 지보이스 멤버 중 일부는 〈몰래 한 사랑〉 같은, 자신들의 이야기가 담기지 않은 곡을 공연하고 싶지 않아 했다는 것 등. 하지만 영화는 이런 종류의 왜곡이나 갈등을 '사건화'하는 데에는 별 관심이 없다. 그렇다고 그 갈등과 균열의 존재를 은폐한 것도 아니다. 다만 영화는 '그런 일이 있었다'고 심상하게 말한 후, 계속 앞으로 나아간다. 마찬가지로, 나는 내성적이기도 하고 외향적이기도 할, 발랄하기도 하고 무뚝뚝하기도 할, 긍정적이기도 하고 냉소적이기도 할 서로 다른 성격의 게이들이 어떻게 '공원에서 머리에 꽃을 꽂고 애인에게 뽀뽀하는' 식으로 '깨발랄'하게 연출된 자기재현 전략에 모두 합의하고 기꺼이 동참할 수 있었는지 궁금했지만 영화는 그 답을 끝내 말해주지 않았다. 서로 다른 주체들을 '하나-됨'으로 이끄는 그 '신비로운' 힘이야말로 '합창'의 마법이기 때문이다.

지보이스의 참여자이자 연구자이기도 한 어떤 논자는 '게이 유토피아' 혹은 '유토피아적 감수성'이라는 개념으로 이런 정조의 성격을 설명한 바 있다. 그는 "지보이스 합창에서, 공연 전체를 통해 남게 되는 어떤 느낌이 있다면 그것은 에너지, 풍부함, 강렬함, 투명함 그리고 커뮤니티와 같은 유토피아적 감수성utopia sensibility일 것"[8]이라고 언급하며, 이 감각은 공연 주체와 관객, 혹은 게이들이라고 해서 모두가 조건 없이 공유하는 자명한 것은 아니라고 말한다. 어떤 게이 합창 참여자는 "게이 하위문화를 보여 주는 디스코나 드랙과 같은 전형적인 퍼포먼스보다 "서로 손을 잡고 앞으로 나아가는 느낌을" 주는 합창의 퍼포먼스가 자신의 게이 정체성을 강하게 설명해 주는 느낌을 준다고 이야기"[9]하는 반면, 공연을 본 한 게이 관객은 "〈You will never walk alone〉을

---

[8] 배재훈, 앞의 글, 147쪽.
[9] 배재훈, 앞의 글, 151쪽.

비롯한 유토피아적 커뮤니티에 대한 열망을 노래하는 합창곡이 자신도 동참할 수 있는 상호연대의 감정을 불러일으키기보다 솔직하고 분명한 낙관서사의 무력함으로 느껴졌다고 말했다"[10]는 것이다.

그렇다면 이 영화가 극적으로 해낸 것은 등장인물 각각의 서로 다른 일상, 다채로운 게이 하위문화 등을 '합창'으로 상징되는 이 '동일화 identification'라는 장력의 자장 안에 요령 있게 배치하는 일이다. 이 영화의 서사적 완미함과 '일관되게 밝고 매끄러운 톤'을 성립케 한 두 개의 축이 있다면 그 하나는 다른 사회구성원들과의 상호연대를 통한 사회적 동화同化의 원리이며, 또 다른 하나는 게이 집단 내부의 '다름'을 '동일화'의 장력을 통해 조율하고 이를 '상호지지'로 의미화하는 일일 테다. 물론, 이 신비로운 조율이 성공하는 예외적인 순간을 목도하게 된 것은 우리의 행운이며, 손바닥이 얼얼할 정도의 박수를 보내도 결코 아깝지 않으리라.

'불온'한 사회에서 '불온'한 개인으로 남을 권리, 〈불온한 당신〉

반면, 〈불온한 당신〉[11]의 영화체험을 해명하는 일은 좀 더 복잡하다. 이 영화에 담긴 이묵과, 일본 레즈비언 커플과, 동성애(자)를 혐오하는 일부 개신교도들의 이야기는 결코 하나의 서사로 매끄럽게 꿰지지 않는다. 이 영화의 지배적 정조 또한 희망, 냉소, 절망, 분노 같은 단일한 정

---

[10] 배재훈, 앞의 글, 153쪽.

[11] 〈불온한 당신〉(이영, 2015)은 2015년 제7회 DMZ다큐멘터리영화제에서 처음 공개된 후, 소규모공동체 상영을 이어 왔다. 이 작품은 동 영화제에서 심사위원 특별상 및 〈2016 여성영화인상〉 다큐멘터리 부문에서 수상했다. 2017년 7월에 전국 상영관에서 정식 개봉했다.

동으로 수렴되지 않는다. 이 영화가 그리고자 한 레즈비언 정체성의 내용이 무엇인지도 불분명하다. 한국사회에서 레즈비언은 고립된 주체인가, 아니면 연대하는 주체인가. 쾌락적 주체인가 아니면 쾌락으로부터 소외된 주체인가. 〈위켄즈〉와 달리 〈불온한 당신〉이 재현한 '성소수자의 삶, 혹은 성소수자의 시각으로 본 한국사회'는 한마디로 정리되지 않는다. 그리고 나는 바로 이 '손쉽게 정리되지 않음'이 이 영화가 지닌 최고의 미덕이라고 생각한다.

우선 칠십 평생을 자신이 '남자'라고 생각하고 살아온 '이묵'의 이야기를 보자. 이 영화의 감독이자 등장인물이자 내레이터이자 레즈비언 당사자인 '이영'은 이묵을 '선배'라고 부른다. 이묵은 왜 이영의 선배일까. 이묵이 스스로를 지칭하는 데 사용하는 명칭은 '바지씨'다. '바지씨'는 1960~1970년대에 여성과의 정신적 · 성애적 관계를 지향하는, 지정성별이 '여성'인 이들을 가리키던 말이다. 이는 물론 레즈비언, 트랜스젠더, 인터섹스, 젠더퀴어 등과 같은 명칭이 없던 시절의 이름이다. 이묵은 단지 여성과의 정신적 · 성애적 관계를 원할 뿐만 아니라 스스로를 여자가 아니라 '남자'라고 규정하고 있으므로, 최근 좀 더 정교화한 섹슈얼리티 체계에서 규정된 '레즈비언'의 범주에는 딱 들어맞지 않을지도 모른다. 그러나 이묵의 성정체성이 현재 '레즈비언'이라고 일컬어지는 정체성과 정확하게 일치하지 않더라도, 이영은 이묵을 '선배'라고 부른다. 이성애규범이 '정상성normality'의 기율로 작동하는 한국사회에서 이묵의 존재 방식은 지금 현재 레즈비언을 비롯한 성소수자의 존재 방식과 모종의 연속성을 지니고 있기 때문이다.

이묵에 따르면, 1970년대에 '여운회女運會' 혹은 수유 · 정릉 등지에 형성된 퀴어여성들의 커뮤니티는 종종 "여자깡패"들의 소굴이라고 불리며, '데모'를 할 위험이 있다고 간주돼 매번 해산당하기 일쑤였다. 그리고 현재 이묵은 서울과 용인 및 고향 여수를 왕래하며 거주하는데, 그

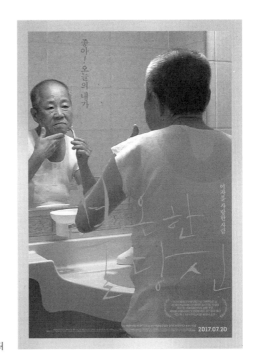

그림 3 | 영화 〈불온한 당신〉 포스터

는 각각의 장소에서 전혀 다른 자기연출을 수행하며 살아간다. 이를테면 서울과 여수에서 '여자를 좋아하는' 이묵의 성정체성은 익히 잘 알려진 바고, 이묵도 이를 굳이 감추지 않는다. 그러나 용인에서 이묵은 '김승우'라는 이름의 '남자'로 알려져 있으며, 이묵 또한 그런 사회적 인식을 교정하지 않는다. 다만, 용인은 다른 고장에서는 입지 않았던 '말기'를 꼬박꼬박 챙겨야 하는 곳이다. '말기'는 이묵이 무명천과 운동화 끈을 이용해 직접 만든 가슴가리개다. 이묵은 용인 사람들을, 편하지만 "뭐 먹을 때나 좋"은 사람들이라고 말하며, "그런 걸(어떤 장소에서 자신이 어떻게 받아들여지고 있는지—인용자) 파악을 하고 살아야" 한다고 되뇐다.

하지만 더 인상 깊은 것은, 피곤할 법도 한 이 몇십 년간의 젠더수행에도 불구하고, 이묵은 스스로를 '별 숨김없이 살아온 사람'이라고 말한다는 점이다. 이묵은 자신의 삶을 억압과 차별의 역사로 서사화하기보다, '자기만의 존재 방식을 끊임없이 시도하고 탐색해 온 과정'이라고 설명한다. 그러니 "후배들도 자신 있게 살아라"라고 웃으면서 말하는 이묵의 모습이야말로 그의 이야기가 이 영화의 처음과 끝에 배치된 이유를 잘 말해 준다. 이 장면에 이르러서야 비로소 관객은 이묵의 성정체성을 33개나 된다는 현재의 젠더 범주 중 어느 하나에 끼워 맞춰보려는 욕망 혹은 '존재가 먼저냐 이름이 먼저냐'는 식의 유명론^{唯名論的} 물음에서 벗어나, 이묵과 이영이 나눈 '유대감'의 정체를 어렴풋이 깨닫게 된다.[12]

두 번째 에피소드. 이영은 일본 레즈비언 커플인 '논'과 '텐'을 만나기 위해 또 한 번 이동한다. 논과 텐은 동일본대지진 이후 커밍아웃을 단행하고 현재 동거 중이다. 이 레즈비언 커플 에피소드의 테마인 '성소수자와 재난'이 발신하고 있는 메시지는 무엇일까. 물론 '피차별 대상인 성소수자에게 일상은 재난의 연속이다'라는 것이 이 에피소드의 일차적 함의겠다. 그런데 페미니스트 영화평론가 손희정이 잘 지적한 대로, 이때 '재난'은 단지 은유만은 아니다. 논과 텐은 동일본대지진 이후 가족임을 증명하지 못해 서로를 찾지 못했던 성소수자 커플인 친구들, 호르몬 치료 등에 필요한 의료 지원을 받지 못해 보호소에서 지낼 수 없는

---

[12] "('바지씨는'—인용자) 레즈비언 부치로 많이 설명되어 왔지만 그렇게만 설명할 수 없다. 삶은 이미 이전에 있었는데 이후에 나온 용어들로 그 삶을 규정하는 방식이 안 맞을 수도 있다고 본다. 트랜스젠더일 수도 있고, 인터섹스(간성), 젠더퀴어(남성과 여성이라는 이분법적 성별Gender binary 구분을 벗어난 성정체성을 갖는 것을 의미)일 수도 있다. 좀 더 풍부하게 이해되면 좋겠다." 나랑, 〈혐오사회, 타인과 공존한다는 것은〉, 《일다》, 2015. 11. 24. 중 이영의 발언.

그림 4 | 영화 〈불온한 당신〉의 한 장면

트랜스젠더들의 존재를 한꺼번에 상기시키기 때문이다.[13] 논과 텐에게
재난은 그저 은유가 아니라, 실제로 재난이 닥치면 이중으로 배제될 수
밖에 없는 '비국민'으로서의 성소수자의 사회적 위상을 각인시키는 실
질적인 계기였다.

결국 논과 텐의 커밍아웃은 정체성정치의 의미를 넘어 안전 및 재산
과 관련된 보다 근본적인 '인권'의 문제와 연결된다. 이는 커밍아웃이
어떤 상황에서는 일종의 정치적 선언이자 마니페스토manifesto일 수도
있지만, 다른 한편으로는 해당 사회에 적응하기 위한 협상과 타협의 산
물, 혹은 불가피하게 선택된 유일한 대안일 수도 있음을 말해 준다.

한편, 이 영화에서 가장 큰 비중을 차지하는 것은 '종북게이'라는 "묘
한 방정식"을 설파하며 곳곳에 출몰해 성소수자들과 세월호참사 유가

---

13 손희정, 〈혐오와 '외면의 체계'를 넘어서〉, 《인권오름》, 2016. 4. 10.

족에 대한 혐오를 표출하는 일부 개신교도들의 그로테스크한 형상이다. 영화는 이들의 주장을 담기 위해 그 광기 어린 현장에 최대한 밀착하지만, 대상과의 거리와 무관하게도 그들 주장의 논리는 좀처럼 포착되지 않는다. '애국' '인권' '종북' '평화' 같은 용어들을 내세운 이들의 주장이 매우 희미하고 모호한 그만큼, 외려 관객에게 강렬한 이미지를 남기는 것은 북한 지도자들의 형상을 본떠 만든 인형들을 태우는 시뻘건 화염과, 흔들리는 태극기들, 휘날리는 한복 치맛자락, 그리고 절도 있게 울리는 북소리 장단과 같은 시청각적 스펙터클이다.

그런데 의외인 것은, 바로 그 혐오세력에 맞서는 성소수자인권운동가들의 모습을 담는 카메라의 톤 역시 결코 일방적으로 온정적이거나 우호적인 것으로 편향되어 있지 않다는 점이다. 서울시가 〈시민인권헌장〉에서 성소수자 관련 항목을 삭제하기로 결정한 것에 항의하는 무지개농성에서 퀴어활동가들은 목이 터져라 소리 지르고 분노하는 모습으로 카메라에 포착됐다. 격발하는 정동, 찢어진 대자보, 강제로 걷어지는 무지개현수막을 지켜 내기 위한 발버둥 등으로 재현된 이들의 형상에 카메라는 무정하리만큼 중립적이다.

이처럼 혐오세력과 성소수자인권운동가들의 악다구니를 반복적으로 교차편집하는 방식은, 양쪽 세력 모두를 타자화·대상화함으로써 관객으로 하여금 이 영화가 취한 포지션을 양비론적인 것으로 인식하게 만들 위험이 있다. 실제로 이영은 두 세력이 장악한 각각의 현장에서 흔들리지 않고 홀로 그것을 기록하는 사람, 즉 줄곧 뷰파인더를 들여다보고 있는 모습으로 등장한다. 이묵이나 논과 텐을 찾아갈 때 그가 종종 창밖의 먼 곳을 바라보던 것처럼, 혐오세력과 성소수자인권운동가들의 대치 상황에서도 이영은 관객의 눈에 보이지 않는, 프레임 안에 속하지 않은 어딘가를 응시하고 있다. 그리고 바로 이런 장면들이야말로, 이 영화에서 시각적 묘사나 내레이션 등으로 미처 재현되지 않은 이영

그림 5 | 영화 〈불온한 당신〉의 한 장면

의 자의식이 깃든 대목이라 할 만하다. 그는 왜 어느 쪽에도 속하지 않고, 어떤 감정이나 판단도 충분히 표현하지 않은 채 '여기 아닌' 어딘가를 바라보는 걸까. 그는 왜 줄곧 혼자이며, 모든 현장을 배낭 하나 든 채 맨몸으로 대면하고 있을까.

여기서 알게 되는 것은, 이영이 이 혐오사회를 대면하기 위한 방법을 모색하되 특정 레즈비언 문화나 정체성을 매개로 결속한 집단의 유토피아적 감수성에 기대는 것을 자명한 선택지로 승인하지 않았다는 점이다. 〈위켄즈〉의 인물들이 이미 그들에게 우호적인 태도를 지닌 카메라에 포착됨으로써 그 자신들의 내면을 진솔하게 서사화할 기회를 얻고 그로 인해 더없이 사랑스럽게 재현될 수 있었던 반면, 〈불온한 당신〉의 이영은 작품 내에 그를 지지하는 그 어떤 호의적인 힘의 존재도 마련해 두지 않았다. 오히려 그 자신조차 화면 속의 자신을 풍경의 일부처럼 고요히 응시할 뿐이다.

이영 자신은 영화의 이런 중립적인 포지션과 내레이터-주인공의 '비-

관계성'에 대해, 모든 상황을 관객이 직접 판단하기를 원한 의도[14]의 산물이었다고 밝힌 바 있다. 그럼에도 혹자는 이와 같은 이영의 자의식 재현이 '엘리트-레즈비언'에 부여되는 전형적인 편견들, 예컨대 나르시시즘이나 멜랑콜리 같은 혐의들을 극복하지 못한 것이라고 여길지도 모른다. 하지만 바로 이 지점에 레즈비언-감독으로서의 자기재현을 시도한 이 영화의 오리지널리티가 있다고 생각해 보면 어떨까. 강조하건대, 이 영화가 끝내 설명하거나 묘사하지 않은 채 영화 내내 줄곧 관철시킨 이미지가 있다면, 그것은 어디서든 홀로 뷰파인더를 들여다보고 있는 이영, 즉 '동화'를 유도하는 그 어떤 관계의 장력에도 의탁하지 않는 고유한 '개인'으로서의 레즈비언 영화감독 이영의 존재다. '왜 서로 연대하는 퀴어 정체성을 그리지 않았냐'고 따지는 것은 쉽다. 그러나 '연대'를 선험적인 것으로 규정하지 않고, 일단 이 혐오사회에서 연대의 조건을 모색하며 준비하는 '개인'으로서 성소수자를 재현하고자 시도한 사례는 그리 많지 않다.

이영의 이러한 자기재현은 퀴어 재현(물)의 계보에서 게이 커뮤니티와 그 문화에 비해 레즈비언의 그것에 대한 재현과 탐구의 사례가 압도적으로 적은 현 상황을 상기하게 한다. 남성이 누락된 관계, 혹은 여성들의 성적 욕망과 섹슈얼리티를 비가시화하는 데 아주 익숙한 한국사

---

[14] "권은혜: 〈불온한 당신〉을 보면, 혐오하는 세력들과의 대치가 이뤄지는 장면 등에서는 감독님과 제작진의 분노와 같은 감정이 보인다. 하지만 최소한으로 활용된 내레이션, 다양한 사건들의 조합, 응시하는 것 같은 촬영이 주는 효과 때문인지 영화 전체로 봤을 때에는 2013~2015년 한국사회의 단면을 풍경처럼 조망하고 기록한다는 느낌이 있다. 〈불온한 당신〉의 카메라의 위치, 편집자의 위치를 어떻게 설정하셨던 건가? (중략)
이영: 영화에서 감독이 안내자 역할을 해야 된다고 생각한 것인데, 이것이 판단자의 역할을 의미하는 것은 아니다. 관객이 그 다양한 감정들의 결을 느낄 수 있도록, 관객들에게 여지를 더 많이 주고, 보고 싶은 방식으로 볼 수 있도록 만들었다. 판단은 관객이 하도록 하고 싶었다." ACT! 편집위원회, "불온한 언니'들을 만나다!—여성영상집단 움 인터뷰', 〈프레시안〉, 2017. 1. 6.

회에서 레즈비언의 가시성은 게이의 그것보다 현저히 낮다. 최근 제출되고 있는 레즈비언 커뮤니티 문화에 대한 인류지리학적 연구들이 강조하는 것은, 여성의 가시화와 여성의 사회적 지위 문제가 결코 무관하지 않다[15]는 점이다. 레즈비언 주체들이 레즈비언 정체성을 매개로 유토피아적 감수성을 향유하는 커뮤니티 혹은 하위문화에 의탁하는 것을 자명한 것으로 간주하지 않는 이유도 여기에 있다.

그러므로 숙고돼야 할 것은 레즈비언 영화감독으로서 이영이 이 사회에서 '연대' 혹은 '연루됨'을 감각하는 방식의 재현과 그 정치적·문화적 함의다. 그가 레즈비언 공동체나 여성퀴어들의 하위문화에 속하기보다, 자신의 '비전형적' 존재 방식의 연속성을 증명해 줄 수 있는 '선배'를 찾고, 논과 텐의 사례를 통해 '퀴어'로서의 개인이 사회와 관계 맺는 일에 대한 다양한 의미를 질문하는 방식을 선택한 것은 우연일까? 어쩌면 그가 이 영화를 통해 진정 항변하고 싶었던 것은 '불온한 것은 사실 내가 아니라 이 사회다'[16]라는 메시지를 넘어, 주체의 '개인성'을 탈각하지 않은 채 '레즈비언인 나'가 '불온한 사회에서 불온한 존재로 남을 권리' 그 자체일지도 모른다.

〈위켄즈〉가 게이를 '이반'이지만 동시에 '평범하고 인간적이고 사람 냄새 나는' 형상으로 재현하는 것을 선택했다면, 〈불온한 당신〉은 레즈비언을 기꺼이 불안전하고 불완전하며 위태롭고 흔들리는 존재로 둔다. 그런 의미에서 퀴어퍼레이드에서 드높이 흩날리는 무지개깃발이

---

[15] 윤아영, 〈국내 여성 동성애자의 장소 형성과 문화 실태〉, 《여성연구논총》 13, 성신여자대학교 한국여성연구소, 2013. 8.

[16] "조금이라도 비판적인 의견을 가진 사람들에게 점점 더 불온하다는 딱지, 낙인이 붙고 있다. 내가 '불온한 당신'으로 호명한 것은 나 자신이기도 하고, 그렇게 점점 늘어 가고 있는 '불온한' 사람들이기도 하다. 영화를 본 관객들이 그렇게 반문한다. 당신들(혐오세력)이 불온하다고 외치는 건 도대체 누구냐고, 불온한 건 바로 당신들이 아니냐고." 나랑, 앞의 글 중 이영의 발언.

아니라, 미친 듯이 북을 치며 동성애자 혐오 퍼포먼스를 수행하는 혐오 세력의 모습을 마지막 장면으로 삼은 이 영화의 비극적이고도 불온한 선택을 나는 존중한다.

* * *

그렇다면 〈위켄즈〉와 〈불온한 당신〉, 두 영화의 서로 다른 선택과 공존이 우리에게 말해 주는 것은 무엇일까. 두 영화 중 어느 것이 정치적·미학적으로 더 합당하거나 급진적인지를 따지자는 게 아니다. 그보다 더 중요하게 되새겨야 할 것은, 우리는 두 영화에 와서야 비로소 퀴어 주체의 개별성과 보편성에 대한 가장 진지한 탐구 사례를 만났다는 점이며, 그 선택은 게이와 레즈비언이 처한 서로 같고도 다른 사회적 위상 및 재현의 조건과 무관하지 않다는 점이다. 이를 사유할 수 있는 가능성을 제공했다는 점에서 〈위켄즈〉와 〈불온한 당신〉이 '퀴어영화의 새 장을 열어젖혔다'는 평가는 결코 과장이 아니다. 이제 두 영화가 퀴어를 재현하는 일을 넘어 이 세계 자체를 '퀴어한 것'으로 만들기를, 그 신비로운 '퀴어링queering' 효과를 기대해 본다.

|참고문헌|

김동민, 〈게이합창단의 노래, 가사가 너무 리얼하다〉, 《오마이스타》, 2016. 10. 11.

나랑, 〈혐오사회, 타인과 공존한다는 것은〉, 《일다》, 2015. 11. 24.

너돌양, 〈'위켄즈'—함께 노래하며 더욱 강해진 사람들, 차별과 혐오 넘어 연대로〉,
《미디어스》, 2016. 12. 23.

배재훈, 〈게이 남성 합창단의 문화정치학〉, 《여/성이론》 31, 여이연, 2014.

손희정, 〈혐오와 '외면의 체계'를 넘어서〉, 《인권오름》, 2016. 4. 10.

신윤동욱, 〈볼륨을 높여라〉, 《한겨레21》 1144, 2016. 1. 2.

윤아영, 〈국내 여성 동성애자의 장소 형성과 문화 실태〉, 《여성연구논총》 13, 성신
여자대학교 한국여성연구소, 2013.

하성태, 〈'사랑은 혐오를 이긴다', 지보이스여 함께 노래하라〉, 《오마이스타》, 2016.
12. 26.

ACT! 편집위원회, "불온한 언니'들을 만나다!—여성영상집단 움 인터뷰', 〈프레시
안〉, 2017. 1. 6.

4

을의 민주주의란 무엇인가?

— 정치철학적 단상들

진 태 원

* 이 글은 《황해문화》 제96호(2017. 9)에 처음 발표되었으며, 그 뒤 《을의 민주주의 1: 새로운 혁명을 위하여》(그린비, 2017)에 수록된 것을 수정 및 보완하여 재수록한 것이다.

'을의 민주주의'에 관해 말하기

이 글은 을의 민주주의라는 화두에 대해 말하고자 한다. 필자는 이미 《황해문화》의 지면을 통해 두 차례에 걸쳐 '을의 민주주의'라는 문제를 거론한 적이 있는데,[1] 두 글의 문제의식을 조금 더 심화하고 을의 민주주의라는 화두를 본격적으로 개념화해 보자는 뜻에서 이 문제를 더 논의해 보고 싶다. 아마 몇 가지 단상 이상을 제시하기는 어렵겠지만, 이 문제는 거듭 제기해 볼 만한 가치가 있다.

　을의 민주주의라는 문제를 제기하는 첫 번째 이유는, 최근 갑과 을이라는 용어가 한국사회의 주요한 사회적 문제들을 표현하는 담론으로서 대중적으로 널리 사용되고 있기 때문이다. 재벌기업과 하청업체들 간의 불공정한 관계, 프랜차이즈 가맹점들을 상대로 한 본사의 횡포, 다양한 업종의 알바생들에 대한 착취, 대학원생들에 대한 교수들의 갑질, 비정규직 노동자들에 대한 착취와 차별, 여러 분야의 소수자들(여성, 성소수자, 장애인, 이주노동자, 다문화가정 등)에 대한 혐오와 폭력 등을 표현하기 위해 '갑질', '을의 눈물' 등과 같은 담론이 쓰이고 있다. 흥미로운 것은, 이 용어가 학자들이 만들어 낸 말이 아니라 **대중들 스스로** 만들어 낸 말이라는 점이다. 그것은 사실 을들의 외침이라고 할 수 있다. **나**는 갑에 의해 억압당하고 착취당하고 모욕당하고 무시당하는 을이라는, **우리**는 갑질의 공통적인 피해자인 을이라는, **나**는, **우리**는 더 이상

---

[1] 　진태원, 〈몫 없는 이들의 몫: 을의 민주주의를 위하여〉,《황해문화》 2015년 겨울호;〈행복의 정치학, 불행의 현상학〉,《황해문화》 2016년 겨울호.

이러한 폭력을 참을 수 없다는, **익명적인 을들의 고통의 소리**들이다. 따라서 주로 계약관계에서 당사자 중 한쪽(채무자나 피고용인 등)을 지칭하기 위해 통용되던 이 말은 사회적 약자, 못 없는 이들 일반을 가리키는 용어로 등장하여 우리 시대 대표적인 **정치적 언표** 중 하나가 되었으며, 이제 필자와 같은 지식인들에게 성찰을 강제하고 있다.

을의 민주주의라는 문제를 논의하려는 또 다른 이유는 진보 정치의 상황과 관련이 있다. 다른 글에서 논의한 바 있듯이,[2] 1980년대 말~1990년대 초 국내 학계는 커다란 인식론적 전환을 경험한 바 있다. 그 이전까지 국내 진보 인문사회과학계의 논의를 주도하던 마르크스주의 및 민중 담론이 동구 사회주의권의 몰락을 계기로 급속히 위축되고 그 대신 '포스트'라는 접두어가 붙은 여러 담론, 곧 포스트모더니즘 · 포스트구조주의 · 포스트마르크스주의 · 포스트식민주의 같은 담론이 짧은 시간 내에 국내 학계에 널리 확산되었다.

마르크스주의와 민중민주주의론에서 포스트 담론으로의 이러한 이행은 한편으로 전자의 담론들에 내재한 모순과 난점으로 인한 인식론적 · 실천적 필연성을 지니고 있었지만, 다른 한편으로는 자유주의에 대한 이론적 · 실천적 투항의 성격도 지니고 있었다. 왜냐하면 1980년대 말~1990년대 초는 역사적 사회주의 체제가 몰락한 시기이면서 동시에 신자유주의적 세계화가 전개된 시기, 곧 **진영**(정치체제라는 의미에서 진영이든, 국가 대 반反국가 내지 반정부조직(이른바 '운동권')의 대립이라는 의미에서 진영이든) **중심의 계급투쟁에서** 말하자면 '계급 없는 계급투쟁', 또는 더 정확히 말하면—**개인적 실존 자체가 계급투쟁의 장이 되었다는** 의미에서, 사회의 계급적 모순을 주로 을이라고 불리는 사람들이 개인적

---

2 진태원, 〈'포스트' 담론의 유령들: 애도의 애도를 위하여〉, 고려대학교 민족문화연구원 편, 《민족문화연구》 57호, 2012 참조.

실존 속에서 감당하고 있다는 의미에서—**실존적 계급투쟁으로 이행**하게 된 시기였지만, 이는 한편으로 '민주화'라는 이름 아래, 다른 한편으로는 '문화'와 '개성'이라는 이름 아래 제대로 인식되거나 문제화되지 못했다.

그 결과 마르크스주의는 인문사회과학의 보편적 담론에서 일부 좌파 경제학자들의 '경제학 담론'(이른바 "마르크스 경제학" 내지 "경제학 비판")으로 축소되었고, 역으로 포스트 담론은 **이데올로기로서의 포스트주의**, 곧 "자유주의 세력의 헤게모니를 정당화하거나 더 나아가 새로운 문화 담론을 제시한다고 하면서도 실제로는 자본주의의 새로운 소비 담론을 뒷받침하는 이데올로기로 전락"[3]하게 되었다. 이러한 과정에서 다음과 같은 질문들이 제대로 제기되지 못했다. "역사적 마르크스주의의 몰락이라는 '현실' 앞에서 새로운 종류의 계급투쟁, 새로운 종류의 적대를 어떻게 설명할 것인가? 왜 마르크스주의는 이러한 적대와 갈등을 설명하지 못했고 또 여전히 설명하지 못하는가? 그러한 한계를 극복하기 위해서는 어떠한 이론적·실천적 해법들이 모색되어야 하는가?"[4]

내가 보기에 을의 민주주의라는 화두는 이러한 질문들을 제기하는 한 가지 방식이 될 수 있다. '현실 사회주의' 체제가 붕괴하고 신자유주의적 세계화가 전개된 이래 소수 거대기업들의 부와 권력은 막대하게 증대한 반면 전 세계의 민주주의는 크게 후퇴했으며, 우리가 을이라고 부르는 사회적 약자들은 실업과 빈곤, 혐오와 무시의 위험 속에서 불안정한 삶을 영위하고 있다. 더욱이 기존 자유주의 정치체제가 대다수 을들의 삶을 보호하지 못하고 그들의 고통과 불안정성을 제대로 대표하지도 못하기 때문에, 유럽에서는 정치에 대한 실망과 혐오 속에서 오히려 기존 정치체제를 엘리트 집단들의 독점 체제라고 비난하는 극우파 정당들

---

[3] 진태원, 앞의 글, 32쪽.

[4] 앞의 글, 20쪽.

이 득세하는 현상들이 나타나고 있다. 또한 우리나라에서는 김대중 · 노무현 정권이 더 많은 민주화에 대한 대중들의 열망에도 불구하고 신자유주의의 확산과 심화에 스스로 앞장섬으로써, 그 이후 이명박 · 박근혜로 이어지는 수구 세력의 집권을 조장하게 되었다. 이에 따라 한국사회의 과두적 지배체제가 더욱 공고히 되었고, 이는 불평등을 심화하고 민주주의의 가장 기본적인 토대 자체를 잠식하는 결과를 낳았다.

따라서 어떤 민주주의냐를 따지기 이전에, 또는 바로 **더 많은 민주주의를 위한 조건으로서** 민주주의 자체를 회복하는 일이, 오늘날 한국사회의 진보를 위한 결정적인 쟁점이 되었다. 이런 의미에서 "오늘날 좌파적 기획과 우파적 기획 사이의 커다란 차이는 좌파적 기획만이 모든 종류의 민주주의의 급진화를 유지할 수 있다는 사실에 뿌리를 두고 있"[5]다는 샹탈 무페Chantal Mouffe의 발언은 경청할 만한 가치가 있다. 그것은 "오늘날에는 민주주의를 급진화할 수 있기 위해서는 민주주의를 다시 회복하는 게 필수적"[6]이라는 뜻을 담고 있다. 이는 **민주주의의 민주화**를 오늘날 좌파 정치의 핵심 화두로 제시하고, 시민다움civilité의 정치 또는 반反폭력의 정치라는 기획에 따라 **정치의 가능성을 잠식하는** 극단적 폭력의 감축과 퇴치를 주장하는 에티엔 발리바르Étienne Balibar의 작업과도 통하는 문제의식이다.[7]

---

[5] 샹탈 무페 · 히로세 준, 〈포데모스 혹은 좌파포퓰리즘에 대한 두 개의 시선〉,《진보평론》 68호, 2016, 128쪽.

[6] 앞의 글, 129쪽.

[7] 이는 물론 에르네스토 라클라우나 샹탈 무페와 에티엔 발리바르의 정치철학이 동일하다는 뜻은 아니다. 이 글에서는 자세히 논의하기 어렵지만 양자 사이에는 주목할 만한 쟁점들이 존재한다. 에티엔 발리바르의 '민주주의의 민주화'의 문제 설정에 대해서는 진태원,〈최장집과 에티엔 발리바르: 민주주의의 민주화의 두 방향〉, 고려대학교 민족문화연구원 편,《민족문화연구》 56호, 2012를 참조하고, 그의 시민다움의 정치에 대해서는 진태원,〈극단적 폭력과 시민다움: 에티엔 발리바르의 반폭력의 정치에 대하여〉,《철학연구》 118집, 2017 참조.

그런데 오늘날 좌파적 관점에서 급진적 민주주의 또는 민주주의의 민주화 기획을 추구하려고 할 경우 곧바로 직면하는 문제가 **정치적 주체** 또는 **정치적 주체화**의 문제다. 신자유주의적 세계화 속에서 부와 권력이 소수에게 독점되는 과두제 체제가 더욱 강화됨으로써, 자본의 영향력은 더 이상 좁은 의미의 자본과 노동의 관계에만 한정되지 않는다. 자본의 힘은 일자리만이 아니라 주거와 환경, 교육, 건강, 노후 생활에 이르기까지 사회의 모든 성원들, 특히 을 내지 을의 을(병, 정⋯)에 속하는 사람들의 삶에 영향을 미치고 있다(일부 경제학자들이나 사회학자들이 '일상생활의 금융화'라고 부른 것도 이와 다르지 않다.). 반면 노동자계급은 예전과 같은 진영을 구축하지 못하고 있으며(노조 조직률이 10퍼센트 남짓 하고 '통합진보당 사태'를 겪은 한국사회에서는 더욱더) 현실 사회주의의 몰락 이후 더 이상 설득력 있는 정치적·규범적 대안도 마련하지 못하고 있다.

따라서 '1대 99'라는 구호가 말해 주듯이, 극소수의 과두제 지배자들에 맞서 **최대 다수의 주체들을 주체화**하는 전략 또는 **민주주의의 급진화**[8] 내지 **좌파 포퓰리즘**[9] 전략이 오늘날 좌파 정치 내지 진보 정치의 가장 중요한 과제라는 주장은 설득력이 있다. 하지만 이러한 전략이 과연 주체 내지 주체화의 문제를 충분히 고민하고 있는지 의문을 제기할 수 있다. 급진민주주의 내지 좌파 포퓰리즘의 전략적 목표는 그 자체로는 존재하지 않는 인민 내지 민중을 구성하는 것인데, 이러한 인민 내지 민중이

---

[8] '민주주의의 급진화'라는 주제에 대해서는 《급진민주주의 리뷰 데모스》 1호, 2011 참조. "민주주의의 급진화"라는 제목이 붙은 이 학술지에는 조희연, 서영표, 김진업, 이승원, 장훈교 등의 주제 논문이 실려 있다.

[9] 좌파 포퓰리즘에 관해서는 Ernesto Laclau, *On the Populist Reason*, Verso, 2005 및 Íñigo Errejón & Chantal Mouffe, *Podemos: In the Name of the People*, Lawrence & Wishart, 2016 참조. 아울러 유럽과 중남미, 한국의 포퓰리즘에 관한 국내의 논의로는 진태원 엮음, 《포퓰리즘과 민주주의》, 소망출판사, 2017 참조.

해방적이거나 민주주의적인 주체인지(곧, 포퓰리즘을 **좌파적인 포퓰리즘**으로 만드는 것이 무엇인지) 여부가 불확실할뿐더러,[10] 이러한 다수자 전략에서 소수자들의 위상이 무엇인지도 불분명하기 때문이다. 이는 (뒤에서 살펴보겠지만) 오늘날 99를 이루는 다수가 사실은 **소수자/약소자들의 다수**라는 점을 감안하면, 앞의 경우처럼 내용상으로만이 아니라 **형식화**에서도 급진민주주의의 요구에 미치지 못한다. 을의 민주주의라는 우리의 화두는 이 문제에 대해 더 좋은 답변을 제시해 주지는 못할지라도, 적어도 더 정확하게 문제를 제기하도록 도와줄 수 있다.

마지막으로 을의 민주주의라는 화두는 2016년 10월부터 2017년 3월까지 전국을 뒤덮었던 촛불집회 및 그 결과로 수립된 문재인 정부에 대한 평가 문제와 관련되어 있다. 5·18 광주민주화운동 37주년 기념사에서 문재인 대통령은 "새롭게 출범한 문재인 정부는 광주민주화운동의 연장선 위에 서 있"다고 강조하고, "마침내 5월 광주는 지난 겨울, 전국을 밝힌 위대한 촛불혁명으로 부활했습니다."라고 말했다. 더 나아가 "촛불은 5·18 광주의 정신 위에서 국민주권의 시대를 열었습니다. 국민이 대한민국의 주인임을 선언했습니다."라는 점을 역설했다.

5·18, '촛불혁명', 국민주권. 이 세 단어를 연결하고 더 나아가 이것들 사이의 등가성을 선언한 이 기념사는 여러모로 감회가 깊은 것이었다. 특히 이명박·박근혜 정권 동안 5·18 항쟁의 의의가 (의도적으로) 축소되거나 폄훼되고 그것이 상징하듯 한국사회의 인권과 시민권이 크게 후퇴했다는 점을 고려하면, 이 기념사는 남다른 울림을 준다. 이 기념사의 핵심을 이루는 단어는 내가 보기에는 '국민주권'이다. 법적인 측면에서 본다면, 국민주권이라는 단어는 이미 오래전부터 우리 헌법의

---

[10] 이 점에 관해서는 진태원, 〈포퓰리즘, 민주주의, 민중〉,《역사비평》 2013년 겨울호, 207쪽 이하 참조.

첫머리에 기입되어 있었다. 하지만 다른 한편에서 본다면, "대한민국의 모든 권력은 국민으로부터 나온다"고 선포한 헌법 조문은 오랫동안 유명무실한 조문으로 남아 있던 것이 사실이다. 국민이 주권자라는 것은 **통치자를 선출할 수 있는 권리를 갖고 있다는** 의미로만 제한되어 있었던 반면, 대통령이나 국회의원은 **국민의 대표자가 아니라 국민을 다스리는 통치자들**로 인식되었으며 또 스스로 그렇게 처신해 왔기 때문이다. 따라서 촛불이 "국민주권의 시대"를 열었고 "국민이 대한민국의 주인임을 선언"했다는 말은 국민이 단순히 피통치자에 머물지 않고 통치자를 **통제**하거나 적어도 **실질적으로 감시**할 수 있는 시대가 되었다는, 그러한 시대가 되어야 한다는 말로 이해할 수 있다. 그리고 아직 정권 초기이지만, 문재인 정부는 여러 측면에서 '국민주권의 시대'를 열어 놓는 정권이 되기 위해 노력하는 것으로 보인다.

하지만 이러한 노력이 충분한 성과를 거두려면, '국민주권'이라는 개념을 좀 더 숙고해 볼 필요가 있다. 왜냐하면 국민주권이라는 말은 일종의 **허구**이기 때문이다. 주권의 주체로서 '인민' 내지 '국민'과 같은 것은 실물로 존재하는 어떤 것이 아니며, 그것의 실물 내지 실체가 있다면 그것은 **그 실천적 효과 속에서만 현존**한다. 더욱이 국민은 동질적인 개인들의 집합이 아니며, 계급들로 분할되고 성과 젠더로 구별되고 지역·출신·학벌 등으로 나뉜다. 특히 우리가 정치공동체 안에 존재하고, 사회적 관계 속에서 살아가는 이상 국민은 지배자와 복종하는 자, 권력을 가진 자와 못 가진 자, 몫을 가진 이들과 몫 없는 이들, 갑과 을로 분할된다. 따라서 **주권자로서의 국민**이라는 범주에는 갑의 위치에 있는 국민과 을의 위치에 있는 국민, 1퍼센트의 국민과 99퍼센트의 국민의 차이가 기입되어 있지 않으며, 오히려 **그것을 감춘다.** 이러한 은폐가 우연적인 사태이거나 단순한 이데올로기적 효과가 아니라, **보편적 평등을 표현하는** 국민주권 개념의 **구조적 특성**에서 기인한다는 점에서 이는 더욱 문제적이다. 더욱이 주권자로서의 국민은 다른 주권자 국민들과 맞서는 범주일 뿐만 아니라, 한국 내에 있는 국민 아닌 이들을 **시민 아닌 이들**로, 따라서 한나 아렌트Hannah Arendt의 통찰에 따르면 (적어도 잠재적으로는) **인간 아닌 이들**로 배제하는 개념이다.[11]

그렇다면, '국민주권의 시대를 열겠다'는 새 정권의 의지에 주목하고 그것에 힘을 실어 주되, 그것에 내재적인 아포리아aporia를 을의 민주주의라는 화두를 통해 살펴보는 것도 무익하지는 않을 것이다. 그것은 국민주권 개념만이 아니라 민주주의에 내재한 여러 쟁점들을 새롭게 살펴보는 기회를 제공할 것이다.

을을 위한, 을에 의한, 을의 민주주의

'을의 민주주의'는 간단히 말하면, 링컨 대통령의 말로 잘 알려져 있는 "for the people, by the people, of the people", 곧 "국민(인민)을 위한, 국민(인민)에 의한, 국민(인민)의"라는 경구의 의미를 **재해석**하려는 시도, 또는 그것을 **새로운 방식으로 선언하려는** 시도라고 생각해 볼 수 있다. 이때 을의 민주주의는 우선 **을을 위한** 민주주의로 이해될 수 있다. 흔히 말하듯, 우리 사회가(아울러 세계의 많은 지역과 국가들이) 신자유주의적으로 재편되면서 빈부 격차가 심화되고 민족주의적 또는 국민주의적 배타성과 충돌이 강화되고 있으며, 사회 대부분의 사람들, 곧 우리

---

[11] 한나 아렌트의 "인권의 역설"에 관해서는 한나 아렌트, 《전체주의의 기원》 1권, 이진우 · 박미애 옮김, 한길사, 2005 중 특히 9장을 참조. 이에 관한 평주로는 Etienne Balibar, "Arendt, le droit aux droits et la désobéissance civique", in *La proposition de l'égaliberté*, PUF, 2010 및 진태원, 〈무정부주의적 시민성? 한나 아렌트, 자크 랑시에르, 에티엔 발리바르〉, 서강대학교 인문과학연구소 편, 《서강인문논총》 37집, 2013 참조.

가 을이라고 부르는 사람들은 사회적 안전 메커니즘의 약화와 해체 속에서 각자도생의 생존경쟁 논리를 강요받으면서 불안정한 노동과 삶을 영위하고 있다. 따라서 이러한 신자유주의적 사회질서가 평등한 자유의 이념 위에서 시민들의 공동선을 추구하는 것을 존재 이유로 삼고 있는 민주주의 공동체의 원리와 충돌할 수밖에 없다는 점은 이미 많은 사람들이 여러 가지 방식으로 보여 준 바 있다.[12]

그렇다면 을의 민주주의란, 이러한 신자유주의적 질서에 따라 세계와 사회가 재편되면서 생겨난 많은 을들을 보호하고 배려하기 위한 정책을 추구하는 민주주의라고 규정해 볼 수 있다. 여기에서는 그들이 자유로운 개인으로서 각자 존엄과 행복을 추구할 수 있고 시민으로서의 평등을 보장받을 수 있는 여러 가지 제도적 대안이나 정책을 모색하는 것이 중요한 과제가 된다. 가령 다양한 형태의 비정규직 노동에 시달리는 노동자들을 위한 정책, 최악의 실업난에 시달리는 청년들을 위한 실업 대책, 결혼과 출산을 기피하는 젊은이들을 위한 주거·육아·복지제도 확충, 질병과 가난의 이중고에 시달리는 빈곤 노인들을 위한 정책, 차별과 모욕과 배제에 시달리는 성소수자·여성·이주자들을 위한 인권 보호 정책 등이 을을 위한 정책의 사례가 될 것이다. 우리 사회가 민주공화국의 이념에 걸맞은 사회가 되기 위해 이런 정책들은 실로 매우 중요하고 긴급한 시행을 요구하는 것들이다.

하지만 만약 을의 민주주의가 이것에 그치게 된다면, 그때 을의 민주주의는 을을 그냥 약소자의 처지, 피통치자, 피억압자의 처지에 놓

---

[12] 지나치는 김에 몇 가지 문헌만 언급해 둔다면, 리처드 세네트, 《신자유주의와 인간성의 파괴》, 조용 옮김, 문예출판사, 2002; 콜린 크라우치, 《포스트민주주의》, 이한 옮김, 미지북스, 2008; Pierre Dardot & Christian Laval, *La Nouvelle raison du monde: Essai sur la société néolibérale*, La Découverte, 2009; 지그문트 바우만, 《방황하는 개인들의 사회》, 홍지수 옮김, 봄아필, 2013을 각각 참조.

아 두게 되며, 따라서 (용어모순적이게도) 일종의 후견적인paternalistic 민주주의를 벗어나지 못할 것이다. 그리고 알다시피, 약소자로 머물러 있는 약소자들을 위해 '윗분들'이 알아서 대안을 마련하고 정책을 집행하는 일은 극히 드물다. 따라서 우리가 좀 더 근본적인 의미에서 을의 민주주의에 대해 말하려면, 어떻게 그들을 **위한** 정치를 할 것인가를 묻는 데 그치지 않고, 더 나아가 을**에 의한** 민주주의, 을**의** 민주주의는 어떤 것인지 질문해 봐야 한다.

여기서 **을에 의한** 민주주의는, 정확히 말하면 **을의 의지와 목소리가 잘 대표된 민주주의**라고 할 수 있을 것이다. 현대 민주주의는 대부분 대의민주주의 체제로 운영되고 있고, 따라서 민주주의가 잘 작동하기 위해서는 국민(인민)의 의지를 잘 대표하고 그 목소리를 정책과 제도에 잘 구현할 수 있는 대표자들을 공정하게 선출하며 그들을 잘 감시·통제하는 것이 중요하다.[13] 반대로 현대 민주주의에 대한 많은 비판과 불만이 제기된다면, 이는 이러한 대표자들이 국민 전체, 특히 대다수 을의 의지와 이해관계를 대표하기보다는 권력자나 재벌을 비롯한 소수 갑의 이해관계와 의지를 구현하고 집행하기 때문이다. 더욱이 세계화 시대 국민국가는 세계시장의 압력에 항상적으로 노출됨으로써, 을의 이해관계와 의지가 입법 및 정책 과정에 반영되기는 더욱 어려워졌다. 따라서 어떻게 을에 의한 민주주의, 을의 목소리와 이해관계를 **대표할 수 있는** 민주주의를 실행할 수 있는가 하는 문제는 오늘날 더욱더 중요한 문제가 되었다.

---

[13] 대표의 문제에 관한 국내 학자들의 논의로는 홍철기, 《〈대표의 개념〉과 〈선거는 민주적인가〉: 정치적 대표와 대의 민주주의의 미래》, 《진보평론》 61호, 2014 및 이관후, 〈왜 '대의민주주의'가 되었는가?: 용례의 기원과 함의〉, 《한국정치연구》 제25집 2호, 2016.; 〈한국 정치에서 대표의 위기와 대안의 모색: 정치철학적 탐색〉, 《시민과 세계》 28호, 2016 등을 참조.

더 나아가 '을의 민주주의', 곧 약소자로서 을을 배려하고 보호하는 정책과 제도만이 아니라, 또한 을의 이해관계와 의지를 잘 대표할 수 있는 대표자들을 선출하고 통제하는 과정만이 아니라, 을들 자신이 직접 정치에 참여하고 영향을 발휘할 수 있는 방안을 고민하고 모색하는 것이 '을의 민주주의'의 근본적인 관심사라고 생각해 볼 수 있다. 그렇다면 좁은 의미의 '을의 민주주의'는 **주체로서의 을들이 직접 참여하는 민주주의**라고 정의하는 게 적절할지 모른다. 과연 그런 것인지 뒤에서 더 살펴보기로 하자.

아무튼 이렇게 되면 '을은 **누구인가**라는 질문이 중요해진다. 을은 누구인가? 우리가 서두에서 언급했던 것처럼, 다양한 형태의 비정규직 노동자들, 이주자들, 성소수자들, 여성들, 청소년들, 소규모 자영업자들, 교수의 각종 뒤치다꺼리를 감당해야 하는 대학원생들, 빈곤 노인들, 또는 모든 것이 서울 중심으로 이루어지는 나라에서 늘 손해와 차별을 감수해야 하는 지방도시 및 농어촌에 사는 사람들 등이 을인가?

만약 이들이 을이라면, 이들은 '을을 위한 민주주의'의 대상이라고 할 수 있겠지만, 민주주의의 **주체**라고 할 수는 없을 것이다. 또한 이들이 각자 **이해관계의 주체**로서 압력집단이 되어 각종 정책과 입법 과정에 영향력을 행사한다면 이들을 을에 의한 민주주의의 행위자라고 할 수는 있겠지만, 역시 이들을 **민주주의의** 주체라고 할 수는 없을 것이다. 그런데 이해관계의 주체로서의 을들은 항상 자신보다 더 강한 다른 갑들의 이해관계에 밀릴 수밖에 없고, 따라서 약소자로 남게 될 것이다. 더욱이 자신의 이해관계를 표현할 만한 길을 처음부터 차단당한, **이해관계의 주체로서도 인정받지 못하는** 수많은 을들, 그리하여 **을이라는 개념을 통해서도 제대로 재현되거나 대표되지도 못하는 이들**이 존재할 것이다. 이들이 이처럼 을로, 병으로, 정으로 남아 있는 한, 민주주의는 보편적인 민주주의, 모든 국민의 민주주의가 아니라 다수의 을을 배제한 **배제의 민주주의**로 남게 될 것이다. 따라서 '을의 민주주의'라는 화두는, 이해관계의 경쟁에서 밀려나고 차별받고 배제당하는 을들이 민주주의의 주체로 인정받고 구성되는 길이 무엇인지 묻지 않을 수 없다. 정치적 대표의 과정을 포함하여 이러한 을들의 이해관계와 의지를 광범위하게 대표하고, 이들을 민주주의의 주체로 구성하고 주체화할 수 있는 길은 무엇인가?

'정치적 주체'로서의 을: 몇 가지 개념적 비교

그러므로 을이란 무엇인가라는 질문을 다시 한 번 던져 볼 필요가 있다. '을'이라는 말은, 얼핏 보기에는 자명한 대상을 지칭하는 것 같다. 앞서 말했듯이, 재벌 가족의 횡포에 시달리는 직원들, 프랜차이즈 가맹점주들, 그 알바생들, 하청업체 직원들, 비정규직 노동자들, 성소수자들 등이 바로 을들 아닌가? 하지만 우리가 생각하기에 이는 이론적 성찰의 **소재**로서의 을이지, 이론적 작업을 통해 **개념화된 것**으로서의 을은 아니다. '을'이라는 단어가 단순한 시사적 용어에서 이론적 개념으로 발전하려면, 다음과 같은 질문들을 제기하고 그것에 대답해야 할 것으로 보인다.

1. 을은 계급 개념인가? 그렇다면 그것과 전통적인 계급 개념의 차이는 무엇인가?

을이 다양한 형태의 피지배 집단들을 가리킨다는 것은 분명해 보인다. 하지만 이것을 사회과학적 계급 개념과 어떻게 관련시킬 수 있을지는 매우 불분명해 보인다. '을'은 노동자계급이 아니며, 빈민계급도 아니고, 더욱이 중간계급도 아니다. 하지만 그렇다고 해서 '을'이 **사회적**

실재성을 결여한 가공적인 용어에 불과한 것은 아니다. 오히려 이 용어는, 신자유주의적 세계화로 인한 사회경제적 불평등의 심화를 나타내는 여러 가지 표현들, 곧 '20대 80', '10대 90', 또는 '1대 99' 같은 표현들이 지칭하는 사회적 현실을 정확히 가리키는 기호로 보인다. 따라서 '을'이라는 용어는, 촛불집회에서 주권의 주체로 호명된 **'국민**nation**'이라는 개념이 담지 못하는 계급적 함의**, 곧 지배자와 피지배자 사이의 사회경제적·정치적 불평등 관계를 표현하는 용어인 것으로 보인다. 그렇다면 그 자체로는 전통적인 계급 개념이 아니지만 다양한 형태의 계급적 불평등과 차별을 표현하는 을이라는 용어가 의미하는 것은 무엇인가?

다른 식으로 질문해 본다면, 을이라는 용어는 계급에 관한 전통적인 표상/재현representation 양식(리프리젠테이션에 관해서는 뒤에서 좀 더 논의하겠다.)을 어떻게 해체하는가? 을이라는 용어 자체는, 계급적 불평등의 현실, 따라서 계급투쟁의 현실(이것의 완화된 표현이 '갑질'일 것이다.)을 표현하되, 전통적인 계급 표상/재현 양식을 해체하는 가운데 그렇게 하는 것으로 보인다. 요컨대 을이라는 용어가 표현하는 것은 **계급(들)없는 계급투쟁**의 현상, 적어도 우리가 갖고 있는 계급 표상/재현 양식으로 적절히 설명되지 않는 계급투쟁의 현상이 아닌가?

2. 을은 민중의 다른 이름인가?

이러한 질문은 바로 을과 민중의 관계에 대한 질문으로 이어진다. 다양한 종류의 피억압자들을 지칭한다는 점에서 을은 한국 인문사회과학에서 오래 사용되어 온 민중이라는 용어와 매우 가까운 것으로 보인다. 또는 을은 민중이라는 개념의 시사적인 표현인 것으로 보인다.

하지만 우리가 보기에 을과 민중 사이에는 꽤 중요한 차이점이 존재하는 것 같다. 우선 을이라는 용어는 (적어도 그 현행적 용법을 고려해 볼 때) 민중이라는 개념과 달리 **저항**의 주체나 **변혁**의 주체로 제시되지 않는다. 오히려 을은 피해자, 피착취자, 피억압자, 피차별자 등과 같이 **수동적으로 피해를 겪는 존재자들**을 지칭하는 용어로 주로 쓰인다. 을이라는 용어가 사회적으로 널리 쓰임에도 불구하고 인문사회과학 연구자들이 이 용어에 별로 주목하지 않거나 매력을 느끼지 못하는 이유 중 하나가 여기에 있을 터이다. 하지만 다른 한편으로 보면 을의 이러한 용법은, 민중이라는 개념에 담긴 가상적 측면 및 그 한계를 드러내 주지 않는가? 우리가 보기에는 특히 두 가지 측면이 중요한 것 같다. 곧 한국 인문사회과학에서 표준화된 민중이라는 개념은 피억압자·피착취자들 사이의 **연대나 통일성을 선험적으로 전제하는 것** 아닌가? 더 나아가 민중이라는 개념은 피억압자·피착취자로서의 민중, 수동적 피해자로서의 민중과 능동적인 저항과 변혁의 주체로서의 민중 사이의 거리를 **이상적으로 최소화하거나 제거해 온 것**은 아닌가?

반면 을이라는 용어는, 그 통일성이 문제적일 뿐만 아니라, 80년대 진보적인 인문사회과학이 이상화한 변혁의 주체로 자처하지도 않는 이질적이고 다양한, 또한 사회의 거대 다수를 형성하는 약소자들을 지칭하고 있다. 그럼에도 이들은 스스로 자신들을 갑과 대립하는, 갑에게 착취당하고 모욕당하고 지배당하는 을이라고 부름으로써 자신들을 정치적 집합체로서 정체화하고 있다. 하지만 그렇다고 해서 **을이 반드시 진보적인 것은 아니다.** 18년 간의 박정희 군사독재를 지지했던 것은 다수의 을이었고, 그로부터 30여 년이 지난 뒤 이명박·박근혜 정권이 연속적으로 집권할 수 있게 해 준 동력은 다름 아닌 박정희의 유령을 호명했던 을들의 욕망이었다.

아마도 을은 민중의 다른 이름이고, 을의 민주주의는 민중민주주의의 다른 이름이라고 할 수도 있을 것이다. 그러나 그때의 민중은, 우리가 상상해 온 민중보다 훨씬 더 이질적이고 다양한, 더욱이 훨씬 더 분할되고 갈등적인 집합체일 것이며, **을의 민주주의로서 민중민주주의**는 하나의 해답이라기보다는 훨씬 더 까다롭고 복잡한 문제에 대한 명칭일 것이다.

3. 을은 소수자minority, 서발턴subaltern, 프레카리아트precariat 등으로 표현될 수 있는가?

을과 민중의 이러한 차이점은 또 다른 질문을 낳는다. 2000년대 들어서 한국 인문사회과학에서 꽤 널리 쓰이는 용어들이 소수자, 서발턴, 프레카리아트 같은 것들이다. 을은 이러한 이론적 용어들의 시사적인 표현인가?

하지만 우리가 보기에 을이라는 용어는 이 용어들과도 꽤 의미 있는 차이점을 지닌 것 같다. 우선 프레카리아트라는 개념은 주지하다시피 노동자계급을 지칭하는 '프롤레타리아트proletariat'라는 마르크스주의적 개념과 '불안정한'을 의미하는 용어인 'precarious'를 결합하여, 현대사회의 많은 노동자들이 다양한 형태의 불안정 노동(임시직, 기간제, 파견, 외주 등) 업무에 종사하면서 불안정한 삶을 살아가고 있다는 점을 표현하기 위해 만들어진 용어다.[14] '을'로 지칭되는 많은 부류의 사람들이 이러한 불안정 노동에 종사하고 있다는 점을 감안하면, 을과 프레카리아트는 서로 겹치는 점이 많다고 할 수 있다. 하지만 을이라는 용어는, 주로 노동관계의 특성을 지칭하는 프레카리아트 개념에 비해 이러한 불안정 노동자들이 **동시에 모욕당하고 차별당하고 때로는 혐오의 대상이**

---

[14] 가이 스탠딩, 《프레카리아트: 새로운 위험한 계급》, 김태호 옮김, 박종철출판사, 2014 및 이광일, 〈신자유주의 지구화 시대, 프레카리아트의 형성과 '해방의 정치'〉, 《마르크스주의 연구》 제10권, 제3호, 2013 참조.

된다는 특성, 곧 사회적 인정 관계 내지 상징적 위계 관계에서 종속적인 위치에 속해 있다는 특성도 지닌다는 점을 표현해 주는 것으로 보인다.

을이라는 용어는 인문사회과학에서 광범위하게 사용되는 '소수자'라는 용어와도 일정한 차이점을 지니고 있다. 사실 영어의 마이너리티 minority나 불어의 미노리테minorité라는 용어에 비해 우리말의 '소수자'라는 용어는 의미 범위가 상당히 제한적인 편이다. 영어나 불어에서 이 용어들은 우리말로 '미성년'이라는 말을 포함하고 있으며, 또한 '약소자'라는 뜻도 담고 있다. 칸트가 유명한 〈계몽이란 무엇인가?'라는 질문에 대한 답변〉(1784)의 서두에서 계몽이라는 개념을 정의할 때 등장하는 것이 바로 '미성숙'으로서의 '미성년'이라는 의미이며,[15] 이것은 영어나 불어로 minority 또는 minorité로 번역된다. 또한 마이너리티나 미노리테는 '약소자'의 뜻도 담고 있는데, 프랑스 철학자 자크 랑시에르Jacques Rancier가 '해방émancipation'을 정의하면서 이를 미노리테에서 탈출하는 것이라고 정의할 때 염두에 둔 것이 이러한 다층적인 의미이다.

해방이란 소수파/약소자/미성년minorité에서 탈출하는 것이다. 그렇지만 누구도 자기 스스로의 힘을 통하지 않고서는 사회적 소수파/약소자/미성년에서 탈출할 수 없다. 노동자들을 해방하는 것은 노동을 새로운 사회의 정초 원리로 보이게 만드는 것이 아니라, 노동자들을 소수파/약소자/미성년의 상태에서 탈출하도록 만드는 것이자, 그들이 정말 사회에 속해 있음을 증명하고, 그들이 정말 공통 공간 속에서 모두와 소통하고 있

---

[15] "계몽이란 우리가 마땅히 스스로 책임져야 할 미성년 상태로부터 벗어나는 것이다. 미성년 상태란 다른 사람의 지도 없이는 자신의 지성을 사용할 수 없는 무능력이다." 이한구 옮김, 《칸트의 역사철학》, 서광사, 1992, 13쪽(강조는 칸트). 독일어 원문은 다음과 같다. *"Aufklärung ist der Ausgang des Menschen aus seiner selbstverschuldeten Unmündigkeit. Unmündigkeit ist das Unvermögen, sich seines Verstandes ohne Leitung eines anderen zu bedienen."*

음을 증명하는 것이다. (…) 도래할 사회를 지배할 대항권력을 정초하는 것보다는 능력을 증명하는 것—그것은 또한 공동체를 증명하는 것이기도 하다—이 중요하다. 스스로 해방된다는 것은 이탈을 감행하는 것이 아니라, 공동 세계를 함께 나누는 자로서 자신을 긍정하는 것, 비록 겉모습은 다르지만 우리가 상대와 같은 게임을 할 수 있음을 전제하는 것이다.[16]

이렇게 확장된 의미로 이해된 마이너리티 또는 미노리테는 '소수자'라는 용어가 담을 수 없는 여러 가지 쟁점을 표현해 준다(가령 최근 화제가 된 선거 연령의 문제가 그렇다.).

그렇다고 해도 '을'이라는 용어는 마이너리티나 미노리테로 환원되지는 않는 것으로 보인다. 왜냐하면 '을'이라는 용어는 마이너리티나 미노리테라는 용어에 비해, **소수자나 약소자는 수적으로 소수가 아니라 사실은 압도적 다수라는 것**('1대 99'에서 '99'라는 숫자가 표현하는 것)을 보여 주기 때문이다. 이는 사실 신자유주의적 세계화가 산출하는 주요 현상 중 하나가 **소수자들/약소자들의 다수화 현상**이라는 점을 드러내 준다는 점에서 중요한 함의를 지닌다. 곧 신자유주의적 사회화는 노동자계급 조직을 비롯한 사회적 연대 조직을 약화시키거나 해체하고, 더 나아가 개인들이 속해 있는 소속 관계를 불안정화함으로써(비정규직화, 조기정년, 프리랜서, 자영업 등이 그 한 사례일 것이다.) 대다수 개인들을 단자화 單子化하고 불안정한 존재자들로 만든다. '을'은 수적으로는 압도적인 다수를 차지하고 있지만, 사실 자신들의 독자적인 조직과 네트워크로 연결되지 못한 단자적이고 불안정한 소수자들/약소자들이다.[17]

---

16 자크 랑시에르, 《정치적인 것의 가장자리에서》, 양창렬 옮김, 도서출판 길, 2014(수정 재판), 92~93쪽. 번역은 다소 수정했다. 특히 번역문에서는 minorité를 "소수파"로만 번역했지만, 우리가 보기에 저 단어에는 '약소자'와 '미성년'이라는 뜻이 포함되어야 한다.

17 지그문트 바우만, 《방황하는 개인들의 사회》, 앞의 책; Robert Castel, *La montée des*

이런 시각에서 보면 '을'이라는 용어는 서발턴subaltern 개념과 매우 비슷한 의미를 지닌다고 할 수 있다. 이탈리아의 마르크스주의 이론가 안토니오 그람시Antonio Gramsci가 고안해 낸 이래 인도 서발턴 역사학 연구자들 및 가야트리 스피박Gayatri Spivak 같은 문예이론가들이 발전시킨 서발턴이라는 개념은, 한편으로 지배 엘리트 집단과 대비되는 대다수의 피지배 집단을 가리키면서 다른 한편으로는 스스로 자신을 표현하거나 주체화하지 못하는 정치적 무능력을 표현하기 때문이다.[18]

하지만 을이라는 용어는 서발턴 개념과도 일정한 차이를 지니고 있다. 인도 역사학자들과 가야트리 스피박이 이론화한 서발턴 개념은 두 가지 난점을 안고 있는 것으로 보인다. 첫째, 이 개념은 일정한 역사적 시기의 흔적을 깊이 포함하고 있다. 곧, 이 개념은 국민 대다수가 문맹자 농민이었던 식민지 시기 또는 포스트식민 초기 시기의 인도 상황(대략 1960년대까지의 시기)을 표현하고 있다. 반면 그 이후 인도는 급속한 산업화 과정 및 사회적 분화 과정을 겪었으며, 원래 서발턴 개념의 주요 지시체였던 문맹자 농민들은 더 이상 인구의 대부분을 차지하지 않게 되었다. 이에 따라 서발턴 역사학자들 중 일부는 '피통치자governed'라는 푸코적인 개념으로 서발턴 개념이 지닌 역사적 한계를 극복하려고 시도하고 있다.[19] 둘째, 서발턴 개념은 지배 엘리트와 대비되는 피지배

incertitudes: Travail, protections, statut de l'individu, Seuil, 2009; 에티엔 발리바르, 〈보편들〉, 《대중들의 공포》, 서관모 · 최원 옮김, 도서출판 b, 2007을 각각 참조.

[18] 라나지트 구하, 《서발턴과 봉기》, 김택현 옮김, 박종철출판사, 2008; 가야트리 스피박, 〈서발턴은 말할 수 있는가?〉, 로절린드 모리스 엮음, 태혜숙 옮김, 《서발턴은 말할 수 있는가》, 그린비, 2013; 존 베벌리, 〈혼종이냐 이분법이냐? 하위주체와 문화연구에서 다루는 '민중'의 범주에 관하여〉, 《하위주체성과 재현: 라틴아메리카 문화이론 논쟁》, 박정원 옮김, 그린비, 2013을 각각 참조.

[19] Partha Chatterjee, *The Politics of the Governed: Reflections on Popular Politics in Most of the World*, Columbia University Press, 2004.

집단, 특히 자신을 표현하거나 주체화할 수 없는 집단들의 일반적 상황에 초점을 맞춘 개념으로, 피지배 집단 내의 이질성과 차이를 드러내기 어려우며, 따라서 갈등적 상황을 표현하는 데 난점을 지니고 있다.

반면 을이라는 용어는 서발턴이라는 용어가 지닌 이러한 난점들을 반드시 수반하지 않는 것으로 보인다. 을이라는 용어 자체는 을과 병, 정…과 같은 내재적 분할과 또 다른 위계 관계를 그 자체 안에 포함하고 있기 때문이다. 을이라는 용어는 **본질적으로 복수적이며 내적으로 분할된** 용어라고 할 수 있다. 탄핵 정국에서 '촛불집회'와 대결하는 또 하나의 대중집회로 주목을 받은 이른바 '태극기집회'야말로 을의 이러한 복수성과 내적 분할을 잘 드러내는 사례라고 할 수 있다.

심지어 여기서 한 걸음 더 나아가 을이라는 범주, '몫 없는 이들'이라는 개념에 제대로 포함되지도 않는 존재자들을 떠올려 볼 수 있다. 최근 몇 년 사이 일어난 AI(조류독감) 파동과 구제역 파동 때 산 채로 매몰되거나 살처분당한 수천만 가축들이야말로, 가장 대표적인 을이면서 **역설적으로** 을이라는 범주에 포섭되지 못하고 그 지위를 인정받지도 못하는, 따라서 그야말로 역설적인 을이라고 부를 수 있는 존재자들이 아닌가? 어떤 사람들은 자연환경·생태계 자체 역시 이러한 역설적인 을에 포함시킬 것이고, 어떤 사람들은 또 다른 AI, 곧 인공지능과 로봇의 문제에도 역설적인 을의 문제가 함축되어 있다고 생각할 것이다.

4. 을은 다중인가?

현대 인문사회과학에서 정치적 주체를 표현하기 위해 광범위하게 사용되는 또 다른 용어로 다중multitude 개념을 들 수 있다. 이탈리아의 철학자인 안토니오 네그리Antonio Negri와 그의 미국인 제자인 마이클 하트Michael Hardt의 공동 저작인 《제국Empire》, 《다중Multitude: War and

Democracy in the Age of Empire》, 《공통체Commonwealth》[20]를 통해 국내에도 잘 알려져 있는 이 용어는, 그 저자들에 따르면 근대 서양정치철학에서 정치적 주체를 지칭해 온 몇 가지 주요 개념들과 차이를 지닌 개념이다. 이들에 따르면 우선 다중은 주권 개념과 한 쌍을 이루며, 통일성과 환원을 특징으로 하는 '인민people' 개념—남한의 헌법이나 정치적 원리에서는 '국민' 개념에 해당하는—과 구별된다.

인민은 하나(일자一者)이다. 물론 인구는 수없이 다양한 개인들과 계급들로 구성되어 있다. 그러나 인민은 이 사회적 차이들을 하나의 정체성으로 종합하고 환원한다. 이와 달리 다중은 통일되어 있지 않으며 복수적이고 다양한 상태로 남아 있다. 정치철학의 지배적 전통에 따르면, 이것이 바로 인민이 주권적 권위로서 지배할 수 있고 다중이 그럴 수 없는 이유이다. 다중은 **독특성들**의 집합으로 구성되어 있다. 그리고 여기서 독특성은 그 차이가 동일성으로 환원될 수 없는 사회적 주체, 차이로 남아 있는 차이를 뜻한다.[21]

또한 다중은 '대중mass' 개념과도 차이를 지니는데, 이는 대중 개념이 근본적으로 수동적이고 지도를 받아야 하는, 지리멸렬하고 공통성 없는 개인들의 집합을 가리키기 때문이다. 이들에 따르면 대중은 인민의 다른 측면이며, 동질적이고 분산된 개인들의 집합으로 해체된 인민을 가리킨다.

더 나아가 다중은 마르크스주의에서 말하는 노동자계급과도 구별

---

[20] 안토니오 네그리 · 마이클 하트, 《제국》, 윤수종 옮김, 이학사, 2001; 《다중》, 서창현 외 옮김, 세종서적, 2008; 《공통체》, 윤영광 · 정남영 옮김, 사월의책, 2014.

[21] 안토니오 네그리 · 마이클 하트, 《다중》, 135쪽.

되는 개념이다. 노동자계급이 주로 산업노동자 집단이나 생산적 노동에 종사하는 사람들을 가리키는 명칭인 데 반해, 이들에 따르면, 다중은 "프롤레타리아 개념에 그 가장 풍부한 규정, 즉 자본의 지배 아래에서 노동하고 생산하는 모든 사람들이라는 규정을 부여"[22]하는 개념이다. 특히 이들은 종래의 물질노동과 구별되는 비물질노동, 곧 "서비스, 문화상품, 지식, 또는 소통과 같은 비물질적 재화를 생산하는 노동"[23]이 포스트모던 자본주의에서 종래의 물질노동에 대하여 '질적 헤게모니'를 차지하게 되면서, 좁은 의미의 산업노동자계급을 넘어서는 새로운 계급 주체, 실로 공산주의의 주체로서의 다중이 등장할 수 있게 되었다고 주장한다.

이렇게 본다면 '다중'은 을이라는 용어와 상당히 가까운 의미를 지닌다고 할 수 있다. 을은 정치공동체의 성원 전체 및 그 통일성을 가리키는 인민(또는 국민)과 동일하지 않으며, 오히려 그 내부의 이질성과 다양성을 표현한다. 또한 을은 당연히 넓은 의미의 노동에 종사하는 사람들일 것이며, 그중 상당수는 네그리와 하트가 비물질노동이라고 부르는 종류의 노동을 수행하는 사람들일 것이다.

하지만 내가 보기에 을이라는 용어와 다중 개념의 중요한 차이점은, 앞에서도 지적했던 것처럼 을이라는 용어가 이질성과 다양성을 넘어 갈등성을 자신의 본질적 요소로 포함하는 데 반해, 네그리와 하트가 이론화한 다중 개념에서는 이러한 내적 갈등과 분할을 찾아보기 어렵다는 점이다. 실로 다중 개념은 근본적으로 **목적론적인** 개념이며, 따라서 현대 철학에서 사용되는 **주체화의 문제를 사고하기 어렵게 만드는**(불가능하게 하지는 않을지 몰라도) 개념이다.

---

[22] 앞의 책, 143쪽.

[23] 안토니오 네그리 · 마이클 하트, 《제국》, 382쪽.

네그리와 하트는 《제국》에 대한 비평가들의 문제 제기에 답변하는 대목에서 다중 개념이 함축하는 두 개의 시간성을 구별한다. 하나는 영원성으로서의 다중으로, 이러한 다중은 그것이 없이는 "우리의 사회적 존재를 생각할 수 없"[24]는 다중, 곧 사회의 **존재론적 토대**로서의 다중이다. 이러한 다중은 강한 의미의 **정치적 주체**로서의 다중, 곧 사회를 형성하고 유지하고 이끌어 가는 다중, 따라서 자율적인 사회적·정치적 역량을 지닌 주체로서의 다중이다. 다른 하나는 "역사적 다중, 아니 정확히 말해서 '아직 아닌' 다중"이다. 이러한 다중은 첫 번째 영원성의 다중에 걸맞은 다중으로 아직 구성되지 않은 다중, 따라서 정치적으로 구성되고 형성되어야 하는 다중을 가리킨다. 문제는 시간성에 따라 구별되는 두 가지 다중이, **내적 갈등과 분할의 문제에서 비껴나 있는 다중**이라는 점이다. 두 번째 다중은 항상 이미 첫 번째 다중에 의해 규정되어 있는 다중, 곧 목적론적 발전 경향 속에서 포착된 다중이다. 이 때문에 이들은 다음과 같이 말한다.

이 두 유형의 다중은 개념적으로 구별될 수 있을지언정, 실제로는 분리될 수 없다. 다중이 **이미 우리의 사회적 존재 속에 잠재되어 있지 않고 내재되어 있지 않다면**, 우리는 다중을 하나의 정치적 기획으로 상상할 수조차 없을 것이다. 그리고 마찬가지로, 우리가 오늘날 다중을 실현하기를 바랄 수 있는 것은 **다중이 이미 하나의 실재적인 잠재력으로 존재하기 때문이다.**[25]

이런 질문을 던져 보자. 태극기집회에 참여하는 사람들은 다중인가 아닌가? 탄핵 정국의 와중에서 탄핵에 집요하게 반대하고, 헌법재판소

---

[24] 안토니오 네그리 · 마이클 하트, 《다중》, 272쪽.
[25] 앞의 책, 같은 곳.

에서 탄핵 결정을 내린 이후에도 여전히 탄핵에 불복하면서 계엄령을 내려 달라고 호소하는 이들은 다중인가 아닌가? 또한 2012년 대선 당시 박근혜 후보에게 투표한 51퍼센트의 유권자들은 다중인가 아닌가? 만약 이들이 다중이라면, **보수적이거나 심지어 반동적인 정치 세력**도 다중에 속한다고 할 수 있는 것인가? 그리고 만약 그렇다면 어떻게 해방의 주체로서의 "다중이 이미 하나의 실제적인 잠재력으로 존재"하고 있다고 말할 수 있을까?

만약 이들이 다중이 아니라면, 아마도 수구 보수 세력을 지지하지 않고 적어도 자유주의적인 세력 이상을 지지하는 사람들만이 다중이라고 불릴 자격이 있다고 할 수 있다. 그런데 네그리와 하트가 말하는 '공산주의의 주체'로서, 마르크스의 프롤레타리아를 계승하는 해방의 주체로서의 다중에 걸맞은 개인들과 집단을 추출하려면 그 지표는 훨씬 더 엄정해야 할 것이다. 그렇다면, 가령 2012년 대선에서 문재인 후보를 지지한 48퍼센트의 사람들 전체가 다중은 아닐 것이며, 아마도 그중의 일부, 구 통합진보당이나 오늘날의 소수 진보정당, 곧 정의당이나 노동당 또는 녹색당을 지지하는 사람들만이 진정한 의미의 다중이라고 할 수 있을 것이다. 그렇다면 나머지 대다수는 다중이 아닐 터인데, 어떻게 다중을 사회의 존재론적 토대라고 할 수 있을까?

따라서 다중이 사회의 존재론적 토대로 간주될 수 있으려면 다중은 필연적으로 다수의 보수적인 또는 더 나아가 수구반동적인 세력을 포함해야 한다. 반대로 다중이 "이미 하나의 실제적인 잠재력으로 존재하는" 해방의 정치적 주체로 존재하려면, 다중은 상당히 축소된 범위의 개인들 및 집단들로 한정될 수밖에 없으며, 따라서 사회의 존재론적 토대로 간주될 수 없다. 내가 보기에, 네그리와 하트가 가능한 한 최대로 다중의 외연을 확장하면서도 이들을 해방의 주체, 공산주의의 주체라고 부를 수 있는 것은 목적론적 추론의 가상 때문이다. 그리고 이러한 목적론적 추론의 가상은 정치적 분석이 분석하고 설명해야 할 대상 자체를 말소시켜 버린다. 그것은 곧 갑과 을의 대립을 넘어서 **을들 내부의 이질성과 다양성, 그리고 갈등성이라는 문제**이며, 랑시에르, 에르네스토 라클라우Ernesto Laclau, 에티엔 발리바르 및 여러 현대의 정치이론가들이 푸코에서 유래하는 **주체화**subjectivation 개념을 갖고 씨름하는 문제가 바로 이것이다.[26]

아포리아로서의 을의 민주주의

만약 을이라는 용어가 현대 인문사회과학의 주요 개념들과 이러한 차별성을 지니고 있다면, 을을 주체로 하는 민주주의란 과연 무엇인가? 그리고 그것은 지금까지의 민주주의와 어떤 차이점을 지니는가라는 질문들이 제기될 수 있다.

나는 우선 을의 민주주의가 매우 아포리아적인 개념이라는 점을 지적해 두고 싶다. 아니 더 정확히 말하면, 을의 민주주의는 **민주주의 자체가 매우 아포리아적**이라는 점을 드러내 준다는 점에서 의미가 있다고 해야 할 것이다. 아포리아aporia는 알다시피 아(ά) + 포로스(πόρος), 곧 '길이 없음', 따라서 더 이상 진전이 불가능한 논리적 궁지를 가리키는 고대 그리스철학의 개념이었다. 이 개념을 현대 철학의 주요 개념으로 만든 이는 다름 아닌 자크 데리다Jacques Derrida였으며, 그를 준거로 삼아 현대 정치철학의 쟁점들을 숙고하기 위한 유사초월론적 토대로 아포리

---

[26] 현대 정치철학에서 주체화의 문제에 대해서는 진태원, 〈정치적 주체화란 무엇인가? 푸코, 랑시에르, 발리바르〉, 《진보평론》 2015년 봄호 참조.

아 개념을 활용한 이는 에티엔 발리바르였다.[27] 고대 그리스철학의 용법과 달리 이들의 성찰에서 아포리아는 단순히 부정적인 것을 의미하지 않는다. 그것은 기존의 개념들과 이론, 실천의 한계를 나타내기 위한, 따라서 그것을 돌파하기 위한 극한의 노력을 표현하는 개념이었다. 물론 이러한 돌파의 노력이 **아무런 성공의 보장이 없는 모험적인 기획**이라는 점이 중요한데, 왜냐하면 아포리아는 철학적으로는 우리의 합리성 자체, 정치적으로는 정치공동체 자체가 토대가 없는 것임을 긍정하는 데서 시작되는 개념이기 때문이다.[28] 을의 민주주의는 민주주의의 아포리아적인 성격에 근거하고 있으며, 이를 뚜렷하게 부각시켜 준다.

1. 을을 잘 대표하는 것으로서의 을의 민주주의

을의 민주주의에 관하여 일차적으로 **을을 잘 대표하는 민주주의**라고 정의해 볼 수 있다. 그리고 다시 '을을 잘 대표하기'에 대하여 다음과 같은 제도적 함의를 제시해 볼 수 있다. 가령 최근 많은 논의의 대상이 되는 경제민주화를 생각해 볼 수 있다. '경제민주화'라는 표제 아래 우리 사회 극소수 파워 엘리트 집단을 대표하는 재벌 체제를 해체하고, 그 대신 사회의 대다수를 이루는 을의 경제적 이해관계 및 지위를 강화하는

---

[27] 발리바르가 아포리아의 문제를 진지하게 검토하기 시작한 것은 1980년대 초 스피노자에 관한 연구를 통해서였던 것으로 보인다. 에티엔 발리바르, 《스피노자와 정치》, 진태원 옮김, 그린비, 2014 참조. 그 이후 역사적 마르크스주의에 대한 탈구축, 관국민적 시민성 개념에 대한 모색, 극단적 폭력과 시민다움을 중심으로 한 폭력론에 관한 연구, 시민 주체 및 공산주의에 관한 탐구에서 늘 아포리아는 발리바르 사유의 유사초월론적, 방법론적 지침으로 작용하고 있다.

[28] 랑시에르의 정치철학은 한편으로 본다면 아포리아에 기반을 둔 작업이지만, 다른 한편에서는 그 아포리아를 봉쇄한다. 그의 데리다 비판은 이를 잘 보여 주는 사례다. 랑시에르의 데리다 비판에 대한 검토는, 진태원, 〈대체보충, 자기면역, 아포리아: 자크 랑시에르와 자크 데리다의 민주주의론〉(미간행 원고) 참조.

여러 가지 법적 · 제도적 대안들을 고려해 볼 수 있다. 여기에는 재벌 지배구조를 개혁하고 소수 주주의 이익을 보호하는 것에서부터 산업적 시민권을 강화하는 방안에 이르기까지 여러 가지 제안이 포함될 수 있다.

또한 정치적 대표의 틀 자체를 개혁하는 방안도 생각해 볼 수 있다. 보수 양당 체제가 독점해 온 정치적 대표의 틀을 해체하고 다수의 진보 정당의 원내 진출을 통해 을의 정치적 이해관계와 지위를 보장할 수 있는 방안은 을의 민주주의의 주요 내용을 구성할 것임에 틀림없다. 흔히 지적되는 연동형 비례대표제를 비롯하여 선거 연령 인하, 결선투표제 도입, 지방자치제도의 정비 등이 이러한 대안에 포함될 것이다.

아울러 포괄적인 의미에서 사회적 민주화라고 부를 수 있는 것의 법적 · 제도적 방안도 모색해 볼 수 있다. 우리가 사회적 민주화라고 부르는 것은, 사회경제적 구조나 정치적 · 법적 제도를 통해 완전히 포괄되지 않는, 하지만 대다수 을들이 삶 속에서 겪는 억압과 차별, 착취 등을 개혁하는 과정을 지칭한다. 가령 여성이나 비정규직 노동자, 장애인, 성소수자, 청소년 등에 대한 차별과 억압, 착취를 법적으로 금지하고 그들을 보호하거나 그들의 피해를 지원하는 방안을 마련하는 것은 매우 중요한 일이다. 하지만 그들을 보호하거나 지원하는 일을 넘어, 그들을 예외적이거나 비정상적인 존재자들, 피해자들이 아니라 **정상적인 주체들**로, 민주주의의 **중심적인 구성원들**로 재현하는/대표하는represent, 그리고 구성하는 것은 더욱 중요한 일이다. 그런데 이렇게 되면 '대표하기'가 무엇을 의미하는가 하는 것이 중요한 문제로 제기된다.

2. 을을 대표한다/재현한다는 것은 무엇인가?

촛불집회 이후 직접민주주의 내지 참여민주주의가 언론 및 학계의 중요한 화두로 떠올랐다. 헌정사에서 유례가 없는 현직 대통령 탄핵을 성취하고 새로운 정권을 출현시키는 데 촛불집회의 힘이 결정적인 역할을 수행한 만큼 이는 당연한 결과라고 할 수도 있다. 그런데 문제는 직접민주주의나 참여민주주의를 주장하는 논객들이 대개 이를 **대의민주주의와의 대립의 관점**에서 거론한다는 점이다. 곧 진정한 민주주의를 실현하기 위해서는 대의민주주의 대신 참여민주주의를 추구해야 하며, 설령 대의민주주의가 필요하다 하더라도 그것을 될 수 있는 한 최소화해야 한다는 주장들이 자주 제기된다. 이것은 매우 조야한 주장이라고 하지 않을 수 없다. 흔히 말하듯 현대 국가처럼 복잡하고 다원적인 정치조직을 국민들의 직접적인 참여로 통치하거나 운영한다는 것은 기술적으로 불가능하며 더욱이 효율적이지 못하다는 반론을 예상해 볼 수 있다.

하지만 내가 보기에 더 중요한 것은 대표의 문제를 그 자체로 살펴보는 일이다. 참여민주주의 내지 직접민주주의에 대한 요구 뒤에 존재하는 것은 두 가지 생각이다. 첫째, 현재 한국 정치체제의 성격상 대표자들은 국민, 특히 을로서의 국민의 의지나 목소리를 대표하기보다는 자신들이 속한 정당이나 권력 질서의 이해관계에 충실한 이들이며, **이들 자신이 갑으로서의 통치자 내지 지배자에 불과하다**는 생각이다. 둘째, 따라서 갑으로서의 대표자들에게 정치권력을 부여하는 대의민주주의보다 **을로서의 국민이 직접 정치에 참여하는 것이 바람직하다**는 것이다. 이러한 생각은 우리가 앞에서 간략하게 제시했던 좁은 의미의 '을의 민주주의', 곧 을들 자신이 정치적 주체로서 직접 참여하는 민주주의라는 관념과도 부합하는 일이 아닌가?

이런 생각은 **대표**(또는 **재현**)**의 과정 이전에 이미** 정치적 주체로서의 국민, 더 나아가 을들이 **현존해 있다**는 관념을 전제한다. 그런데 과연 국민 내지 인민은 대표/재현의 과정에 앞서 미리 현존해 있는가? 가령 프랑스의 예를 들어 보자. 프랑스혁명 및 더 나아가 근대 민주주의 헌정의 이념적 기초를 제공한 〈인간과 시민의 권리선언〉(1789)—이것은 프랑스 헌법의 전문前文으로 사용된다—에도 불구하고, 프랑스 제헌헌법에서는 재산의 유무(일정한 납세액)에 따라 능동시민과 수동시민을 구별하고, 전자에 해당되는 25세 이상의 성인 남성들에게만 선거권을 부여했으며, 피선거권은 더 많은 세금을 납부하는 사람들에게만 부여했다. 1848년 이후에야 성인 남성들은 보편적 선거권을 얻게 되었다. 또한 여성은 20세기에 들어서야 비로소 참정권을 얻었으며, 미국에서 흑인들이 어떤 험난한 과정을 거쳐 정치적 권리를 얻게 되었는지는 잘 알려져 있다. 더욱이 우리나라에서는 아직도 만 19세 이하의 젊은이들은 **정치적으로 존재하지 않는 존재들**이다. 이주노동자들과 같이 우리나라 국적을 갖지 못한 사람들은 말할 나위도 없다. 이는 **대표/재현의 과정 이전에는 정치적 주체란 존재하지 않음**을 잘 보여 준다. 더욱이 주권자로서 또는 정치적 주체로서의 국민 내지 인민은 처음부터 동일하게 존재해 온 이들이 아니라, 대표/재현의 과정에 따라 역사적으로 끊임없이 변형되거나 확장되어 온 것이라는 점 역시 분명하다.

따라서 미국의 한 연구자가 적절하게 말한 바 있듯이 "대표의 반대말은 **참여가 아니라 배제**"[29]라는 점을 유념해야 한다. 적절한 대표의 제도나 실천이 없다면 정치적 주체들이 존재할 수 없으며, 사회적 약자들인 을들과 을의 을들은 대표가 없다면 정치적으로 존재하지 않게 되거나 아니면 자신의 목소리를 들리게 하게 위해 늘 목숨을 건 필사적인 싸움을 전개하는 수밖에 없다. 더욱이 참여민주주의와 대의민주주의를 단순히 대립시키는 것은, 기존에 존재하는 대의제도의 모순과 문제점을 그대로 용인하는 결과를 낳을 수도 있다. 대표제란 **본성상** 과두제적인

---

[29] David Plotke, "Representation is Democracy", *Constellations*, vol. 4, no. 1, 1997. 강조는 인용자.

메커니즘이며, 대표자들은 **원래** 유권자나 국민의 의사를 표현하기보다는 자신들의 이해관계를 관철하기 마련이라면, 그것을 애써 개선하거나 개혁할 필요가 없기 때문이다. 그렇다면 을의 민주주의를 위해서는 참여와 대표를 대립시킬 것이 아니라, 더 많은 참여를 위해 더 잘 대표할 수 있는 제도와 실천 방안을 모색하는 것이 옳을 것이다.

사실 우리가 '대표하기' 내지 '대의하기'라고 부르는 개념, 곧 영어로는 리프리젠트represent 내지 리프리젠테이션representation이라는 용어들로 표현되는 개념은 꽤 복잡한 의미를 지니고 있다. 이 용어는 다음과 같은 기본적인 의미를 지닌다.

① **재현하기**: 리프리젠테이션의 기본적인 의미는 '표상' 내지 '재현'이라고 할 수 있다. 이때 표상으로서의 재현再現은, 인식하는 주관 바깥에 이미 그 자체로 성립해 있는 또는 현존하는 어떤 사물이나 대상을 가능한 한 **있는 그대로, 정확하게 다시-제시함**re-presentation을 의미한다. 이런 의미의 재현은 첫째, 재현 과정에 앞서 미리 그 자체로 성립해 있는 사물이나 대상의 현존을 전제하며, 둘째, 재현 작용 자체는 이러한 사물이나 대상을 있는 그대로, 정확하게 잘 묘사하거나 제시하는 것을 목표로 삼는다는 것을 전제한다.

② **대표하기**: 이것의 정치적 표현이 '대표'라고 할 수 있다. 인식론적 의미의 '재현'과 마찬가지로 현대 민주주의의 핵심적인 활동으로서 대표는, 선거를 통해 선출된 대표자들이 자신을 선출해 준 피대표자들, 곧 주로 유권자들의 목소리나 욕망, 이해관계를 잘 대변하는 것을 목표로 삼는다. 따라서 정치적 활동으로서의 '대표' 역시 '재현'과 마찬가지로, 대표 과정에 앞서 이미 그 자체로 성립해 있는 피대표자들 내지 유권자들이라는 사물 내지 대상의 현존을 전제하며, 이러한 사물 내지 대

상을 가능한 한 정확하게 다시-제시하는 것, 그들의 이해관계, 욕망, 목소리를 **있는 그대로 다시-들려주는 것**을 목표로 삼고 있다.

③ **재-현하기**: 그런데 포스트 담론의 주요한 이론적 기여는, 재현에 관한 통상적 생각과 달리 재현 과정과 독립해서 이미 성립해 있는 사물 그 자체는 존재하지 않으며, 따라서 재현 과정이란 리프리젠테이션 representation이라는 말의 원래 뜻과 달리 이미 존재하는 것을 있는 그대로 제시하는 것이 아니라, **사물이나 대상 자체를 구성하는 과정**이라는 것을 보여 주었다는 점에서 찾을 수 있다. 따라서 이런 의미의 재현은 오히려 재-현이라고 표현할 수 있다. 이때의 **재-현**은, 재현 과정을 통해 기존에 존재하는 사회적 범주들이나 대상을 **변형하고 재구성하는 과정**, 이를 통해 이전까지 드러나지 않고 들리지 않았던 것을 드러나게 하고 보이게 만드는 **변형적인 현시 과정**이라고 할 수 있다. 랑시에르는 《불화La Mesentente: Politique et Philosophie》에서 이처럼 ('치안' 체제 안에서) 보이지 않고 들리지 않는 것을 보이게 하고 들리게 만드는 것을 정치라는 개념의 가장 기본적인 의미로 규정한 바 있다. 그렇다면 민주주의적 대표/재현은, 유권자들의 이해관계나 욕망, 목소리를 있는 그대로 전달한다, 대표한다는 소극적인 목표(때로는 기만적이기까지 한)에 만족할 수 없으며, 그러한 대표/재현은 적극적인 변형적 현시로서의 재-현 작용까지 포함해야 할 것이다.

3. (비)주권적 (비)주체로서의 을?

하지만 우리가 화두로 제안하는 '을의 민주주의'는 이러한 재-현의 차원에 머무를 수는 없다. 이러한 재-현 과정 자체는 **주체의 문제**를 그냥 방치해 두기 때문이다. 우리가 재현을 단순한 '다시-제시하기'로 이해하지 않고 '재-현'으로 이해하게 되면 주체의 문제, 특히 '정치적 주체'의 문제가 첨예하게 제기된다. 그런데 만약 현대 사회체제의 성격상 부재하지만, 정의상 존재해야 하고 또 존재하는 것으로 간주된 주권적인 주체가 사실은 **허구적인 개념**에 불과하다면, 곧 **주권자로서의 국민 같은 것은 현존하지 않는다면** 또는 항상 **부재하는 원인으로서만 현존한다면** 어떻게 되는가?

사실 현대 자유민주주의 체제에서 인민주권 내지 국민주권 개념은 두 가지 역할을 수행하는 것으로 보인다. 첫째, 그것은 권력의 정당성의 궁극적 기초 역할을 수행한다. "모든 권력은 국민으로부터 나온다"는 것은, 국민 내지 인민이라는 주권자의 허락이나 승인 없이는 어떠한 정치권력도 성립하거나 유지될 수 없음을 의미한다. 둘째, 하지만 역으로 이러한 정당성의 궁극적 기초로서의 국민은 항상 부재하는 이상, '국민'은 기존 권력 또는 그러한 권력을 산출하고 재생산하는 체제를 정당화하는 이데올로기적 근거로 활용되기도 한다. 때때로 일정한 사건들을 통해 이러한 유령 같은 주권자가 출몰하는 일이 벌어지기도 하지만, 홀연히 나타났다가 다시 어느덧 사라질 수밖에 없는 것이 바로 주권자로서의 인민 내지 국민인 이상 그것은 늘 자신의 대리자를 정당화하는 역할('연기') 이상을 수행할 수 없는 것으로 보인다.

바로 그렇기 때문에, 어떤 사람들은 주권의 주체는 '국민'을 넘어서 '인민'으로 또는 '민중'으로 대체되어야 한다고 주장할 것이다. 요컨대 국민주권이 아니라 인민주권 내지 민중주권을 실현하는 것이 진정한 민주주의에 더 가까이 다가가는 것이며, 을의 민주주의란 **을을 주권의 주체로서의 인민 내지 민중으로 세우는 것**을 목표로 한다고 주장할 수 있다.

그런데 최근 몇몇 철학자들이 공통적으로 제기하는 바와 같이, 여기에서 '인민' 내지 '민중'이라는 개념이 포함하는 내적 분할의 문제가 생겨난다. 영어의 피플people이나 불어의 푀플peuple 또는 스페인어의 푸에블로pueblo 같은 단어들은 공통적으로 두 가지 대조적인 의미를 지닌다. 곧, 이 용어들은 한편으로 어떤 **국가 내지 정치체의 합법적 성원**이라는 의미, 따라서 우리말의 '국민'에 더 가까운 의미를 가리킨다(라틴어로는 포풀루스populus라는 개념에 해당하는 것). 하지만 다른 한편으로 이 용어들은 라틴어의 플레브스plebs라는 말이 역사적으로 뜻했던 것처럼 '**몫 없는 이들'로서의 을**을 지칭하기도 한다. 이런 후자의 의미에서 본다면 피플, 푀플, 푸에블로는 공동체의 합법적인 성원이면서 **또한** 그 안에서 착취당하고 모욕당하고 차별받는 이들을 의미하는 것이다.[30]

따라서 인민 내지 민중이 주권자가 되는 민주주의는 아마도 피플, 푀플, 푸에블로가 지니는 이러한 내적 차이와 위계 관계를 해체하거나 제거하는, 또는 적어도 줄이거나 최소화하려는 민주주의라고 할 수 있을 것이다. 하지만 문제는 바로 여기에 있을 것이다. 이러한 내적 차이와 위계 관계를 해체하거나 축소한다는 것은 무엇인가? 그리고 그것은 어떻게 가능한가? 가령 이런 질문을 던져 볼 수 있을 것이다. 을의 민주주의가 국민주권을 인민주권이나 민중주권으로 대체하는 것을 목표로 한다면, 현행 헌법에서 "대한민국의 모든 권력은 국민으로부터 나온다"고 표현되어 있는 것을 새로운 헌법에서는 "대한민국의 모든 권력은 민중으로부터 나온다"로 바꿀 수 있을까? 요컨대 **인민 내지 민중으로서의 을은 헌법 속에 권력의 주체, 주권의 주체로서 명기될 수 있을까?** 만약 그것이 불가능하다면, 인민 내지 민중으로서의 을은 계속해서 **더 나은 대표/재현의 대상**으로 머물러야 하는 것일까? 아니면 을들이 **(법적) 주권의 주체로 존재하지 않지만 정치의 주체가 될 수 있는 또 다른 길**을 모색해 볼 때가 된 것인가? 가령 대의민주주의의 기본적인 법적 틀인 의회

---

30 진태원, 〈몫 없는 이들의 몫: 을의 민주주의를 위하여〉, 《황해문화》 2015년 겨울호 참조.

제 대표와 독립적인 또 다른 대표의 체계를 조직할 수 있으며, 또한 조직해야 하는 것인가? 그렇다면 이것의 헌법 상 지위는 어떤 것인가? 아니면 이것은 헌법 밖의 체계이자 조직으로 남아야 하는가?

더 나아가 이런 질문을 던져 볼 수도 있다. 만약 이 주권자가 사실은 **주권자로 존재하기를 원하지 않거나 그것을 두려워한다면**, 어떻게 할 것인가? 실제로 우리가 촛불 정국에서 대선 정국으로 이행하면서 관찰했고, 또한 새로운 정권이 들어선 이후 관찰하고 있는 것은, 몇 달 동안 촛불집회에 참여했던 사람들이 계속 운동을 지속할 수 없으며 또 그럴 의사도 없다는 점이다. 이들은 이제 **자신들을 대신해서** 정치를 수행할 대표자를 뽑고 싶어 하며, 자신들은 정치의 장에서 물러나 일상으로 돌아가고 싶어 한다. 그리고 사실 또 그렇게 하지 않을 수 없다. 하지만 스스로 통치할 수 있는 역량의 부재 때문이든 아니면 스스로 통치자가 되는 것에 대한 두려움 때문이든, 또 아니면 민주주의 정치가 지닌 무정부주의적 본성(랑시에르가 말하듯 '아르케 없음an-arkhe'이라는 존재론적 의미에서) 때문이든, **주체가 주체되기를 거부한다면**, 그때 민주주의는, 특히 을의 민주주의란 무엇인가?

우리가 보기에 이러한 질문들은 '을'이라는 주체가 지닌 본질적인 특성들로 인해 불가피하게 생겨나는 질문들이며, 바로 이 점이 을의 민주주의를 민중민주주의나 인민민주주의와 다른 것으로 만든다. 민중민주주의나 인민민주주의라는 이름 아래에서는 불가능한 또는 제기되지 않고 제기하려고 하지도 않는 질문들, 아마도 민주주의의 본성과 한계에 대한 핵심 질문들을, '을의 민주주의'는 열어 놓는 것이다.

|참고문헌|

가야트리 스피박, 〈서발턴은 말할 수 있는가〉, 로절린드 모리스 엮음, 태혜숙 옮김, 《서발턴은 말할 수 있는가》, 그린비, 2013.

가이 스탠딩, 《프레카리아트: 새로운 위험한 계급》, 김태호 옮김, 박종철출판사, 2014.

리처드 세네트, 《신자유주의와 인간성의 파괴》, 조용 옮김, 문예출판사, 2002.

라나지트 구하, 《서발턴과 봉기》, 김택현 옮김, 박종철출판사, 2008.

샹탈 무페·히로세 준, 〈포데모스 혹은 좌파포퓰리즘에 대한 두 개의 시선〉, 《진보평론》 68호, 2016.

안토니오 네그리·마이클 하트, 《제국》, 윤수종 옮김, 이학사, 2001.

_____, 《다중》, 서창현 외 옮김, 세종서적, 2008.

_____, 《공통체》, 윤영광·정남영 옮김, 사월의책, 2014.

에티엔 발리바르, 〈보편들〉, 《대중들의 공포》, 서관모·최원 옮김, 도서출판 b, 2007.

_____, 《스피노자와 정치》, 진태원 옮김, 그린비, 2014.

이관후, 〈왜 '대의민주주의'가 되었는가?: 용례의 기원과 함의〉, 《한국정치연구》 제25집 2호, 2016.

_____, 〈한국 정치에서 대표의 위기와 대안의 모색: 정치철학적 탐색〉, 《시민과 세계》 28호, 2016.

이광일, 〈신자유주의 지구화 시대, 프레카리아트의 형성과 '해방의 정치'〉, 《마르크스주의 연구》 제10권, 제3호, 2013.

임마누엘 칸트, 〈계몽이란 무엇인가?〉, 이한구 옮김, 《칸트의 역사철학》, 서광사, 1992.

자크 랑시에르, 《정치적인 것의 가장자리에서》, 양창렬 옮김, 도서출판 길, 2014(수정 재판).

존 베벌리, 〈혼종이냐 이분법이냐? 하위주체와 문화연구에서 다루는 '민중'의 범주에 관하여〉, 《하위주체성과 재현: 라틴아메리카 문화이론 논쟁》, 박정원 옮김, 그린비, 2013.

지그문트 바우만, 《방황하는 개인들의 사회》, 홍지수 옮김, 봄아필, 2013.

진태원, 〈최장집과 에티엔 발리바르: 민주주의의 민주화의 두 방향〉, 고려대학교 민족문화연구원 편, 《민족문화연구》 56호, 2012.

_____, 〈'포스트' 담론의 유령들: 애도의 애도를 위하여〉, 고려대학교 민족문화연구원 편, 《민족문화연구》 57호, 2012.

_____, 〈무정부주의적 시민성? 한나 아렌트, 자크 랑시에르, 에티엔 발리바르〉, 서강대학교 인문과학연구소 편, 《서강인문논총》 37집, 2013.

_____, 〈포퓰리즘, 민주주의, 민중〉, 《역사비평》 2013년 겨울호.

_____, 〈정치적 주체화란 무엇인가? 푸코, 랑시에르, 발리바르〉, 《진보평론》 2015년 봄호.

_____, 〈몫 없는 이들의 몫: 을의 민주주의를 위하여〉, 《황해문화》 2015년 겨울호.

_____, 〈행복의 정치학, 불행의 현상학〉, 《황해문화》 2016년 겨울호.

_____, 〈극단적 폭력과 시민다움: 에티엔 발리바르의 반폭력의 정치에 대하여〉, 《철학연구》 118집, 2017.

_____, 〈대체보충, 자기면역, 아포리아: 자크 랑시에르와 자크 데리다의 민주주의론〉(미간행 원고).

진태원 엮음, 《포퓰리즘과 민주주의》, 소망출판사, 2017.

콜린 크라우치, 《포스트민주주의》, 이한 옮김, 미지북스, 2008.

한나 아렌트, 《전체주의의 기원》 1권, 이진우·박미애 옮김, 한길사, 2005.

홍철기, 〈《대표의 개념》과 《선거는 민주적인가》: 정치적 대표와 대의 민주주의의 미래〉, 《진보평론》 61호, 2014.

Balibar, Etienne, "Arendt, le droit aux droits et la déobéssance civique", in *La proposition de l'égaliberté*, PUF, 2010.

Castel, Robert, *La monté des incertitudes: Travail, protections, statut de l'individu*, Seuil, 2009.

Chatterjee, Partha, *The Politics of the Governed: Reflections on Popular Politics in Most of the World*, Columbia University Press, 2004.

Dardot, Pierre & Laval, Christian, *La Nouvelle raison du monde: Essai sur la société néolibérale*, La Déouverte, 2009.

Errejón, Íngo & Mouffe, Chantal, *Podemos: In the Name of the People*, Lawrence & Wishart, 2016.

Laclau, Ernesto, *On the Populist Reason*, Verso, 2005.

Plotke, David, "Representation is Democracy", *Constellations*, vol. 4, no. 1, 1997.

제2부

인문학과 증언

소년은 왜 '꽃핀 쪽'으로 가라고 말하는가

기억–정동 전쟁의 시대, 《소년이 온다》가 놓인 자리

김 미 정

* 이 글은 조선대학교 인문학연구원 《인문학연구》 제54집(2017.8)에 게재된 원고를 수정 및
보완하여 재수록한 것이다.

그는 왜 왜곡도 부정도 아닌 '모독'을 막아 달라고 했을까

2014년 단행본으로 출간된 한강의 《소년이 온다》는 30여 년 전의 역사＝공식기억으로 안착된(듯 여겨져 온) '5월 광주'를 다루는 소설이다.[1] "《봄날》과 함께 '오월'에 대한 문학적 진상 규명 작업은 하나의 분수령을 넘었"고 "문학은 '오월'로부터 또 다른 과제를 부여받았"다는 평가[2]로부터, 그리고 5월 광주가 2002년 이래 매년 5월 금남로에서 문화축제[3]로 기념되기 시작한 지 꼭 12년이 지난 후의 소설이다. 이런 시간의 흐름을 생각할 때 《소년이 온다》는 옛 시절의 "문학적 진상 규명 작업"을 다시 연상시킨다는 점에서 어딘지 의아한 텍스트이다. 이 의아함과 관련하여 다음 두 개의 선행 논의가 약간의 참고가 될지 모르겠다.

---

[1] 창비문학블로그 '창문'에 2013년 11월부터 2014년 1월까지 연재한 소설이 2014년 5월 단행본으로 출간되었다. 이 글에서는 2017년 2월 3일 '노르웨이 문학의 집'에서 열린 'Literary Guiding Stars' 행사의 강연문(〈SVD Kultur Söndag〉, 2017. 2. 26.)과, 단행본 《소년이 온다》(창비, 2014.5)를 대상으로 논의를 전개한다. 강연문 전문은 인터넷 창비 블로그에 소개되어 있다. (http://blog.changbi.com/221006983729?Redirect=Log&from=postView)

[2] 김형중, 〈《봄날》 이후〉, 《내일을 여는 작가》, 2002년 여름.(5·18기념재단 엮음, 《5·18 민중항쟁과 문학·예술》(심미안, 2006) 재수록) 본문 인용은 재수록을 참조했다.

[3] 예를 들어 2002년 제1회 청소년평화축제로 시작한 후, 2017년 13회를 맞은 '레드 페스타RED FESTA'의 경우(5·18기념재단 홈페이지 참조, http://518.org/sub.php?PID=030502). 이 축제는 5·18 정신의 계승과 젊은 세대와의 기억 공유를 목적으로 하는 청소년 민주주의 문화제의 성격을 띤다. 하지만 이런 문화제적 성격으로의 이행에 대해, 당시 도청에서 시민군 활동을 도운 바 있는 한 증언자(정숙경)는 다음과 같이 위화감을 토로할 정도로 세대에 따라 그 변화가 가파르게 체감됨을 알 수 있다. "어떻게 해서 5·18 축제가 된 거예요? (…) 어떻게 청춘들이 비참하게 갔는데 축제예요? 추모제를 해야죠. 그 사람들을 생각해서라도 그날만큼은, (…) 절대 축제가 아니에요."(광주전남여성단체연합기획, 이정우 편집, 《광주, 여성》, 후마니타스, 2012, 253쪽)

우선 "'증언 불가능'을 강조하며 (…) 광주의 참상을 더 정확히 재현하는 (…) 광주에서 일어난 비인간적 참상에 관한 가장 정확한 기록물"[4]이라는 평가. 그리고 "망각할 수 없는 고통을 말하고 있다는 점에서 《소년이 온다》는 최소한의 현재성을 점유하고 있으며, 그것이 고립된 결벽으로 완강하다는 점에서 아직 현재를 향해 열려 있지 않다."[5]는 평가.

이 둘은 전혀 다른 맥락의 논의에서 인용한 것이지만, 행간에서 유추할 수 있는 것은 공히, 2014년이라는 시점과 《소년이 온다》 사이의 이질감이다. 전자의 논의(조연정)는 '재현' '기록' 등의 개념을 직접적으로 다룸으로써, 또한 후자의 논의(서영인)는 소설 속의 서사적으로 고립된 시·공간을 지적함으로써 이 소설이 출간된 '시대'와 '미학' 사이의 거리(이질감)를 환기시킨다. 《봄날》(1997)에서 이미 완료되었다고 진술된 바 있던 "문학적 진상 규명 작업"은(김형중) 《소년이 온다》에서 '다시' 주제화되었다는 심증을 부정할 수 없다.

잠시 소설 속 설정을 살피며 이를 확인해 본다. 소설 속 서사는 1980년 5월 20일 즈음부터 27일 사이의 광주 도청 부근의 일을 보여 준다. 거기에는 성별·직업·계급·연령의 다양성이 고려된 사람들의 삶과 죽음, 그리고 그들의 후일담이 조망되어 있다. 그리고 어느 광주 소설보다도 더 근본적으로 죽음과 생존, 야만과 존엄, 비인간과 인간 등의 문제에 굴착한다. 작가가 의도했든 아니든 이것이 2014년 시점에서 "가장 정확한 기록물"(조연정) 혹은 "고립된 결벽"(서영인)으로 보이는 것은 분명하다.

더구나 '문학적 진상 규명'을 연상시키는 이 낯섦/익숙함은, '어떤 사건과 소설적 형상화 사이에는 그것을 조망할 시간적 거리가 필요하다'

---

4 조연정, 〈광주를 현재화하는 일—권여선의 《레가토》(2012)와 한강의 《소년이 온다》(2014)를 중심으로〉, 《대중서사연구》, 2014.12.

5 서영인, 〈집단기억과 개별성의 고통 사이—한강, 《소년이 온다》(창비, 2014)〉, 《삶이 보이는 창》, 2014년 가을.

는 식의 통념과도 별개의 것이다. 작가는 1980년 5월에 광주에 있지 않았고, 그 일의 의미 역시 언어화하지 못했을 나이(11세)였다. 그리고 그녀는 30여 년이 흐른 후에 그것을 서사화하기 위해 취재하고 많은 증언과 기록물을 참고했다. 이것은 말 그대로 '증언의 증언'[6]으로 보이기도 한다. 말하자면《소년이 온다》는 경험적 제약으로 인한 서사적(미학적) 부담뿐 아니라 윤리적 부담까지 감수하면서 "문학적 진상 규명 작업"을 다시 꾀한 소설처럼 보인다. 이 소설의 재현법이 일견 미학적 후퇴처럼 보이는 것도 당연하다.

하지만, 맥락 없이 무균질의 공간에서 태어나 존재하는 작품이 있을까. 이때 잠시, 소설 속 가족을 잃은 생존자의 말을 복기해 본다. "아무도 내 동생을 더 이상 **모독**할 수 없도록 써 주세요."(강조—인용자)(211쪽) 소설 속에서 이 말은 두 번 반복된다. 이것이 역사의 훼손에 대한 왜곡, 부정에 대한 항의가 아니라, 무언가에 대한 "모독"을 막아 달라는 표현임을 우선 기억해 두자. 국가폭력, 제노사이드 같은 말이 아니고서는 죽음의 어떤 이유도 찾을 수 없는 그들을 "모독"하는 이는 누구인가. 그렇다면 다시 과감히 질문을 바꾸어 본다.《소년이 온다》는 철 지난 "문학적 진상 규명 작업"의 일종인가, 아니면 어떤 이유와 맥락을 갖고 있는 문학적 대응인가. 이 두 질문의 차이와 공통점을 이해하기 위해 우선은 소설 바깥의 이야기로부터 시작해 보자.

---

[6] 실제로 이 책 마지막 별지에는 작가가 이 소설을 위해 도움받은 자료의 목록들(《광주오월민중항쟁사료전집》,《광주, 여성》(이상 증언록), 〈우리들은 정의파다〉, 〈오월애〉(이상 영화), 〈5·18 자살자—심리부검보고서〉(TV 다큐멘터리))과 실제 관련자 기억에 대한 언급이 있다. "최대한 사실성에 의지하려 했"다는(임철우, 〈책을 내면서〉,《봄날》1, 문학과지성사, 1997)《봄날》의 작가는 자신이 겪은 1980년 5월 광주에 대한 죄책감과 책임에 대해 여러 지면에 밝힌 일도 있지만,《소년이 온다》의 작가는 이런 절박함과 거리가 있는 세대임을 다시 기억해 두자.

'기억-정동情動' 전쟁의 시대, 모독의 회로

작가가 이 소설을 구상하기 시작했다는 2012년 겨울,[7] 5·18에 북한군 특수부대가 침투되었다는 주장을 펴 명예훼손으로 고소당한 한 극우이데올로그가 대법원에서 무죄판결을 받는다.[8] 이어 이 판결에 탄력 받은 몇몇 커뮤니티 기반 네티즌들이 광주 폄하, 조롱 여론을 이어 가면서 강력한 반동의 세勢를 과시한다. 급기야 5·18역사왜곡대책위원회(이하 '대책위')는, 악의적 루머의 거점 커뮤니티 유저들에게 강력대응을 하기에 이른다. 하지만 2014년 7월 이들의 반성과 사죄를 받아들여 대책위는 고소를 취하한다.[9]

5·18을 폄훼, 모독한 것이 이들이 처음이 아니었음은 물론이다. '광주'는 처음부터 정부의 악의적, 조직적 왜곡으로 프레이밍된 장소였다. 지금까지 반복적으로 유포되는 루머, 가령 북한군 특수부대 개입설, 무장시민 폭동설 등의 기원을 거슬러 가자면 1980년 5월 21일 계엄사령관 이희성의 담화문으로까지 소급된다. 진원지를 분명히 해 두기 위해 그 일부를 인용해 본다.

　　"타 지역 불순인물 및 고첩(고정간첩—인용자)들이 사태를 극한적인 상태로 유도하기 위하여 여러분의 고장에 잠입, 터무니없는 악성유언 비어의 유포와 공공시설 파괴 방화, 장비 및 재산 약탈 행위 등을 통하

---

[7]　2017년 2월 3일 '노르웨이 문학의 집'에서 열린 "Literary Guiding Stars" 행사의 강연문.

[8]　〈연합뉴스〉 2013년 5월 21일 기사 '5·18 왜곡 앞장 종편·누리꾼 줄소송 휘말릴 듯'/ http://news.naver.com/main/read.nhn?mode=LSD&mid=sec&sid1=102&oid=001&a id=0006270614

[9]　5·18기념재단 2014년 7월 10일 보도자료 〈5·18 영령 앞에 고개 숙인 일베 회원들〉 참조./http://www.518mf.org/sub.php?PID=0204&page=&category=&searchText=%EC% 9D%BC%EB%B2%A0&searchType=all&action=Read&page=1&idx=363 .

여 계획적으로 지역감정을 자극, 선동하고 난동 행위를 선도한 데 기인된 것이다. 이들은 대부분이 이번 사태를 악화시키기 위한 불순분자 및 이에 동조하는 깡패 등 불량배들로서 급기야는 예비군 및 경찰의 무기와 폭약을 탈취하여 난동을 자행하기에 이르렀으며 이들의 극한적인 목표는 너무나도 자명하여 사태의 악화는 국가 민족의 운명에 파국적인 결과를 초래할 것이 명약관화한 것이 사실입니다."[10]

이 담화에서 확인할 수 있듯, 북한 개입설, 무장시민 폭동설 등의 진원지는 명백히 당시 신군부였다. 또한 실제 이를 공식적으로 주장·유포시키기 위해 보안사령부는 1988년 국회 광주청문회를 앞두고 비공개 조직 '5·11연구위원회'를 설립하였으며, 이곳에서 주도적으로 5·18 왜곡을 위해 군 관련 서류를 조직적으로 조작했다.[11]

즉, 1980년 5월 광주를 둘러싼 국가적·법리적 판단은 종료되었지만, 정치적 이해관계를 가진 이데올로그나 그 관련 단체들은 1980년 군부의 시나리오를 변주하며 끊임없이 역사 왜곡과 폄훼를 행해 왔다. 그 정점에 있었던 사건 중 하나가, 앞서 말했듯 2012년 유명 극우이데올로그의 수년에 걸친 광주 모독, 왜곡 발언이 '최종 무죄'로 선언된 일일 것이다. 그리고 최종 무죄 선언 직후 대중 레벨에서는 광주 모독, 왜곡이 증폭된다.

나아가 이 이후 펼쳐지는 일의 경과는 이전 시대의 역사 왜곡, 폄훼와 성격을 달리한 것이기에 특히 주목해야 한다. 그 차이를 이해하기

---

[10] 광주광역시 5·18사료편찬위원회 편, 《5·18광주민주화운동자료 총서》 제2권, 1997. 인터넷 사이트 '518 광주민주화운동 전자자료총서'(www.518archives.go.kr/books)에서도 확인 가능하다.

[11] 《한겨레신문》, 2017. 5. 17.(정대하 기자) [단독]보안사, 비밀조직 꾸려 "5·18폭동"으로 조작'/http://www.hani.co.kr/arti/society/area/795040.html

위해 잠시, '대책위'에 고소당했다가 이후 반성 및 사죄를 하고 고소 취하된 한 유저의 반성문 일부를 보자.

"5·18 민주화운동에 대해서 아무것도 모르고 있던 저는 일간베스트 저장소라는 사이트에서 폭동이다, 총기를 들고 일어난 것이다라는 글들을 보고 그 일간베스트 저장소 사이트에서 다른 사람들도 다 그렇게 이야기하길래 제대로 알고 있지도 않고 알지도 못했던 사실들을 원래 사실인 듯 알고 이런 글을 작성하게 된 것입니다."[12]

인용할 가치가 없는 대목처럼 보일지 모르겠다. 하지만 인용할 가치가 없어 보인다는 바로 그 이유가 여기에서는 중요하다. 악의적 루머의 주요 거점 커뮤니티에서 행해지는 5·18 왜곡이 일관되고 이성적인 논리 회로를 가지지 않음은 잘 알려져 있다. 반성문의 필자는 유족들을 택배기사에 비유하는 글과 사진을 올렸다가 유족들에게 고소당했다. 이 인용에서처럼 왜곡을 유포하는 그들에게 사실관계, 진위 여부는 중요치 않다. (왜곡된) 팩트는 이미 주어져 있다. 그들에게는 팩트와 관련하여 형성되는 어떤 '감정적 파동'을 공유, 확산하는 것이 더 중요하다. 같은 소통의 회로 안에 있는 이들은 이 글과 사진을 통해 재미와 웃음을 공유한다. 그리고 구성원에게 인정을 받고 소속감을 확인한다. 그렇기에 그들 사이에서는 사실의 왜곡이나 부정 자체의 공유가 아니라, 왜곡을 바탕으로 한 조롱과 모독이 더 중요하다.

즉, 이 건은, 사실을 왜곡하고 부정한 것보다도 그 왜곡된 사실의 진위 여부에 무관심한 이들이 독자적 회로를 통해서 관련 당사자들을 '모독'한 것에 핵심이 있다. 이렇듯 대중 레벨로 확산된 5·18 폄훼는, 이

---

[12] 각주 9 참조.

데올로그의 조직적·논리적 그것과 다르다. 왜곡된 팩트는 기정사실화되어 있다. 그리고 내용의 진위 여부와 무관한 다양한 정동affect[13]을 매개로 그 폄훼가 유포, 확산되는 것이다.

앞의 진술이 조금 반복될지라도 이 유저의 사례를 조금 자세히 생각해 본다. 그가 속한 커뮤니티에서 조롱·비방·모욕·혐오 등은, '표현의 자유'와 '유희'라는 명목하에 모두 '유머'라고 갈무리된다. 표방한 것은 유머이기 때문에 그것에 이의를 제기하는 일은 스스로들의 룰을 위

---

[13] 이 글에서 '정동'이라는 말이 쓰인 자리마다 '감정' '정서' 등을 넣어 본다고 가정해 보자. '감정' '정서'로 대체될 수 있는 대목들이 있는 반면, 어떤 대목들은 결코 그 말들로 온전히 대체할 수 없음을 알아차릴 수 있을 것이다. 바로 그 대목들, '감정' '정서' 같은 말들로 표현될 수 없는 그 맥락의 문제의식으로 인해 'affect=정동'의 사유가 요청된다. 번역이나 이론적 계보를 둘러싼 쟁점이 있긴 하지만 이 글에서 '정동'이라는 말을 언표화하는 이유에 대해 잠시 언급하고 넘어가야 할 것 같다.

우선, 한국어로 '감정', '정서' 등의 표현에는 emotion, feeling, sentiment, affect 같은 말들 사이의 미묘하고 결정적인 차이가 반영되기 어렵다. 아주 거친 비유이지만, 내가 어떤 감정 상태에 있다고 가정할 때 그것은 언제나 무언가와의 마주침에 의해 촉발된 것이다. 그리고 그 감정과 양태는 늘 동일하지 않음도 물론이다. 끊임없이 지속하며 움직이고 있는 시간과 그 안에서의 마주침들에서 연원하는 감정과 그 양태는 오롯이 나만의 것이라고 주장할 수도 없다. 'affect=정동情動'은 개인에게 고착되고 귀속된다고 믿어져 온 감정의 문제를 이렇게 관계성과 운동의 문제로 재프레이밍하기를 요청하는 개념이다.

affect(라틴어 affectus, 이하 '정동'으로 표기)의 문제는 스피노자 윤리학에서 애초에 제기된 문제였다. 그리고 그것을 해석하는 들뢰즈는 정동을 개인에게 귀속되는 감정 상태의 문제가 아니라, 힘의 증대와 감소에 관한 것으로 보았다. 이때의 '정동'은 재현되고 개념화되기 이전에, 신체 수준에서 작동하는 강렬도이다. 나아가 신체의 일정한 상태와 사유의 일정한 양태를 함께 표현한다. 즉, 이 정동은 무엇보다 타자에 의해 촉발되고 그것에 의해 생성변화devenir하는 과정이다. 따라서 정동은 단순히 일개인에게 고착된 것이 아니라, 모든 관계들 속에서 흐르고 발현되는 감정을 이해하는 데 유용한 관점을 제공한다. 정동은, 주체와 객체의 이분법도 가로지르며, 인간 개개인 뿐 아니라 세계에 존재하는 모든 만물 사이에서 횡단하고 교류하는 힘의 관계이기도 하다. 한편, 마수미는 정동을, 객관적 실재인 무언가를 재현하는 관념idea과는 달리, 재현될 수 없는 사유 양식이며, 일종의 내적 에너지가 연속적으로 변이함으로써만 포착될 수 있는 것으로서 주목하기도 한다.

요약하자면, 이 글에서의 정동은 대략 다음과 같은 함의를 강조하기 위해 사용했다. ① 개인에 고착되지 않는 관계 속에서 사유되어야 할 것, ②상태의 이행, 운동성, ③힘의 증감으로서의 행위 능력, ④언제나 변화와 가능성을 기다리고 있는 잠재성.

반하는 것이고 그리하여 그 이의 제기는 또다시 조롱거리가 된다. 이때 역사의 팩트는 더 이상 진위 여부를 논할 대상이 아니라, 경쟁적 모독을 위한 웃음의 재료일 뿐이다. 하지만 그 대상에 수반되는 정동(조롱이든 혐오든 무엇이든)은 좀처럼 대상과 분리되지 않고 오랫동안 집단기억의 기저에 들러붙는다는 것이 문제다.

(특히 온라인 미디어들을 매개로 한) 대중의 소통 회로 속에서 한번 촉발된 정동은 자율적 회로를 만들며 활성화된다. 이때 조직적, 전문적 왜곡의 주체들은 이전과 같이 치밀한 조작 등에 골몰하지 않아도 된다. 특정 조건의 공간에서 쉽게 형성, 공유되는 정동적 파동을 이용하여, 특정 사실에의 특정 정동을 촉발시킬 계기를 만드는 것으로 충분하기 때문이다.[14]

강조컨대, 2010년대에 광주를 둘러싼 기억의 내전은 역사해석을 둘러싼 기억전쟁이 아니다. 극우이데올로그의 선동이나 정치적 반동만으로 설명할 수도 없다. 이것은 담론으로서의 기억전쟁 혹은 서구식 역사수정주의의 재래가 아니다. 이것은 결정적으로 (넷 기반) 대중의 감수성 차원에서 펼쳐지는 일이다. 왜곡되고 폄훼된 역사(기억)가 내부 약자를 향한 조롱, 모욕, 비방, 혐오 등과 뒤섞여 유동하는 것이다. 그러므로 '기억-정동' 전쟁인 것이고, 나아가 2010년대 이후 전 세계적으로 대중 레벨에서 가시화한 반동backlash 혹은 혐오발화hate speech의 문제계와 겹치는 것이기도 하다.

그런데 문제는 앞서 서술했듯, '기억-정동' 전쟁이 '언어'로 구성된 담론의 형태와 다른 회로를 지닌다는 점에 있다. 여기에서 언어로 의미화

---

[14] 실제로 2016~2017년 몇몇 언론에서는(JTBC, 《한겨레21》) 기획취재를 통해, 그동안 자주 문제시되었던 커뮤니티(일베, 디시)와 국정원, 청와대와의 커넥션 의혹을 공식 제기한 바 있고, 다수는 사실로 밝혀졌다.

된 증거를 제시하며 논리적으로 대응하는 일은 종종 봉쇄된다. 정동은 인지, 언어화 이전 수준에서 유동하므로, '기억-정동'의 회로는 한번 촉발된 후에는 독자적·자율적 성격을 띤다. 또한 모독·폄훼·혐오는, 그것이 불특정 다수의 가학에 의한 것이지만, 그 부당함을 밝히는 일은 온전히 표적 대상이 된 이들 스스로의 몫으로 전가된다는 점도 간과할 수 없는 문제다. 부당한 모독·폄훼·혐오를 가하는 주체는, 표현의 자유를 주장하거나, 그것이 그저 유희였다고 해 버리면 그만이다. 그렇기에 모독의 부당함을 증명하는 것은 사실관계를 증거하는 일보다 더 어렵다.

즉, '기억-정동' 전쟁 시대의 5·18 폄훼는 사실관계(역사)의 왜곡뿐 아니라, 그 왜곡을 둘러싼 정동적 공격을 수반한다. 이에 대한 무고함, 부당함을 주장해야 하는 이들은 이중의 부담을 안는 셈이다. 1980년대 유럽에서 역사수정주의의 홀로코스트 부정에 대해 증언하던 이들의 문제는, 이렇게 다시 다른 방식으로 이곳에 돌아왔다. "모독할 수 없도록" 하기 위해서 다시 증언대 앞에 서야 하는 이는 여전히 당사자(생존자)이다. 그러므로 몸과 정신의 대가를 치러야 하는 증언의 반복은 가혹하다.

그렇다면 이 소설이 "가장 정확한 기록물"(조연정)이거나 "고립된 결벽"(서영인)이어야 했던 이유, 그리하여 이 소설이 (완료된) "문학적 진상규명 작업"(김형중)의 재래처럼 보이는 이유는, 지금 이 전쟁의 한복판에서 이해될 수 있다. 이것은 작가 개인의 의식, 의도 등에 귀속되는 이야기가 아니다. 전방위적 반동과 혐오의 정동이 서로를 추락시키고 야만을 경쟁할 때, 그들과 동시대를 사는 또 다른 어떤 사람들이 있다. 그들은 그 야만에 절망하기도 하고 그것을 돌파할 존엄에의 서사를 의식·무의식적으로 욕망하기도 한다. 그 욕망은 다양하게 표출된다. 모독과 폄훼를 법에 호소하고자 하는 이들도 있고 각자가 접속한 또 다른 커뮤니티 플랫폼에서 그것을 중지시키려 애쓰는 이들도 있다. 즉, 이 소설은 단지 한 작가의 창작 동기, 도덕, 신념으로 환원되기 어렵다. 소설은 언제나 당대의 무의식, 욕망과 교호한다. '2014년의 《소년이 온다》'는 한 작가 '개인'의 '소설(작품)'이기 이전에, 한 시대의 정동·욕망이 길항하는 현장에 놓인 텍스트인 것이다.

기억할 것인가, 기념할 것인가

앞에서도 언급했지만 《소년이 온다》가 놓인 자리는, 얼핏 역사수정주의revisionism에 저항하며 1980년대에 본격화한 아우슈비츠 증언 논의·연구 당시의 상황을 연상케 한다. 1980년대에 아우슈비츠 경험의 당사자=생존자들이 증언대에 올라야 했던 일은, 홀로코스트 부정을 정식화하려 한 수정주의의 세력화와 무관치 않았음을 다시 강조하고 싶다.

존재를 부정하는 이들 앞에서 그 실재를 입증할 수 있는 가장 확실한 이는 경험의 당사자다. 증인은, 인간임을 부정당하며 죽거나 혹은 가까스로 살아남을 수밖에 없었던 경험의 당사자, 곧 수용소로부터 돌아온 생존자여야 했다. 하지만 증언을 위해 말하는 이는, 과거의 수용소와 증언하는 장소 두 곳에서 자기부정을 겪는다. 그가 하는 증언이란, 현재의 존엄을 지키기 위해 과거의 모멸을 다시 한 번 겪는(재현하는) 형식이다.(왜곡과 부정의 당사자는 뒷짐 지는 동안 왜곡과 부정의 진위를 입증해야 하는 책임이 온전히 생존자들에게로 전가되는 부당한 구조가 이미 '증언'이라는 형식 속에 있었음도 기억해 두자.) 그리하여 '증언'이란, 살아남은 자=대리인의 행위이고, 사건을 '말할 수 없음' 자체를 증거하는 역설 속에서 성립하며, 그럼에도 전달 가능한 형태로 남겨야 하므로, 애초부터 '불가능'한 것이라고 요약될 수 있을 것이다.

그렇다면《소년이 온다》가 "증언의 불가능성을 증거하는 소설"[15]이라는 의미 부여는 우선은 합당하다. 실제로《소년이 온다》속 한 인물이 "증언할 수 있는가"라는 질문을 되풀이할 때[16] 이미 증언 불가능의 문제는 소설 바깥으로 언표화되어 버렸다. 나아가 이 소설에는 '1980년 5월 광주'와 관련된 다양한 층위의 문제들이 정공법적으로 기입되어 있다. 가령 '왜 나는 살아남았는지' '왜 이유 없이, 이유도 모르고 죽임을 당해야 했는지' '사건은 증언될 수 있는지' '왜 타인 앞에서 나의 고통을 기억하고 기록해야 하는지' 등등. 소설 속 인물들의 입과 구체적 상황들을 통해서 제기되는 이 질문들은, '존재를 압도하는 사건에 대해 증언·재현할 수 있는가'라는 주제를 형성한다. 물론 이 질문과 주제는《소년이 온다》만이 독점할 수 있는 것이 아니다. 앞서 말했듯이 이것은 아우슈비츠 논의·연구 이후에 내내 사유되어 온 증언, 증언 불/가능성에 대한 문제이기 때문이다.

또한, 근본적으로 증언 불가능성의 문제는, 좀 더 현실적인 딜레마 속에 놓여 있다. 앞서 언급했듯《소년이 온다》는—기존의 1980년 5월 광주 소설과 달리—일반명사로서의 광주를 '자각적·자발적으로' 의미화하지 못한 세대[17]의 작가가 생존자의 구술·증언에 의존한 소설이다. 즉,

---

[15] 조연정, 앞의 글.

[16] 한강,《소년이 온다》, 창비, 2014, 166~167쪽. 이후 이 책의 인용은 본문에 쪽수만 병기한다.

[17] 작가 한강과 비슷한 나이(8~13세)에 '1980년 5월 광주'를 경험한 이들의 기억은 당시 어른들의 서사화된 기억과 달리 대부분 해석과 의미화를 기다리는 기억들이다. 가령 "동네 아저씨들이 시민군들에게 빵과 우유를 줬어요. 그러면 시민군들은 우리한테 다시 그 빵을 나눠 줬고요. 아무것도 몰라서 무서운지도 몰랐어요."(소영환, 당시 10세)라든지, "사실 제 느낌으로는 그때 축제 같았어요. 데모가 뭔지도 몰랐고 저녁이 되면 불빛이 날아다니고 하니까 마냥 신기했어요."(김용태, 1980년 9세) 같은 발언들. 이 인용은, 당시 초등학생 나이에 한정하여 광주에 거주했던 80명의 인터뷰집인《묻고, 묻지 못한 이야기: 담벼락에 묻힌 5월 광주》(문선희 찍고 엮음, 난다, 2016)에서 가져왔다. 이 책은 1980년 5월 당시 초등학생 나이였던 이들 80명에 한정하여 인터뷰한 내용을 사진집

《소년이 온다》와 작가 한강 사이 관계의 특이성은, 예컨대 세월이 흐른 뒤, 생존자가 단 한 명도 남지 않게 될 때 증언이 어떻게 가능한가라는 질문과 연결된다.[18] 증언할 생존자가 생물학적으로 소멸한 이후의 증언이란, 더 이상 역설적 의미가 아니라 말 그대로 '불가능'한 것이기 때문이다.

그렇다면 생존자가 단 한 명도 존재하지 않게 되었을 때, 역사적 실재를 왜곡하거나 부정하는 수정주의 언설 혹은 그 정동이 언제라도 되돌아온다면 그 부당함은 누가 입증하는가. 혹은 어떤 역사의 증인이 단 한 명도 남지 않게 되는 시간이 도래했을 때 망각은 자연스러운 수순인가. 증언할 당사자가 단 한 명도 존재치 않는 세계에서 미래의 사람들은 그들과 어떻게 무엇으로 관계 맺어야 하나. 증언은 반드시 직접적 경험과 그것의 언어(=재현)적 제약 속에서만 가능한 것인가. 광주에 대한 직접적 경험도 자각적 기억도 없을 미래의 세대는 어떻게 그것을 기억할 수 있을까.

그렇기에 우리는 자주 기억을 기념의 문제로 이행시켜 왔다. 역사학자들의 작업, 혹은 찬란한 기념비가 증언과 기억의 몫을 대신해 준다. 그러나 '사건'의 '기억'을 문화적 '기념'의 영역으로 이행시키는 일은, 기억을 안정화하는 동시에 공식적으로 망각케 하는 절차다. 기억이 기념과 의례로 고착되는 것은, 언젠가 그 공동체의 누수되는 기억 틈으로 다른 기억이 역공해 올 취약함도 늘 갖고 있다. 광주를 폄훼하는 정권의 집권 기간 동안, 그 정권과 친연성을 갖는 '기억-정동'이 대중 레벨에서 확장되고 강화될 때, 국가질서로 순치된 항쟁의 기념과 의례가 더

형식으로 묶은 것이다.

[18] 이 주제에 대해서라면 위안부 피해생존자 구술, 증언에 대한 소설인 김숨의 《한 명》(현대문학, 2016), 〈녹음기와 두 여자〉(《21세기문학》, 2016년 가을) 등도 참고가 된다.

없이 초라하고 무기력했던 것처럼 말이다.

즉, 모든 '공식기억=역사'는 사적, 일상적, 주변적 기억을 추방함으로써만 성립한다.[19] 하지만 소설은 공식기억=역사에서 누락된 기억들을 이야기할 수 있다. 현실의 제약들을 넘어서는 곳, 접혀진 주름 안에 잠재된 곳에 대해 말해야 할 때 문학이라는 이름은 종종 활력을 얻는다. "모독할 수 없도록" 증언하기 위해 나설 당사자조차 세상에 존재하지 않을 때, 그 기억과 증언은 어떻게 가능한가라는 질문과 함께 이제 자세히 볼 것은, 《소년이 온다》를 둘러싼 기억과 글쓰기, 혹은 '잠재성으로서의 기억'과 증언, 재현의 관계이다. 이 관계를 살피기 위해, 1970년에 태어나 1980년 1월 가족과 함께 서울로 올라온 작가의 사사로운 기억에 우선 주목해 본다.

---

[19] 가령, 작가가 소설 집필에 큰 도움을 받았다고 밝힌 자료 중, 사료적으로도 중요한 《광주오월민중항쟁사료전집》(한국현대사사료연구소 편, 1990)과 《광주, 여성》(광주전남여성단체연합 저, 후마니타스, 2012) 두 권의 차이를 생각해 보면, 이 점이 뚜렷하게 부각된다. 우선 《광주오월민중항쟁사료전집》(1990)은 1988~1990년 구술 채록한 작업의 성과로서, 항쟁에 직접 참여한 이들과 피해자 및 유족의 구술이 중심을 이룬다. 이 증언은 총 503명(여 32명, 남 471명, 중복 인터뷰 2~3명 포함)을 대상으로 했고, 육하원칙을 바탕으로 항쟁의 의미와 역사화를 뚜렷이 목적서사화하고 있다. 금지된 표상으로서의 '광주'가 막 복원되기 시작한 당시의 맥락 속에서 이 작업을 이해해야 한다. 여기에서 육하원칙의 구술기록, 항쟁 중심의 인터뷰라는 성격뿐 아니라, 여성 증언자가 10분의 1 정도에 불과한 것도 '공식기억=역사'의 구축 논리를 단적으로 보여 준다. 그런데 이와 비교할 때 《광주, 여성》(2012)은 여성들만의 증언으로 구성되어 있고, 일종의 생애사적 차원에서의 '광주'를 이야기하는 증언록이다. 확연히 공식기억=역사(제도화)에서 누락된 여성과 일반 시민의 기억이 뒤늦게 소환되고 있고, 굳이 여성을 항쟁의 주체로서 등극시키려는 의도 역시 두드러지지 않는다. 1980년 5월 광주에 대한 공식기억 vs. 주변부 혹은 일상의 기억을 비교, 가늠하는 데 두 증언록은 좋은 참고가 된다.

경험하지 못한 것은 어떻게 기억되고 재현될 수 있는가[20]
: '존재론'으로서의 기억

2017년 3월 어느 강연에서 작가 한강은, 스웨덴 동화(아스트리드 린그렌의 《사자왕 형제의 모험》)를 읽으며 "'어떻게 그들은 그토록 서로를 믿고 사랑하는가, 그들의 사랑을 둘러싼 세상은 왜 그토록 아름다우며 동시에 잔인한가'를 생각하며 오래 울었던" 시절이 1980년 5월 언저리였다고 말한다.

그런데 이 강연문에서 주목할 것은, 그녀가 오랫동안 1980년 여름의 기억이라고 믿어 왔던 그 일이 실은 1983년 여름의 일이었음을 뒤늦게 알아차렸다는 진술이다.

"1980년이 아니라 1983년의 여름. 아홉 살이 아니라 열두 살의 여름. 비록 연도에는 혼동이 있었지만, 그 계절의 감각만은 또렷한 기억으로 남아 있다."

말하자면 1980년, 9세 소녀 한강은 서울 수유리의 어느 방에서 (죽었다가 부활한 형제가 독재자와 맞서 싸우는 스웨덴 동화를 읽으며) 세계의 잔인함과 아름다움에 슬퍼하고, 훗날 그날의 감각적 생생함을 기억한다. 하지만 실제로 그것은 1983년 11세 때의 일이다. 이 기억의 착오는 명백히 공식기억으로서의 '80년 광주'와 관련되지만, 반복컨대 1980년 작가는 광주에 있지 않았고, 그 일의 의미에 대해서도 알고 있지 않았다.

현실화되지 않고 잠재적으로 존재하는 지나간 시간 자체를 '순수기

---

[20] 이 소제목에 따른 내용은 전적으로 2017년 2월 3일 '노르웨이 문학의 집'에서 열린 "Literary Guiding Stars" 행사의 강연문에 의거한다. 각주 1 참조.

억'이라고 하거나,[21] 홍차에 적신 마들렌의 맛으로부터 환기, 기억된 콩브레는 "한 번도 체험될 수 없었던 그런 형태(즉, 순수과거―인용자)"[22]로서 나타난다고 말한 이들을 온전히 떠올리기도 전에, 작가는 자신의 기억의 착오를 다음과 같이 해석, 의미화한다.

"지금에서야 비로소 내가 왜 연도를 착각해 왔는지 깨달았다. 나의 내면에서 이 책이 80년 광주와 연결되어 있었다는 사실을, 1980년 아홉 살의 내가 문득 생각했던, 그 여름을 이미 건너지 못했으므로 그 가을로도 영영 함께 들어갈 수 없게 된 그 도시의 소년들의 넋이, 그로부터 삼 년 뒤 읽은 이 책에서 두 번의 죽음과 재생을 겪는 소년들에게로 연결되어 내 몸 속 어딘가에 새겨졌다는 것을. 마치 운명의 실에 묶인 듯, 현실과 허구, 시간과 공간의 불투명한 벽을 단번에 관통해서."

기억은 하나의 개별적 몸에 속한 것이다. 하지만 동시에 기억은 당연하게도 어떤 구체적 관계들 속에서 구성된 것이다. 또한 자발적 기억도 있지만 비자발적 기억도 있다. 현재화된actual 기억도 있지만 잠재적인 virtual 기억도 있다. 기억은 과거에 속한 것일 뿐 아니라 미래를 향해 있는 것이기도 하다. 잠재성의 문제에 골몰하던 철학자들이 이야기해 왔

---

[21] 베르그송에게는 이미지기억, 습관기억, 순수기억 등의 3가지 기억의 층위가 있다. 이미지기억은 표상과 관련되기 때문에 심리학적인 상태에 해당한다. 또한 습관기억은 신체적 운동의 수준으로 회상된다. 한편 순수기억은 그 자체로 보존되는 시간 전체이다. 표상되지 않는다고 해서 존재하지 않는 것이 아니므로, 근본적으로 순수기억은 잠재성의 영역에 속한다. 즉, 그에게 기억은 무언가에 대한 회상을 찾아내는 것이 아니다. 무언가에 대한 기억은 잠재적인 것을 현재화하는 것이고 그것은 단순한 재생산이 아니다. 앙리 베르그송, 《물질과 기억》, 박종원 옮김, 아카넷, 2005. 2장 ; 김재희, 《베르그손의 잠재적 무의식》, 그린비, 2010. ; 마우리치오 랏차라또, 《사건의 정치》, 이성혁 옮김, 갈무리, 2017. 참조.

[22] 질 들뢰즈, 《프루스트와 기호들》, 서동욱·이충민 옮김, 민음사, 1997, 100쪽.

듯, 기억은 심리적인 것이 아니라 존재론적인 것이다.

그렇다면 1980년 5월 광주란, 그 물리적·시간적 거리를 초월하여 이미 작가의 몸에 이미 그녀만이 경험할 수 있는 양태로 늘 존재하고 있던 기억이다. 그녀에게 이미지적으로 표상된 광주란 우선 ①"밖에 나가서 절대로 그런 말을 하면 안 된다. 광주에 대해 아무것도 말해서는 안 돼."라는 금기, ②동화를 읽으며 "세상은 왜 그토록 아름다우며 동시에 잔인한가"에 슬퍼하던 일과 그날의 감각들, ③아이들이 보지 못하도록 "안방의 책장 안쪽에, 책등이 안 보이게 뒤집어 꽂아 놓"은 책에서 목격한 사진들이다. 이 세 개의 기억은 각각 파편적으로 흩어져 발화되었다. 그러나 순수기억 속에서 동화(②)는 시공간을 초월하여 광주(①③)에 이미 연결되어 있었다.

즉, 작가에게 사실관계(연도)의 혼동 혹은 기억의 착종은, 그녀가 이미 공식기억으로서의 1980년 광주와 연결되어 있었음의 흔적이다. 동화를 읽으면서 느낀 강렬한 몸의 일들은, '광주'가 "시간과 공간의 불투명한 벽을 단번에 관통해" 잠재적 지대에서 연결되고 있었음을 증거한다. 그러므로 이것은, 작가 개별적 몸의 기억인 동시에, 부지불식중 물리적 시공간과 자각적 지각의 범위를 초월하는 어떤 네트워킹을 통해 구성된 기억이기도 하다.

이러한 기억은 한 개인의 심리적 차원으로 환원될 수 없다. 삶의 잠재성과 창조성에 골몰했던 베르그송Henri Bergson은 이를 '순수기억'의 개념으로 설명했다. 순수기억은 뇌에 저장되는 표상과 무관하게 그 자체로 보존되는 시간 전체이다. 신체적 메커니즘을 지니지 않거나 표상되지 않는다고 해서 그것이 존재하지 않는 것이 아니다. 즉, 지나온 시간, 역사 자체로서 보존되는 순수기억은 회상, 회고와도 다르다. 이것은 어떤 계기와 접속하면서 현재화되지 않는 한, 잠재성의 영역에 속한다. 그러므로 순수기억은 정신분석학에서의 무의식과 같은 과거에 고착된 트라우마와도 다르다. 베르그송은 순수기억으로 인해, 잠재적으로 존속하던 과거가 현재 속으로 현실화함으로써 예측 불가능한 미래가 열린다고 했다. 그러나 한편 순수기억이 현실태로, 혹은 어떤 현재적 힘을 지닌 사건으로 전환되기 위해서는 홍차에 적신 마들렌과 같은 특정한 계기들이 필요하다. 그 연결의 잠재성을 현재화하고, 새로운 차원의 시간으로 이끌어 내는 것이 필요하다. '미래를 향한 기억'의 매개가 될 일종의 '계기the attractor'가 필요한 것이다.[23] 그렇기에 2009년 용산의 불타는 망루 영상에 대한 소설 속 화자의 진술이 중요하다.

소설에서 이 연결들은 "2009년 1월 용산에서 망루가 불타는 영상"(207쪽)에 의해 비로소 일깨워진 것으로 제시된다. 그리고 작가에게 있어서 수유리와 광주와 용산은 "사실의 측면에서가 아니라 진실의 측면에서"[24] 들여다보아야 할 것으로 놓여 있다. 한 번도 체험될 수 없었던, 혹은 잠재성으로서의 순수기억은 이렇게 계기를 얻고 새로운 사건으로 활성화된다. 반복하지만 1980년 5월 광주, 1983년 여름 수유리, 2009년 겨울 용산은, 이렇게 작가 개인의 몸을 매개로 이미 늘 연결되어 있었던 사건들이(었)다.

그렇다면 역설적이지만 1980년 5월 광주는 작가가 과거/현재에 실제로 겪은/겪는 일이다. 그녀에게 '광주'는 트라우마로서의 기억이 아니라, 미래를 향해 늘 열려 있던 기억이자 사건이었다. 작가가 이야기하는 1980년 5월은 '광주'와 무관한 시절이기도 하지만, 바로 그 시간의 '광주' 자체이기도 하다. 작가의 "몸 속 어딘가"에 '광주의 소년들의 넋'과 '스웨덴 동화 속 죽음과 재생을 겪는 소년들'이 연결되어 "새겨졌다는 것"을 깨달은 일, 그리고 나아가 그것이 "2009년 1월 새벽, 용산에

---

[23] Brian Massumi, *Politics of Affect*, 2장, Polity Press, 2015.

[24] 질 들뢰즈, 앞의 책, 100쪽.

서 망루가 불타는 영상"(207쪽)으로 인해 단번에 환기되고 연결되는 일은 엄연히 기억이 현실화된 새로운 사건이다. 여기에서 기억은 분명 한 개인의 고유성을 증거하는 것이지만 동시에 그 개인기억을 넘어서 있고, 시공간의 제약을 넘어선 존재들이 연결된 기억이다. 그렇다면 잠재성의 사유자들과 그 계보를 떠올리며 과감히 말해 보건대, 생존자 없는 증언, 기념비 없이 지속될 수 있는 기억은 이런 식으로 말해지거나 쓰여질 수 있는 것인지도 모른다. 잠재성으로서의 순수기억은 이렇게 현실화하여 현재적 힘을 지닌 사건으로 개시될 수 있는 것이다.

누가·무엇이 ○○하는가 : 존엄의 정동 네트워크

이제 소설 텍스트 안의 이야기를 보자. 《소년이 온다》에서 특기할 것은, 오감과 관련되는 감각의 묘사, 감정의 흐름에 대한 구체적이고 생생한 묘사들이다.[25] 또한 소설에서 유독 치욕, 고통, 분노, 증오, 수치, 죄책감, 슬픔 같이 느낌이나 감정, 정서, 정동을 지시하는 어휘들이 자주 언표화되거나 묘사되는 것을 주목하자. 이것은 각 인물들의 상태를 지시하는 것을 넘어서 소설 전체의 정조를 이루는 것이기도 하다.

이렇듯 가시화된 몸의 것들과 관련하자면, 이 소설의 '혼' '몸'의 문제를 질문하거나,[26] '공통의 느낌 구조' '집합적 감정emotion'으로 항쟁 주체

---

[25] 죽은 정대의 혼은 불타는 자신의 몸을 지켜보면서 '습기찬 바람, 벗은 발등에 부드럽게 닿던 감촉, 로션과 파스 냄새, 누나가 쓰다듬어 준 내 얼굴, 차가운 물, 뭉클뭉클한 맛바람, 멀어지는 목소리, 아카시아 냄새, 혀를 데어 가며 후후 불어 먹은 햇감자, 씨앗들까지 꼭꼭 씹어 먹은 수박, 꽁꽁 언 두 발'(55~57쪽) 같은 몸의 감각들을 기억해 내기 위해 안간힘을 쓰는 슬픈 장면은 특히 '몸-기억-감각-감정'의 문제를 두드러지게 가시화했다.

[26] 한순미, 〈나무-몸-시체 : 5·18 전후의 역사 폭력을 생각하는 삼각운동〉, 《인문학연

를 설명하거나,[27] "정동을 생생하게 포착하는 서술 전략"[28]으로 설명하는 등의 선행 논의들도 좋은 참고가 된다. 소설 속 다양한 정동(감정)[29]의 문제들을 특별히 강조하고, 나아가 그 정동 자체가 인물들을 추동하는 모습을 포착하는 이 논의들은, 확실히 광주 소설과 항쟁 성격 논의에 있어서 중요한 변곡점으로 읽을 수 있다.

이 논의들은 증언의 의미와 소설 안팎의 항쟁 주체에 대해 다른 상상력을 제공한다. 이들 논의가 제공한 상상력을 조금 더 밀어붙여 보자. 《소년이 온다》를 추동하는 치욕, 고통, 분노, 증오, 수치, 죄책감, 슬픔, 우울과 같은 정동들은 누구의 것인가. 물론 표면적으로 이 정동들은 서사 속에서 '살아남은 자들'의 것이다. 소설 속에서 이 다양한 정동의 조건과 양상은 동호, 진수, 선주, 정대, 선주, 은숙, 교대 복학생, 동호 엄마 등등, 개별 인물 각각의 신체에 할당되어 있다. 하지만 너무도 당연해서 종종 잊는 바지만, 이 정동들은 '나'의 몸에 속한 것이면서 언

구〉, 2016. 이 글은 임철우, 공선옥, 한강의 광주 소설들을 대상으로 하여, 역사폭력이 남긴 고통의 잔해를 몸의 감각과 관련해서 증언하는 소설로 읽는다. 이 글의 관점에서는 몸의 감각이 증언하는 것들이 증언의 (불)가능성을 의미하지 않는다. "보고 들은 것을 사실 그대로 증명하는 것이 아니라 남겨진 아픔들을 더 듣고 말하고 생각하는 사건"으로 증언을 재정의한다.

[27] 심영의, 〈5·18소설에서 항쟁 주체의 문제〉, 《민주주의와 인권》, 2015. 이 글은 소설의 인물 내면에 주목하면서, 항쟁의 주체가 개개인의 감정emotion, 즉, 사건을 마주한 개개인의 감정이 모인 '집합적 감정'이라는 중요한 결론에 도달한다. 이는, 이제까지 항쟁의 주체를 민초, 민중, 무장시민군 등과 같이 목적서사적으로 개념화된 무리(집단)로 명명해 온 패러다임을 넘어설 단서를 주는 견해이지만, 감정을 '개인individual' 단위, 차원에 고착된 것으로 사유해야 할지, 아니면 근대적 개인(개체)을 초과하는 것(pre-individual/trans-individual)으로서 사유해야 할지에 대해서는 더 나아간 논의가 필요할 것이다.

[28] 정미숙, 〈정동과 기억의 관계시학—한강 《소년이 온다》를 중심으로, 《현대소설연구》, 2016. 이 글에서 《소년이 온다》는 "광주를 내밀하게 복원하기 위해 시점에 따라 기억을 교차적으로 재현하고 주체와 대상 사이에서 발생하는 정동을 생생하게 포착하는 서술 전략을 구사"하는 소설로 논의된다.

[29] 선행 논의들이 '감정'으로 표현한 대목을 '정동'과 병기한 이유에 대해서는 각주 13 참조.

제나 다른 몸과의 '마주침'의 결과다. 마주침에 수반하여 나의 몸에는 어떤 흔적이 남겨지고, 서로 공모된 또 다른 몸으로 변용한다. 부딪히는 쪽뿐 아니라 부딪힘을 당하는 쪽에서도, 닿는 쪽뿐 아니라 닿아짐을 당하는 쪽에서도 서로에게 어떤 흔적을 남긴다. 정동은 언제나 '관계' 속에서 발생하는 사건이다. 이때의 '몸'은 더 이상 개별적individual, 인격적인 것에 한정될 수 없다.

소설 속 인물들의 죄책감이나 수치 등이 그들 개인들의 내면에 고착된 것이거나, 심리학적인 것이 아니라는 점은, 가령 자발적으로 죽음을 선택한 동호와 진수의 사례만 보아도 알 수 있다. 그들이 먼저 죽은 이들에 대한 죄책감, 수치를 끊어 내는 것은 스스로의 몸을 버리고 '죽음'을 선택하는 방법으로만 제시된다. 죄책감·수치 등은 개인의 내면성, 내밀하고 심리적인 것을 넘어서 있는 것이다.

나에게 직접 주어진 감정이나 기분은 '내면성'이라는 말로 설명되며 나에게만 직접 현전하는 특권적인 내밀한 영역이라고 여겨져 왔다. 그러나 내면성은, '나의 몸, 신체'라고 인지할 형상(이미지)의 상상이 전제되어야만 성립한다. 예컨대 '나'는 언제나 어느 상황에서나 동일한 '나'라고 확신할 수 없다. 내면성은 "형상을 만들어 냄에 따라 출현하는 무언가"이다. "내면과 외면의 차이 그 자체가 형상의 조작에 따라"[30] 정립된다. 그러므로 자기 마음대로 작동시킬 수 있는 것이 아니라 언제나 상황 속에서 사유되어야 한다. 인간은 정동의 운반자, 수송관이라고까지 비유하는 논의도[31] 과장된 것은 아니다.

이때의 '관계적'이란 말은, 주체와 대상(능동과 수동, 가해와 피해 등)을 정동이 매개한다는 의미가 아니다. 오히려 정동은 주체와 대상의 구

30 酒井直樹, 〈情動の政治学〉, 《思想》, 2010.5.
31 Brian Massumi, *Ibid.*, p.122.

분 자체를 무화시키고, 몸과 몸들을 무매개적으로 접합시킨다. 소설 속 수치, 죄책감, 슬픔, 모욕감 등은 개별 인물들의 트라우마를 증언하는 것이 아니라, 관계 속의 변용된 신체의 고유성을 증언한다. 인물들 각각이 증언하는 정동은 "몸, 관념, 역사, 장소의 **충돌에서**"[32](강조—인용자) 발생한다. 예를 들어, 소설 속 동호가 정대의 죽음을 뒤로 하고 달아난 일에 대한 죄책감(31쪽)은, 몸(정대라는 타자), 관념(정대에의 기억), 역사(정대와의 우정), 장소(1980년 5월 도청 광장) 등의 상호연쇄적 촉발과 활성화 없이는 말할 수 없다.

즉, 소설 속 인물들의 행동을 추동하는 것은 단순히 죄책감, 윤리, 선한 의지 같은 말로 설명될 수 없다. 소설 속에는 "왜 누군 가고 누군 남아요."(28쪽)라는 질문이 두 번 반복된다. 이것은 가령 1990년이었다면 "민중이 자발적인 합의에 이를 때 이런 엄청난 도덕성이 나타난다."[33]고 이야기될 수 있었을지 모르겠다. 즉, 과거 이들은 "민중"이었고 "자발적 합의"를 통해 "엄청난 도덕성"을 발휘한 존재들로 설명되었다. 하지만 《소년이 온다》는 이에 대한 답을 마련해 두지 않는다. 선/악이 무화된 장소를 응시한다. 선한 개인의 결단에 의한 행동 이전에 무언가가 그들을 움직였다. 남은 이는 선하고 떠난 이는 덜 선한 것이 아니다.

그들의 선택 혹은 행동은, 각 신체가 서로 마주치고 정동되고 연결된 것의 흔적이다. 그것이 결과적으로 "엄청난 도덕성"으로 발현된 것이라고는 할 수 있다. 하지만 처음부터 일관되게 그들이 선한 의지를 가지고 있던 존재라고 말할 수는 없다. 예를 들어, 실제 시민군에 가담했던

---

[32] 엘스페스 프로빈, 〈수치의 쓰기〉, 《정동이론》(멜리사 그레그 외, 최성희 외 옮김), 갈무리, 2016, 145쪽.

[33] 작가 송기숙은 한 증언의 장에서, 5월 25일 계림극장 앞 담배 품앗이 일화를 들려주면서 이렇게 의미화한 바 있다. 한국현대사사료연구소 편, 《광주오월민중항쟁사료전집》, 1990, 164쪽.

일반인들의 증언에서[34] 공통적인 것은, 그들이 처음부터 시민군에 가담하려 했다거나 어떤 윤리나 신념을 가지고 있던 인물이 아니었다는 점이다. 그들의 증언 끄트머리에는 '정의, 조국, 시민의 힘, 도덕, 참된 인간, 역사의식, 민주화, 인간의 길' 같은 말들도 거의 예외 없이 등장한다. 하지만, 그것은 어디까지나 회고 시점에서의 사후적 의미 부여일 뿐이다. 실제로 그들은 우연히 방치된 시신을 목격하거나, 눈앞에서 시민들이 폭력에 쓰러져 죽어 가는 장면을 직접 마주치면서 '분노'를 느꼈고 "무엇인가를 해야겠다."[35]는 마음을 갖게 되었다고 한다. 항쟁에서 그들을 움직이게 하고 결단하게 한 것은 어떤 마주침들이고, 그 마주침의 흔적으로서의 정동들이었다. 구체적 상황은 모두 제각각일지라도 강한 분노, 죄책감 등이 어떤 역치를 넘어 활성화되면서 그들은 행동했다.

소설 바깥 육하원칙의 증언록 속에서의 정동은 의미화된 담론 구성물에 미처 도달하지 못한 잉여처럼 기술되고 있었지만, 그러나 실제로는 그들을 행동케 하고 다른 신체로 변용시키는 추동력이었다. 그러므로 항쟁을 의미화하는 5월공동체, 절대공동체 같은 말이 온전히 그 의미를 확보하기 위해서는 실제 사람들을 연결시킨 정동적 연결과 이행을 누락시켜서는 안 된다. 광주 이후 1980년대 내내 한국에서의 공동체란 종종 하나의 지향을 공유하는 목적서사의 언어로 설명되어 왔다. 하

---

[34] 역시 1990년 한국현대사사료연구소에서 펴낸 《광주오월민중항쟁사료전집》의 증언들을 참조했다. 별도의 주제의 글이 되어야겠지만, 이 증언집에 실린 증언자들(특히 시민군 참여자들)의 참여 과정은 명백히 '두려움→분노'로(실제 증언자들은 이 단어들을 자주 구사한다.) 설명 가능할 것이다. 증언자들 대부분은 처음에는 이 폭력과 항쟁의 이유를 알 수 없어 그저 수동적으로 시위에 휩쓸렸고 두려웠다고 진술한다. 그리고 점차 상황을 파악하게 되면서 그 '두려움'이 '분노'로 바뀌어 갔다는 진술도 거의 공통적이다. 물론, 폭력을 향한 각성된 '분노'가 시민군 참여의 직접적 계기였다는 점은, 다시 각자의 정황들과 각자의 삶의 의미와 맥락 등을 통해 재구성해 내야 할 것이기도 하다.

[35] 당시 15세였던 최동북의 증언. 소설 속 '동호'와 '정대'를 연상시키는 인물이기도 해서, 일종의 대표성을 부여하여 인용했다.(《광주오월민중항쟁사료전집》, 1990, 384~388쪽)

지만 실제 광주, 그리고 광주로 상징되는 모든 광장은 결코 하나의 선험적 지향만으로 구성되지 않는다. 지금 당시의 증언록이 재독해를 기다리고 있는 것처럼, 그리고 《소년이 온다》가 그 재독해-이어쓰기를 하고 있는 것처럼, 광주 및 나아가 모든 광장의 내부는 '우선은' 그저 서로의 사람됨을 지키기 위한, 느슨하지만 '나-우리' 지킴을 위한 정동 네트워크였다.

이런 정동 네트워크는 개별자들의 감정의 총체를 의미하지 않는다. 오히려 개별자들이 그때까지의 각자의 정체성에서 이탈하거나 절단하여 다른 존재들과 접합하고 다른 신체를 이룬 것으로 보아야 한다. 예를 들어 소설 밖 이야기지만 또 다른 한 증언자의 이야기[36]를 보자. 1980년 5월 당시 11세였던 한 소녀는, 평소 돈과 관련해 "천하에 몹쓸 인간", "인간말종"이라고 생각하며 창피해했던 할머니가 어느 날 계엄군에 쫓기는 대학생을 하룻밤 숨겨 주고 나갈 때 돈을 쥐어 보내던 장면을 길게 회상한다.

말하자면, 돈에 관한한 일관되게 탐욕스러웠던 한 사람이, 계엄군에 쫓기는 대학생에게는 위험을 무릅쓰고 자신의 돈과 호의를 베푼다. 타인에게 일관되게 고정된 정체성으로 비추어지고 그렇게 살아온 사람이, 어떤 순간에는 그러한 정체성을 끊어 내고 전혀 다른 삶의 인격이 된다. 소설 바깥 증언이지만, 이러한 이야기는 인간이라는 존재의 불가해함뿐 아니라 그를 전혀 다른 존재가 될 수도 있게 하는, 그 안의 잠재성을 환기시킨다. 소설이 보여 주는 것도 이와 마찬가지의 세계이다.

지금까지의 이야기를 요약컨대, 《소년이 온다》 안의 세계도 그러하거니와, 실제 5월 광주가 거대한 정동 네트워크였음은 각별히 주목하

---

[36] 당시 11세였던 김옥희의 증언(문선희 찍고 엮음, 《묻고, 묻지 못한 이야기: 담벼락에 묻힌 5월 광주》, 난다, 2016)

고 싶다. 《소년이 온다》는 한강이란 한 작가가 쓴 것이지만, 시간과 공간과 개별신체적 거리를 초월하여 서로 네트워킹된 정동-쓰기의 생산물이기도 하다. 작가가 "또렷하게" 기억한 몸의 것들은 '한강—어른들의 금지—스웨덴 동화—동화 속 형제—광주 사진첩—광주 소년들의 넋—2009년 용산의 망루—그리고…' 식으로 연결되어 《소년이 온다》를 쓰는 거대한 신체가 되었다. 그리고 소설 속에서 서사를 추동하는 것은 작가가 창조한 개별 인물이 아니라 서로가 서로에게 개입되어 있음을 증거하는 정동이었고, 그것은 실제 항쟁에서 서로를 '인간'이라고 증거해 주기 위해 연결된 정동 네트워크의 환유라고 할 수도 있는 것이었다. 즉, 이 정동들의 네트워크가 지금 《소년이 온다》를 썼고, 광주를 기념에서 다시 기억의 영역으로 이행 · 활성화시키고 있으며, 나아가 지금까지도 모든 크고 작은 광장을 가능케 하는 힘과 다르지 않다고 할 수 있다.

나가며: 공포에 끌리지만, 희망에도 끌리는 존재들

> *"망각이 가능하기에는 이 세상에 너무나 많은 사람들이 존재한다."*[37]
> – 한나 아렌트

19대 대선을 앞둔 2017년 4월 초, 인터넷 주요 커뮤니티마다 전국 대학가와 공무원 학원가에 '5·18 금수저' 유인물[38]이 돌고 있는 일이 화제가

---

[37] 한나 아렌트, 《예루살렘의 아이히만》, 김선욱 옮김, 한길사, 2006, 324쪽.

[38] 유인물의 문구만 나열해 보자면 대략 다음과 같다. "10% 가산점 받는 금수저, '5·18 유공자'가 누리는 귀족 대우. '공부해도 소용없어!' 해마다 늘~어나는 5·18 유공자 명단, 5·18 유공자 본인+배우자+자녀들 국가고시, 임용고시 과목당 5~10% 가산점, 정

되었고, 언론에서도 이를 조명하는 기사를[39] 내보냈다. '북한군 개입설' '무장시민 폭동설'이라든지, 모독과 유머를 교란시키는 전략이 시효를 다해 가자, 이제는 소수자·사회적 약자 대상의 혐오발화 논리(예컨대 '약자라고 항상 선하거나 옳은 존재가 아니다'에서 출발하는)로 무장한 새로운 5·18 폄훼가 등장했다. 2010년대 소수자, 사회적 약자를 대상으로 하는 혐오의 기저에는 어김없이 '경제, 일자리 문제'가 있다. 한정된 자원을 두고 배분하는 문제 앞에서 고통을 경쟁시키고 각자도생의 심상을 부추기는 새로운 부정의 회로가 2017년 현재 등장한 것이다. 다음 세대가 역사를 망각하기를 바라는 측은 계속 기억을 왜곡, 조작하고자 한다. 그리고 그 기억의 왜곡, 조작은 언제나 '현재 시대의 취약함'을 겨냥한다. 문제는, 왜곡·조작의 주체들이, 현재 시대의 취약함과 욕망을 건드릴 뿐, 그 안의 사람들 스스로가 서로를 부정하고 모독하는 구조를 만들게 하는 교묘함에 있다.

《소년이 온다》에는, 군부 측에서 굶주린 수감자들을 식판 하나와 한 줌의 음식을 갖고 싸우게 만드는 장면이 그려져 있다. 인간의 생리적 욕구, 자기보존 욕구를 이용한 폭력, 그리하여 인간이 어디까지 자기모멸하고 추락하는가를 경쟁시키는 폭력이 적나라하게 그려져 있다. 이것은 짓밟는 자의 강압에 의한 폭력이 아니다. 짓밟히는 자 스스로를 가담, 공모시키면서 구조를 공고하게 하는 폭력이다. 약자끼리 서로 인간임을 부정하게 만드는 이 폭력의 구조는, 어쩌면 광주나 아우슈비츠가 아니라 현재까지도 이곳에 세련된 형태로 세팅되어 왔는지 모른다. 각자도생과 억압이양의 구조가 이미 존재하기 때문에 그것을 이용한

부기관, 국가기관, 검찰, 법원, 경찰, 교원, 정부산하기관, 국영기업 거의 모든 자리 싹 쓸이. 네가 왜 취업이 힘든지 알고는 있니?"

[39] 2017년 4월 6일, 〈ytn〉 인터넷 뉴스기사, '5·18 유공자 자녀는 금수저" 고시촌에 뿌려진 괴담'/ http://www.ytn.co.kr/_ln/0103_201704061024228747

새로운 5·18 폄훼 전략이 등장할 수 있었던 것처럼 말이다.

　그런데 한편 우리는 "인간은 무엇인가. 인간이 무엇이지 않기 위해 우리는 무엇을 해야 하는가"(95쪽)를 잘 모르는, 나 스스로에 대해서조차 확신할 수 없는 존재다. 이것은 인간의 본질(본성), 선악과 같은 문제틀로는 잘 해명할 수 없다. 개별적 인간의 문제 역시 넘어서 있다. 소설 속 에필로그의 말을 빌리자면 "특별히 잔인한 군인들이 있었던 것처럼, 특별히 소극적인 군인들이 있었다. 피 흘리는 사람을 업어다 병원 앞에 내려놓고 황급히 달아난 공수부대원이 있었다. 집단발포 명령이 떨어졌을 때, 사람을 맞히지 않기 위해 총신을 올려 쏜 병사들이 있었다. 도청 앞의 시신들 앞에서 대열을 정비해 군가를 합창할 때, 끝까지 입을 다물고 있어 외신 카메라에 포착된 병사가 있었다. 어딘가 흡사한 태도가 도청에 남은 시민군들에게도 있었다."(212쪽)

　이것은 소설 속의 이야기이지만, 소설 바깥 1980년 5월 광주의 이야기이기도 하고, 강조컨대 현재 이 세계에 대한 이야기로도 읽을 수 있다. 구원인 양 자신들의 예속을 위해 싸우는 이들의 시대에 스피노자는, '공포보다 희망에 더 잘 이끌리는' 이들과 '희망보다 공포에 더 잘 이끌리는' 이들이 동일한 사람들multitude이라고 보았다. 소설 속 초점화자의 진술에서처럼 대중은 군인이 되기도 하지만 시민군이 되기도 한다. 또한, 군인 중에서도 잔인한 군인이 있고 한편으로는 이탈하는 군인이 있다. 우리는 공포에 끌리는 존재이기도 하지만 한편으로 희망에 끌리는 존재이기도 하고, 힘power은 폭력이 되기도 하지만 한편으로는 능력·활력이 되기도 한다.

　즉, 인정하든 하지 않든, 살아 있는 인간이 세상 모든 만물과 어떻게든 연결되어 존재하는 이상, 인간이 누구인지, 무엇인지 묻는 것은 어쩌면 부차적이다. 인간을 정의 내릴 본질이 있다고 할지라도 그 본질은 얼마나 중요할까. '인간'은 계속 현재의 구체적 지평에서 다시 이야기되어야 하고, 다시 만들어 가야 하는 것이다. 그러므로 필요한 것은 더는 잘 작동하지 않는 희망의 원리보다는, 차라리 놓여 있는 관계들 속에서 어떻게 배치를 바꾸며, 어떤 신체를 이룰 것인지를 사유하는 것인지 모른다. 《소년이 온다》가 궁극적으로 의미를 확보하는 자리 역시 여기이다.

역사를 망각하게 하고, 인간을 인간이 아니도록 추락시키고자 하는 힘은 늘 있어 왔다. 그쪽이 더 압도적일지라도, 그것이 전부가 아님을 증거하는 힘도 언제나 동시에 존재해 왔다. 망각시키고 추락시키고자 하는 힘이 전부가 아님은 인류의 역사 속 수많은 광주들이 말해 왔다. 폄훼하고 모독하는 대중이 있다면, 존중하고 사랑하는 대중이 있다. 그 둘은 정반대가 아니다. 단지 다른 방향의 벡터와 계기를 가질 뿐이다. 대중의 정동은 그 힘의 증대와 감소에 관련된다. 기쁨의 상태로의 이행에는 애초에 구분된 지점이나 기원이 있는 것이 아니라, 어떤 문턱threshold들이 존재할 뿐이다. 상반되고 이질적인 '기억-정동'이 뒤섞인 오늘날, 이행의 문턱들은 다른 장소에 있지 않다. 그 물길을 바꿀 힘도 이 뒤섞임 안에 있다. 망각시키는 힘뿐 아니라 망각에 저항하는 힘도 지금 이 뒤섞임 안에 있다. 지금 '광주'와 《소년이 온다》와 잠재성의 사유의 계보가 그것을 강하게 환기시키고 있다.

아렌트는 예루살렘 법정을 참관하며 "인간적인 어떤 것도 완전하지 않으며, 망각이 가능하기에는 이 세상에 너무나 많은 사람들이 존재한다. 이야기를 하기 위해 단 한 사람이라도 항상 살아남아 있을 것이다."라고 적었다.[40] 이제 이 말은 단순한 수數에 대한 이야기나, 윤리적인 한 개인에 대한 이야기를 넘어선다. 이것은 스스로를 슬픔, 죽음, 소멸로 이끌지 않게 하는 '나-우리' 안의 힘conatus에 대한 믿음과 관련된다. 《소년이 온다》의 한 서술자-주인공(동호)이 마지막으로 하는 말(=픽션

---

[40] 한나 아렌트, 앞의 책, 324쪽.

으로서의 소설을 실질적으로 끝내는 말)이 "왜 캄캄한 데로 가아, 저쪽으로 가, 꽃핀 쪽으로."(192쪽)이어야만 했던 이유도 이 대목과 나란히 다시 사유되어야 할 것이다.

자료

한강, 《소년이 온다》, 창비, 2014.

《연합뉴스》, 《한겨레신문》, 〈ytn〉 인터넷뉴스

www.518archives.go.kr/books

5·18기념재단 엮음, 《5·18 민중항쟁과 문학·예술》, 심미안, 2006.

문선희 찍고 엮음, 《묻고, 묻지 못한 이야기: 담벼락에 묻힌 5월 광주》, 난다, 2016.

광주광역시 5·18사료편찬위원회 편, 《5·18광주민주화운동자료 총서》 제2권, 1997.

광주전남여성단체연합 기획, 이정우 편집, 《광주, 여성》, 후마니타스, 2012.

한국현대사사료연구소 편, 《광주오월민중항쟁사료전집》, 풀빛, 1990.

논저

김재희, 《베르그손의 잠재적 무의식》, 그린비, 2010.

김형중, 〈《봄날》이후〉, 《내일을 여는 작가》, 2002년 여름.

마우리치오 랏자라또, 《사건의 정치—재생산을 넘어 발명으로》, 이성혁 옮김, 갈무리, 2017.

멜리사 그레그·그레고리 시그워스 외, 《정동이론》, 최성희·김지영·박혜정 옮김, 갈무리, 2015.

서영인, 〈집단기억과 개별성의 고통 사이—한강, 《소년이 온다》(창비, 2014)〉, 《삶이보이는창》, 2014년 가을.

심영의, 〈5·18소설에서 항쟁 주체의 문제〉, 《민주주의와 인권》, 2015.

앙리 베르그손, 《물질과 기억》, 박종원 옮김, 아카넷, 2006.

정미숙, 〈정동과 기억의 관계시학—한강, 《소년이 온다》를 중심으로〉, 《현대소설연구》, 2016.

조연정, 〈광주를 현재화하는 일—권여선의 《레가토》(2012)와 한강의 《소년이 온다》(2014)를 중심으로〉, 《대중서사연구》, 2014.

질 들뢰즈,《프루스트와 기호들》, 서동욱 · 이충민 옮김, 민음사, 1997.

한순미,〈나무-몸-시체: 5 · 18 전후의 역사폭력을 생각하는 삼각운동〉,《인문학연구》, 2016.

한나 아렌트,《예루살렘의 아이히만》, 김선욱 옮김, 한길사, 2006.

酒井直樹,〈情動の政治学〉,《思想》, 2010.5.

Brian Massumi, *Politics of Affect*, Polity Press, 2015.

6

기억과 증언, 그리고 저널리즘의 역할

박 진 우

* 이 글은 조선대학교 인문학연구원 《인문학연구》 제54집(2017.8)에 게재된 원고를 수정 및 보완하여 재수록한 것이다.

서론: 이것이 왜 저널리즘이 아니란 말인가?

이 글은 '논픽션과 르포의 부흥'이라는 천정환의 질문에 대한 (뒤늦은) 응답으로 시작한다. 천정환은 계간 《세계의 문학》에 발표된 평론—〈'세월', '노동', 오늘의 '사실'과 정동을 다룰 때 : 논픽션과 르포의 부흥에 부쳐〉[1]—에서 논픽션과 르포 같은 글쓰기가 문학의 장 내에서 '비소설', 그러니까 '비문학'에 해당한다는 생각 자체를 받아들일 수 없다고 단언한다. 이어서 그는 사실에 대한 천착과 이를 매개하는 형식의 탐구라는 차원에서 애당초 문학과 논픽션, 그리고 다큐는 깊은 교집합을 가진다고 말한다. 문학 연구의 관점에서 이는 사실 혹은 '리얼'이라는 것의 힘을 여전히 긍정하면서, 소설이라는 양식이 그 힘을 표현하는 유일한 혹은 지배적인 것만은 아니라는 점을 지적하는 것이다.

> "'문학가'의 일이 '문학' 안에만 있다는 식으로 생각하는 관습이나 관념은 시와 소설 중심으로 최대한 좁게 구획된 '문학' 장의 관습과 1980년대식 리얼리즘(론) 및 민중·민주 문학에 대한 반동 형성으로 확립된 개인주의·자유주의적 문학주의의 소치일 가능성이 높다."[2]

여기서 우리는 사실과 매개, 그리고 이를 재현하는 형식—그것은 문

---

[1] 천정환, 〈'세월', '노동', 오늘의 '사실'과 정동을 다룰 때 : 논픽션과 르포의 부흥에 부쳐〉, 《세계의 문학》, 제40권 1호, 통권 155호(2015년 봄), 184~200쪽.

[2] 천정환, 앞의 글, 185쪽.

학일 수도 있고 그렇지 않을 수도 있다.—의 위계에 대하여 간과해 왔던 오랜 관습을 새롭게 문제 삼게 된다. 그의 주장은 일차적으로 현재 우리가 일반적으로 생각하는 문학 장이 지극히 협소한 형식적 틀 속에 구획되었다는 지적이다. 또 우리 시대의 문학 장이 오랫동안 자연스러운 현상으로 받아들였던 협소한 틀 속에서 풀어 가기 어려운 새로운 사건에 직면해 있다는 것을 함께 의미한다.

그렇다면 이 문제를 저널리즘이라는 관점에서 보면 어떠한가? 저널리즘 역시 궁극적으로 '진실truth에 대한 추구'를 자신의 사명으로 삼으면서, 그에 다가서기 위해 수많은 사실fact들을 확인하고 검증하는 일련의 재현 절차이자 방법이 아니던가? 가장 교과서적인 논의로 요약해 본다면, 저널리즘이란 "공적으로 중요하거나 관심사가 되는 현재의 일들을 규칙적으로 생산하고 배포하는 사업 또는 행위"로서, "발생하는 사건들에 대한 정보와 논평을 널리 퍼져 있는 익명의 수용자에게 정기적으로(보통 하루 단위이지만 온라인에서는 정기적으로 업데이트된다.) 알리는 일련의 제도"를 지칭한다.[3] 따라서 저널리즘은 보통 그것이 다루는 정보와 논평이 참되고 진실한 것으로 제시되는 일련의 글쓰기 제도를 일컫는 말이다. 이러한 '참되고 진실한' 글쓰기는 한편으로는 저자(저널리스트)의 양심에 달려 있다. 하지만 더욱 중요한 것은 그가 훈련받은 집단적인 규범과 규칙이다. 그가 확인하고 재현할 '사실'과 '진실'에 대해 누구도 명료한 정의를 제공할 수는 없다. 그럼에도 저널리스트의 글쓰기를 독자들이 신뢰할 수 있도록 만들어 주는 절차와 과정에 대한 당대의 합의된 규칙, 그리고 이를 기반으로 삼는 소위 '기능적 진실functional truth'의 개념에 대한 훈련이 여기서는 매우 중요하다.[4]

---

[3] 마이클 셔드슨, 《뉴스의 사회학》(2판), 이강형 옮김, 한국언론진흥재단, 2014, 15쪽.

[4] 빌 코바치 · 톰 로젠스틸, 《저널리즘의 기본원칙》(3판), 이재경 옮김, 한국언론진흥재단,

그런 면에서 보자면, 다시 천정환의 질문으로 되돌아갈 경우, 예기치 않은 흥미로운 주제와 마주치게 된다. 그는 기존의 문학 장의 규칙에 구속받지 않으면서, 새로운 형식으로 사회적 사건과 사실들을 매개하고자 천착하는 무수한 논픽션·르포 작품들에 대하여 왜 그것이 문학이 아니냐고 질문한다. 그렇다면 혹시 정반대의 질문도 가능하지 않겠는가? 즉 그러한 글쓰기의 장르는 왜 저널리즘은 아니겠는가? 지금껏 누구도 문학과 역사와 저널리즘, 그리고 기억과 증언이 서로 동일하다고 말한 바 없다. 그럼에도 이 질문의 순간은 그 모든 요소들이 서로 겹쳐지는 매우 독특한 순간이지 않은가? 기억과 증언, 그리고 저널리즘을 둘러싼 현재의 논의를 위해서 지금 먼저 살펴볼 대목은 바로 이와 같은 역사 혹은 기억의 '형식'에 관한 것이다. 그리고 우리 시대의 문학과 저널리즘은 각자의 장을 지배해 온 오랜 규칙—한편으로는 소설 중심적인 재현 양식의 지배, 다른 한편으로는 '기능적 진실'을 추구하는 규칙으로서 오랫동안 군림하였던 '객관성objectivity', '공정성fairness'과 '균형성balance'이라는 추상적인 규칙—으로부터의 탈피를 본격적으로 시도하고 있다. 특히 '디지털·모바일·스마트' 미디어로 대변되는 새로운 환경 변화에 적응하고, 그 속에서 자신의 고유한 임무를 좀 더 확장된 형태로 수행하고자 하는 변화의 기로에 서 있다. 기억과 증언, 그리고 이를 재현하는 보다 문학적인 양식이 저널리즘의 관점에서 새삼스럽게 다시 문제가 되는 것도 바로 이러한 시대적 요구에 직면해 있기 때문이다.

2014, 62쪽.

역사와 기억, 그리고 증언

1) 역사와 기억 : 논의의 간략한 경과

'기억'이란 도대체 무엇인가? 왜 우리 시대에는 이 용어를 그처럼 열렬히 받아들이고 이를 통해 무언가를 설명하고자 하는가? 학술적인 엄밀성이라는 차원에서, 사실 이 용어만큼 무언가 모호하고 때로는 부족해 보이는 것도 드물 것이다. 하지만 여기서는 기억이라는 용어만큼 과거와 역사에 대한 사회구성원들의 다양한 정치적 · 문화적 상호작용의 양상들을 포괄할 수 있는 용어도 흔치 않다는 점을 반드시 고려해야 한다.[5] 역사학자 엔초 트라베르소Enzo Traverso는 역사 혹은 역사학이 오랜 세월을 거치면서 하나의 전문적인 제도가 되고 그 과정에 대중이 개입할 여지가 줄어드는 것에 비례하여, 역사와 현재의 상호작용의 실체적인 양상을 포괄하는 무언가 새로운 단위가 필요하게 되었다고 설명한다.[6] 그러니까 기억 개념은 바로 그 과정에서 등장한 보다 '친숙'하고 대중적인 용어일 수 있었다는 말이다.

하지만 이러한 설명으로만 그칠 수는 없는 노릇이다. 왜냐하면 기억이라는 개념의 연원을 추적하기 위해서는 19세기적인 실증역사학의 전개, '근대'라는 시대를 둘러싼 철학적 접근, 내셔널리즘의 시대와 국가적 · 기념비적 역사관의 등장을 이해해야 하는 간단치 않은 작업이 필요하기 때문이다. 개인의 기억과 회상의 메커니즘에 대한 앙리 베르그송Henri Bergson과 프로이트Sigmund Freud의 철학과 정신분석학, 뒤르켐Emile Durkheim과 모리스 알박스Maurice Halbwachs가 주도한 새로운 학문이었

---

[5] François Hartog, *Régimes d'historicité : Présentisme et expériences du temps*, Paris : Seuil, 2002.

[6] Enzo Traverso, *Le passé, modes d'emploi : Histoire, mémoire, politique*, Paris : La Fabrique, 2005.

던 사회학, 그리고 이를 프랑스의 민족주의 역사 전통과 결부시켰던 피에르 노라Pierre Nora—그가 주도한 《기억의 터lieux de mémoire》라는 집단 저술은 이제 '기억'이라는 연구 주제와 대상 자체와 분리되기 어렵다.—와 독일식 문화적·공적 기억의 철학적 담론을 주도한 알레이다 아스만 Aleida Assmann 등의 오랜 복잡한 논의를 이해하는 것 역시 필요하다.[7]

　기억을 둘러싼 오늘날의 논의는 또한 20세기라는 '극단의 시대'를 염두에 둘 필요가 있다. 즉, 근대성의 테크놀로지가 창출한 전체주의와 총력전, 보다 효율적인 '포함과 배제'의 인종주의적 수용소와 학살의 경험을 이해할 필요가 있다.[8] 그 피해자들에 대한 애도, 이를 겪은 모든 사회의 우울증과 트라우마에 대한 정신분석적 체험이 필요하였다. 동시에 그 반대편에서 오랫동안 침묵 속에 간직하던 악과 잔혹함의 체험을 마침내 적극적으로 증언하고 나선 선구자들을 이해하는 작업도 필요하였다.[9] 우리 시대의 역사와 기억의 지도를 이해하기 위해서는 이처럼 매우 다양하고 폭넓은 영역의 논의에 대한 고민이 필요하다. 그 작업은 또한 그 자체로 매우 고통스러운 체험이기도 하였다.

　우리 시대의 '기억'이란 또한 '살아남은 자의 증언'이라는 형태로 존재한다.[10] 전후 유럽사회의 경우, 아우슈비츠 수용소 경험을 오랫동안 간

---

[7] Jeffrey Olick, "Collective Memory : The Two Culture". *Sociological Theory*, 17(3), 1999, pp.333~348; 《기억의 지도 : 집단기억은 인류의 역사와 사회, 그리고 정치를 어떻게 뒤바꿔놓았나?》, 강경이 옮김, 옥당, 2011.

[8] Martin Jay, "Of Plots, Witnesses and Judgements". in S. Friedlander, (ed.). *Probing the Limits of Representation : Nazism and the Final Solution*. Cambridge, MA : Harvard University Press, 1992, pp.97~107; O. Meyers, E. Zandberg, & M. Neiger, "Prime Time Commemoration : An Analysis of Television Broadcasts on Israeli's Memorial Day for the Holocaust and the Heroism". *Journal of Communication*, 59, 2009, pp.456~480.

[9] Jean-François Lyotard, *Le différend*. Paris : Minuit, 1983.

[10] 프리모 레비, 《가라앉은 자와 구조된 자 : 아우슈비츠 생존 작가 프리모 레비가 인생 최후에 남긴 유서》, 이소영 옮김, 돌베개, 2014.

직하였던 수용소 증언 1세대—여기에는 작가 프리모 레비Primo Levi, 엘리 비젤Elie Wiesel, 그리고 테렌스 데 프레Terrence Des Pres 등이 포함된다. —가 등장하면서, '레지스탕스'라는 신화의 시대 혹은 '저항하지 못한 유태인'이 가졌던 자괴감과 열등의식으로 점철된 애도의 시대가 지나고, 이제 본격적으로 자신들의 고통과 희생·트라우마를 증언할 수 있는 시대가 왔다. 레비는 수용소 경험의 참상을 기록하거나 기억하는 것은 수용소에 들어간 모든 사람들이 첫날부터 준비하였던 것이며, 그 경험을 외부에 증언하는 것만이 오로지 자신들이 지금껏 살아 있는 유일한 이유라고 말한다.[11] 그것은 희생자들의 증언을 통해 숨겨지고 억압된 기억을 복원시킨 중요한 계기였다. 하지만 이들의 증언은 단지 기존의 역사학이 미처 다루지 못했던 공백 지대를 메꾸어 주는 역할에 그치지 않는다. 다른 한편으로 그것은 결코 망각되어서는 안 되는 기억, 인류의 미래에 절대적인 흔적을 남겨야만 하는 중요한 시대적 증언으로서의 기억이라는, 새로운 정치적·윤리적 차원을 부과하는 것이었다. 이제 수많은 기억들은 그 자체로 '기억의 의무'의 대상이 되었다. 히브리어 '자코르Zakhor(기억하라)'라는 정언명령, 즉 희생된 자들의 목소리에 귀 기울이는 것, 그들의 고통을 잊지 않겠다고 약속하는 것이 바로 현대인들에게 부과된 '기억의 의무'이자, 이 시대 기억의 존재 양태를 규정하는 핵심적인 심성이었다.[12] 그것은 의무를 위배하는 자에 대한 윤리적인, 나아가 법적인 단죄를 동반하게 된다.

---

[11] 프리모 레비, 《이것이 인간인가》, 이현경 옮김, 돌베개, 2007.

[12] K. Teneboim-Weinblatt, "Bridging Collective Memories and Public Agendas : Toward a Theory of Mediated Prospective Memory". *Communication Theory*, 23(2), 2013, pp.91~111.

2) 기억과 증언 : 우리 시대 '기억'의 새로운 존재 방식

하지만 이 글에서 기억과 증언, 기억의 의무와 법적·윤리적 처벌에 이르는 쟁점으로까지 나아가지는 않겠다. 대신 기억과 증언이라는 핵심 용어들을 조금 더 집중적으로 살펴보도록 하자. 여기서 주목해야 할 것은 물론 '증언'이라는 특정한 커뮤니케이션 유형이다. 증언은 하나의 언술 형식이자 행위의 형식이다. 그리고 이는 미디어를 통한 매개를 거칠 경우 기억의 형태, 기억의 조직 방식, 기억의 구체적 의미, 그리고 기억의 수용과 전승 방식 자체를 체계적으로 변동시키는 중요한 변인에 해당한다.[13] 이 점에 대한 이해는 증언이라는 용어 자체에 내재되어 있는 법률적이고 역사적인 사유의 맥락을 검토해 보면 보다 완전해질 수 있을 것이다.

증언이란 용어는 오늘날 역사적 인물이나 사건에 대한 체험적이고 연대기적인 글쓰기와 밀접한 관련이 있다. 그렇기에 증언이란 말 자체만으로는 '역사'나 '기억'을 전체적으로 대체할 수 있는 메타포—혹은 일종의 '우산 개념umbrella term'—로 기능할 수 있다.[14] 하지만 증언이란 사실 따지고 보면 법률적인 맥락을 자신의 기원으로 삼는다. 일상생활에서 증언이란 보통 어떤 사실을 증명하는 일, 혹은 그런 말을 지칭한다. 즉 어떤 사람이 증인으로서 그러한 사실을 진술하는 일, 혹은 그 진술 자체가 바로 증언에 해당한다. 그러니까 증언이란 법률적인 의미에서, 특정한 법률 판단의 근거가 될 수 있는 특정한 진리 주장을 담고 있는 언명 혹은 언명 행위를 지칭하는 것이다.

---

[13] 박진우, 〈증언과 미디어 : 집합적 기억의 언술 형식에 대한 고찰〉, 《언론과 사회》 18권 1호, 2010, 49쪽.

[14] A. Erll, "Travelling Memory". *Parallax*, 17(4), 2011, 4쪽.

철학자 조르조 아감벤Giorgio Agamben은 이 문제를 어원학적인 차원에서 접근한다. 그는 에밀 벤베니스트Emile Benveniste의 기념비적 연구인 《인도·유럽사회의 제도·문화 어휘 연구》를 참조하면서, '증언testimony; témoignage'이란 '제3자testis', 즉 법정 재판처럼 서로 대립하는 의견들이 진술되는 상황에서 해당 사건의 관찰자(목격자)가 양측 사이에서 제3 자로서 행하는 발언을 지칭한다고 설명한다.[15] 동시에 그는 증언이라는 용어에는 'superstes'라는 이중적 의미도 함께 내재되어 있음을 지적한다. 그것은 어떤 사건을 끝까지 겪어 내고 그래서 그 일에 대해 증언할 수 있는 사람—흔히 '살아남은 자들superstite'이라고 (잘못) 이해되고 있다.—을 말한다.

그러므로 증언이란 근본적으로 주어진 특정한 상황에서의 말하기의 한 형태인 셈이다. 증언이란 결국 사건을 전유하고 이해하는 수동적 태도와 사건을 해석하는 능동적 태도가 결합된 것을 말한다. 증언은 자신의 출발점인 법정 싸움에서의 진실성 확보의 노력이라는 의미를 넘어서, 자신이 가지는 사건에 대한 지각과 태도의 측면, 그 체험의 불확실성과 모순에 대한 인식과 이해라는 대립적인 의미를 동시에 포괄한다.[16] 그것은 외부에서 벌어진 사건 혹은 외부적 사실들에 대한 진술과 더불어, 자신이 행위자 혹은 관찰자의 입장에서 서서 그것에 대한 해석의 관점을 제시하는 보다 종합적인 커뮤니케이션 활동이다. 피터스John D. Peters의 언급처럼, 증언에는 사건을 '바라보기로서의 증언'과 '말하기로서의 증언', 혹은 '목격으로서의 증언testimony-eyewitness'과 '고백으로서의

---

[15] 조르조 아감벤, 《아우슈비츠의 남은 자들 : 문서고와 증인》, 정문영 옮김, 새물결, 2012, 22쪽.

[16] Renaud Dulong, *Le témoin oculaire : Les conditions sociales de l'attestation personnelle*. Paris : Éd. de l'EHESS, 1998.

증언testimony-confession'이라는 두 가지 차원이 결합되어 있다.[17] 이로부터 우리는 증언이라는 것 자체에 내재되어 있는 '집합적 기억'의 사회적·문화적·상호작용적 특성의 측면을 포착할 수 있다.

이런 관점을 통해 본다면 기억과 증언, 나아가 저널리즘이라는 주제까지 포괄하는 논의들이 지금까지와는 차원이 다른 훨씬 더 복잡한 상황에 놓여 있음을 알게 된다. 아우슈비츠의 생존자들, 혹은 일본군 위안부 만행의 피해 할머니들이나 광주항쟁 참여자들의 작지만 지속적인 목소리에 주목함으로써, 우리는 증언을 손쉽게 개인적 체험의 장, 이를 통한 숨겨지고 억압된 역사—소위 '서발턴의 귀환'[18]—로 간주할 수 있다. 하지만 그것은 단지 역사의 새로운 기술 방식으로만 존재하는 것은 아니다. 오히려 새로운 역사 기술이기에, 그것은 모든 이야기의 장르—소설과 르포, 그리고 저널리즘은 여기에 필연적으로 연동되어 있다—의 새로운 존재 방식이라는 문제와 직결되고 있다. 증언이란 그 자체로 목격과 체험의 법정 증언이자 개인적 체험담이다. 그것은 애당초 기존의 문학 장의 문법 그 자체를 넘어서는 것이다. 사건의 의미를 포착하는 문학적 재현의 양식으로 한정되지 않는 좀 더 사실적이고 객관적인 전달의 가능성을 가지면서도, 동시에 반드시 객관적인 사실의 영역으로만 한정되지 않는 무한한 체험과 표현의 가능성을 함께 내포한 영역이다. 그러므로 이 영역은 다른 무엇보다도 문학과 저널리즘이 기존의 관념을 벗어던지고 각자 스스로의 외부로 향하게 되는 연결의 지점이다. 하지만 그것은 기존의 문학 그리고 저널리즘의 장의 주체들로서는 성큼 발을 내딛고 쉽사리 들어서지 못하는 관문 같은 곳이기도 하다.

---

[17] John Durham Peters, "Witnessing". *Media, Culture & Society*, 23(6), 2001, pp.707~723.

[18] 김원, 〈서발턴(Subaltern)의 재림 : 2000년대 르포에 나타난 99%의 현실〉, 《실천문학》, 2012년 봄호, 192~206쪽.

때로는 그것이 기존의 관습으로는 문학이 아닌 어떤 것일 수도 있으며, 때로는 기존의 저널리즘 장의 규칙에 위배되는 글쓰기 형태로 존재할 수 있다. 그러한 장의 제도적 규칙과 관습을 넘어서거나 위배된다 한들 어떻겠는가? 우리는 지금 이러한 기존의 제도적 압력이 어쩌면 무화될 수 있는 새로운 국면에 도달해 있는 것은 아닌가? 그 문을 지나서 어떤 글쓰기, 어떤 사회적 실천과 만나게 될 것인지에 대한 기대가 시작될 수 있는 순간이 아닐까? 그리고 이 영역에서 기억과 증언의 개념을 또 다른 방식으로 관통하는 오랜 글쓰기의 양식과 만나게 될 것이다.

증언과 저널리즘: 사실성과 체험의 변증법

이러한 새로운 단계로의 이행을 위해 기억과 증언의 문제를 이제 저널리즘이라는 장의 역사와 관습 속에서 새롭게 인식하는 작업이 필요하다. 저널리즘은 오랫동안 역사와 불가분의 관계를 맺어 왔다. 저널리즘이 기억 특히 사회적·집합적 기억의 형성 과정에서 매우 중요한 역할을 수행한다는 점을 부인하는 사람은 사실상 없다.[19] 사실의 수집과 (문서를 통해) 확인 가능한 근거를 요구하는 엄격한 역사학적 방법론과 절차가 확립되었던 서양의 19세기 실증주의 역사학 이래, 저널리즘은 비록 그 자체로 역사일 수는 없지만 그럼에도 역사의 출발점으로서의 위상을 부여받았다.[20] 그리고 역사학의 엄격한 절차가 소화하지 못하는

---

[19] C. Kitch, "Placing Journalism inside Memory—And Memory Studies", *Memory Studies*, 1(3), 2008, pp.311~320.

[20] 헤이든 화이트, 《19세기 유럽의 역사적 상상력 : 메타역사》, 천형균 옮김, 문학과지성사, 1991; Barbie Zelizer, "Memory as Foreground, Journalism as Background", in B. Zelizer & K. Tenenboim-Weinblatt. (eds.), *Journalism and Memory*. New York : Palgrave,

대중들의 다양한 주관적 체험의 기억을 수집하고 보관하고 확산시키는 매개자, 나아가 누구도 주목하지 못하였던 역사적 사실이나 감정들을 처음으로 '증언'의 형식으로 사회화시키는 역할을 오랫동안 성공적으로 수행해 왔다.[21] 이제 새로운 형태로 기억과 증언, 그리고 저널리즘의 관계가 문제시되는 시대에 걸맞게 이러한 요소들의 구성 방식과 작동 방식에 대해 어떻게 이야기를 풀어 나가야 할까? 이는 문학과 저널리즘, 기억과 증언의 영역이 모두 기존의 논의 방식과 규칙에 구속받지 않으면서, 새로운 형식으로 사회적 사건과 사실들을 매개할 수 있는 방안에 대한 고민과도 직결되어 있다.

그런데, 이처럼 새로운 사회적 사명을 부여받는 저널리즘이 수행해야 할 역사와 기억, 그리고 증언의 역할에 대한 뜨거운 관심과는 달리, 저널리즘의 장 내부에서 이 문제에 대한 관심은 여전히 낮은 편이다. 저널리즘은 기억과 증언의 연구 영역에서 여전히 매우 경시되고 있다. 이러한 간과에 내재된 구조적 요소들을 이해하는 일이 여전히 필요하다. 그 구조적 요소들은 많은 경우 저널리즘이라는 글쓰기의 장 혹은 제도가 안고 있는 특수한 차원에 관련된 것이다.

이렇듯 미디어와 저널리즘의 작동과 결합하면서 기억의 과정은 매우 이중적인 것으로 변모한다. 한편으로 그 과정은 현재의 사건이나 사회적 신념들이 과거의 역사에 대한 우리의 이해를 이끌게 되는 반면, 다른 한편으로는 과거로부터 학습된 일종의 신념 체계가 현재의 사건을 이해하는 틀로서 작용한다는 점을 우리는 동시에 고려해야만 한다.[22]

2014, pp.32~49.

[21] 박진우, 〈집합적 기억 연구 : 주제와 방법론에 대한 고찰〉, 한국언론정보학회 편, 《미디어 문화연구의 질적 방법론》, 컬처룩, 2015, 417~451쪽.

[22] Barbie Zelizer, "Reading the past against the grain : the shape of memory studies". *Critical Studies in Mass Communication*, 12(2), 1995, p.221.

저널리즘의 관점에서 볼 때 기억이란 바로 이 같은 이중적인 과정에서 형성되고 변형되어 나가는 일종의 '타협negotiation'의 산물이다. 바비 젤리저Barbie Zelizer는 저널리즘을 매우 중요한 역사적 순간—그는 '핫한 순간hot moment'이라는 레비 스트로스C. Lévi-Strauss의 구조인류학 용어를 차용해서 이를 표현한다.—에 대한 보도 활동이라고 정의한다.[23] 여기서 '핫한 순간'은 사건이 반드시 그 자체로 정말 중요한 것이거나 혹은 비일상적unusual인 것으로만 성립하지는 않는다. 그보다는 이에 대한 의미 형성의 과정, 즉 사건에 대한 저널리스트의 해석과 보도가 공동체 구성원들의 인식에 1차적으로 매우 결정적인 역할을 행하는 체험이 진행되는 순간을 지칭한다.

이러한 논의는 결국 저널리즘이 기억의 사회적 형성 과정, 즉 '사회적 과정social process'의 행위자agent이자 결과물이라는 관점을 담고 있다. 이는 단지 저널리즘이 사건을 그저 전달하는 차원과는 다른 문제이다. 기억과 증언, 그리고 저널리즘의 관계를 이해하는 일은 무엇보다 '스토리텔러'라는 행위자agent로서의 저널리즘/저널리스트의 역할이라는 구조적 차원에 대한 관심을 요구한다. 저널리즘/저널리스트가 특정한 사건의 기억과 체험, 그리고 증인과 증언들을 어떤 문화적 맥락 속에서 이야기의 형식을 주조해 나가는지에 대한 질문이 바로 그것이다. 헤이든 화이트Hayden White의 역사서술 이론에서 이미 거론된 것처럼, 스토리텔링의 맥락과 규칙은 증언과 저널리즘 문제에서 여전히 중요한 구조적 쟁점이다.

실제로 워터게이트 사건을 대중들이 기억하는 방식에 관한 셔드슨 Michael Schudson의 연구는 저널리즘이 특정한 사건에 대한 대중적 기억의 재조직화에 얼마나 핵심적인 역할을 수행하였는지를 대표적으로 보

---

[23] Barbie Zelizer, *Covering the Body : The Kennedy Assassination, the Media, and the Shaping of Collective Memory*, Chicago : University of Chicago Press, 1992. p.224.

여 준다.[24] 또한 슈워츠Barry Schwartz는 제2차 세계대전을 맞이한 미국 언론이 남북전쟁에 임하는 링컨 대통령의 수사법을 광범위하게 활용함으로써, 링컨에 대한 미국 대중들의 기억을 현재의 정치적 장에 접합시키는 과정을 연구 대상으로 삼았다(Schwartz, 1996). 젤리저는 케네디 대통령 장례식에 대하여 미국 언론이 과거 링컨 대통령의 장례식을 환기시키는 상징적 기호들을 동원하는 다양한 저널리즘 관행과 테크닉을 어떻게 사용하였는지, 이를 통해 케네디에 대한 미국인들의 집합적 기억의 재조직화에 어떻게 기여하였는지를 추적한 연구 성과를 발표하였다[25].

더불어 이 문제는 또한 '증언(자)'의 위계와 관련한 오랜 논쟁에서도 매우 중요한 것이었다. 저널리즘은 분명히 '문자화된 증언'보다는 '구두 증언'을 훨씬 선호해 왔다. 그것은 저널리즘이 지식인 저자/증언자들이 주도한 문자화된 증언보다는, 사건 그 자체와 사건의 체험에 대한 전달에 보다 주목한다는 점과 밀접한 관련이 있다.[26] 마틴 제이Martin Jay는 이와 관련하여 생존자들의 1차적 증언은 그들 스스로가 경험한 사건을 근본적으로 알기 어렵다는 점—소위 '근본적인 이해불가능성fundamental unintelligibility'—에서 기인하는 균열과 비일관성을 특징으로 하는 반면, 역사학자들의 2차적 내러티브는 결국 이 모든 모순과 균열을 메워 나가는 합리화make sense 과정의 산물임을 주장한 바 있다.[27] 그런 면에서 저널리즘의 증언은 '생존자들의 증언의 내러티브'와 '역사학자들의 학술 내러티브' 사이에 존재하는 것이자, 전자에 보다 주목하면서 양자의 긴

---

[24] 마이클 셔드슨, 앞의 책.

[25] Barbie Zelizer, *Op. cit.*, 1992.

[26] Jean-François Lyotard, *Op. cit.*, pp. 55~57.

[27] Martin Jay, *Op. cit.*, p. 104.

장을 어떤 형태로든 체계적으로 조정하는 시스템에 가깝다.[28]

　다음으로는 디지털 시대를 맞이한 저널리즘의 새로운 패러다임 문제에 대해서도 언급할 필요가 있다. 사실 우리 시대의 저널리즘은 크게 두 가지 질문에 직면해 있다. 하나는 적어도 1930년대 이후 미국을 중심으로 한 영어권 뉴스 미디어를 중심으로 확립되어 온 '주관을 배제한 사실적 균형 보도' 우선의 원칙, 소위 '객관주의objective' 저널리즘의 시대가 더 이상 유지될 수 있을지에 대한 회의론이다. 진실에 접근하고 사실을 확인하는 과정은 저널리즘의 기본이자 출발점이지만, 지난 70년 동안의 저널리즘은 우리가 왜 사실을 확인하는지에 대한 이유를 망각하고 있다는 것이다. 즉 사실 확인을 통해 좀 더 근원적인 방식의 세계에 대한 이해—달리 말해 '진리에의 추구'—를 지향한다는 목표 자체보다는, 오히려 확인 가능한 사실들의 조합으로서의 보도라는 실천규범을 원칙과 혼동한다는 것이다.[29] 디지털 미디어의 확산과 더불어 위기는 더 가속화되고 있지만, 다행히도 이러한 국면을 타개하기 위한 새로운 환경도 함께 조성되고 있다. 최근의 '손석희 현상'이 보여 준 것은 결국 뉴스가 범람하는 시대에 시민들이 원하는 뉴스는 더 이상 엄격한 형식논리에 사로잡힌 기계적인 중립적 뉴스가 아니라는 것이었다. 오히려 진실 추구라는 본래의 목표를 향해, 자신에게 부여된 모든 가능성을 실현하는 다양한 형식과 포맷, 그리고 이를 위한 (저자/기자의) 뚜렷한 목적의식을 부각시키는 뉴스가 주목받고 있다.

　이러한 시점에 이르러 저널리즘의 본령을 사고하면서, 단순한 기계적 균형과 형평성의 논리를 넘어서, 보다 직접적으로 대중들에게 호소

---

[28] E. Zandberg, "The right to tell the (right) story : journalism, authority and memory", *Media, Culture & Society*, 32(1), 2010, pp. 5~24.

[29] 마이클 셔드슨, 앞의 책.

할 수 있으면서도 '팩트 체크'의 기본을 저버리지 않는 새로운 보도 양식에 주목하지 않을 수 없다. 과거 폭로저널리즘과 르포문학의 오랜 전통이 1960년대 '뉴 저널리즘new journalism'의 견인차가 되었던 것처럼, 디지털·모바일 시대에 부합하는 새로운 문학적 전통에 기반을 둔 새로운 글쓰기의 도입 및 이를 통한 새로운 보도 양식과 스타일에 대한 관심은, 이제 '롱폼 저널리즘long-form journalism'으로 통칭되는 '뉴뉴 저널리즘 new new journalism'을 향한 원동력으로 기능하고 있다. 그것이 오늘날 우리가 목도하고 있는 디지털 저널리즘의 중요한 변화일 것이다.

그럴 경우 저널리즘은 결국 지나간 과거를 비록 정리되지 않은 형태일지라도 끊임없이 기록하고 보존하며 후대에 계승하는 1차적인 역할을 수행하는 사회적 제도이자, 사건을 바라보고 해석하는 1차적인 내러티브 (혹은 '프레임') 형성의 담당자이며, 그것을 독자들에게 가장 먼저 제시하는 스토리텔링의 방식을 규정짓는 제도라는 보다 적극적이고 참여적인 글쓰기를 디지털 패러다임의 새로운 국면에 맞게 전개해 나가는 매우 중요한 행위자로서의 위상을 부여받는 셈이다. 그것이 다룰 내용은 결코 과거의 기준에 맞는 사실과 진실의 개념이 아니다. 사건에 대한 체험, 피해자의 울분과 절규, 그리고 이를 사회의 새로운 기억의 패러다임으로 재구조화시킬 수 있는 사회적 의제 형성자로서의 역할은 한층 중요해지고 있다. 그 과정에서 디지털 저널리즘 시대로의 진입은 이제 새롭게 형성될 진실의 영역들—사실성의 영역에 덧붙여진 생생한 주관적 체험의 영역—을 적극 포괄할 수 있는 장을 마련하기 위한 보다 적극적인 움직임을 고무해 나가고 있다.

증언 저널리즘의 장르: 《전태일 평전》에서 세월호 증언까지

이와 같은 이론적 논의들을 좀 더 현실적인 맥락에서 확인해 주는 사례들은 최근 무수히 많다. 사실 기억과 증언, 그리고 새로운 형태로 제기되는 증언·르포 문학—혹은 이 연구의 기준대로라면 '증언 저널리즘'—의 이슈가 대중적인 관심사로 떠오른 것은 최근 수년 동안 한국사회가 겪은 미증유의 체험들에서 기인한 바 크다 하겠다.

한국 현대사의 여러 주요 국면에서 한국 언론, 저널리즘은 대체로 자기 구실을 제대로 못해 왔다. 하지만 원래 저널리즘에 내재되어 있던 증언의 기능, 증언의 내러티브 구성 방식은 문학의 힘으로, 문학 혹은 역사(서발턴의 구술사 등)의 형식으로 우리 사회에 분출되어 왔다. 예컨대 1970~80년대의 각종 노동자 수기들—여기에는 석정남의 《공장의 불빛》(1984), 유동우의 《어느 돌맹이의 외침》(1984) 등이 포함될 것이다.—은 '르포'라는 저널리즘 형식을 취한 '현장의 글쓰기'이자, 그것 자체로 훌륭한 문학적 성취가 아니었을까? 1980년대의 광주항쟁에 대한 '증언'들—전남사회운동협의회가 편집하고 작가 황석영이 기록한 《죽음을 넘어, 시대의 어둠을 넘어》(1985)가 대표적인 사례일 것이다.—은 그것 자체로 문학과 저널리즘 영역 모두에 걸친 주요한 성취이다. 故 조영래 변호사가 '전태일 기념관건립위원회' 명의로 1983년에 출간한 《어느 청년 노동자의 삶과 죽음》—1991년에 본래 저자의 이름으로 《전태일 평전》이라는 제목으로 재출간되었다.—역시 이러한 양자의 특성을 본래적인 형식으로 결합한 가장 전형적인 사례가 아닐까?

"조영래는 전태일의 일기와 자료를 중심에 놓고 이를 재배열한 뒤, 빠진 부분은 취재를 통해 보충하면서 한 개인의 삶을 완성해 낼 뿐 아니라, 이 역사를 공적인 역사로 기입하기 위해 당시의 시대 상황과 결부시켜 논의한다. 《전태일 평전》은 기본적으로 보충적인 형식으로 쓰여졌다. 자료와 자료를 잇대어서 결락을 채우고 감정을 넣고 하나의 완결된 사건이자 생애로 재구성했다."[30]

1970년 11월 13일에 서울 한복판에서 벌어진 사건을 놓고, 그 주인공의 생애를 추후에 복원해 나가는 작업인 《전태일 평전》이라는 작품 자체는 전통적인 관점에서 그것을 문학 혹은 저널리즘이라고 표현하기는 매우 어렵다. 하지만 이를 온전히 문학의 영역에, 혹은 온전히 취재와 저널리즘의 영역에 놓고 이야기한다면 정작 이 작업이 가지는 새로운 의미를 간과하는 결과가 될 것이다. 박숙자는 자신의 연구에서 전태일 자신이 남긴 여러 일기나 수기, 소설, 편지 등과 같은 다양한 텍스트들이 가지는 표현적 층위에 우선 주목한다. 그러면서 전태일 스스로가 자신의 경험과 고통을 온전히 드러내고 '증언'하지 못하였던 바로 그 대목에 개입하는 새로운 저자, 그럼으로써 전태일의 증언 자체를 보다 '완전한' 형태로 복원하는 데 성공한 또 다른 저자인 조영래의 역할을 강조한다.[31] 이것은 매우 중요한 대목이다. 이것이 왜 문학이 아닌가? 만약 그렇다면, 이것은 왜 저널리즘이 아닌가?

더불어 이 문제에 관련된 최근의 다수 문헌들은, 표면적이건 잠재적이건 2014년에 벌어진 '세월호'라는 집합적이고 외상적인 체험과 깊은 관련이 있다. 마치 아우슈비츠 대학살을 겪은 전후의 유럽사회처럼, 그리고 9 · 11 테러를 경험한 미국사회처럼, 문득 우리가 새로운 역사적 패러다임 속으로 내던져졌음을 깨닫게 만드는 특정한 경험이 바로 세월호

---

[30] 박숙자, 〈기억과 재현으로서의 애도 : 《전태일 평전》〉, 《국제어문》 제67집, 2015, 61~62쪽.

[31] 박숙자, 앞의 글, 64쪽.

참사였다. 그렇기에 이는 '사고'가 아닌 '사건'이고, 또 팽목항이 바로 우리 사회의 '그라운드 제로'라는 표현이 결코 어색하거나 과장된 것으로만 느껴지지 않는 것이다.[32] (4·16 세월호참사 시민기록위원회 작가기록단, 2015; 김애란 외, 2014; 김종엽 외, 2016; 진실의 힘 세월호 기록팀, 2016) 수많은 시민들, 문인들—작가들과 비평가들—이 문학적 양식의 충족 이전에 유족들의 '날것'의 감정과 절규를 문자화하고자 하였고, 또 그 체험을 보다 '문학적'인 언어로 형상화하려는 시도가 결코 쉽지 않음을 느낀다고 고백하는 것도 바로 그러한 체험의 밀도와 관련이 있을 것이다. 작가와 평론가들이 모여서 간행한 《눈먼 자들의 국가》(2014)가 대중적인 관심을 불러일으키고, 세월호 관련 재판 과정에 대한 기록 혹은 '4·16 세월호참사 시민기록위원회 작가기록단'이라는 사회적 연대기구의 이름으로 기록된 유가족 인터뷰인 《금요일에 돌아오렴》(2015) 등의 작품들이 대중 앞에 선을 보였다.

이러한 상황은 사실 문제적이다. 다른 무엇보다도 여기서는 '증언'의 도구로서의 문학의 기능이 극적으로 두드러진다. 그것은 희생자들의 체험을 기억과 증언의 형태로 발굴하는 가장 적극적인 기능을 작동시키는 것이었다. 물론 여기서 작동한 증언 도구로서의 문학은 오랜 문학 장의 관습에 비추어 다소 예외적인 것이었다. 그것은 이를 일차적으로 담당해야 하는 저널리즘이라는 사회적 제도가 보여 준 심각한 고장과 일탈과도 관련이 있을 것이다.[33] 동시에 주류 미디어가 주도하는 기억의 매개 과정에서 특정 기억이 대중들에게 일정한 틀 속에서 변형되고, 그 과정에서 공식화되고 지배적인 기억과 관념이 형성되는 과정, 소위 '기억의 사회적 정립establishment 및 위계화hierarchisation' 과정과 결과

---

[32] 4·16 세월호참사 시민기록위원회 작가기록단, 《금요일엔 돌아오렴 : 240일간의 세월호 유가족 육성기록》, 창비, 2015; 김애란 외(공저), 《눈먼 자들의 국가》, 문학동네, 2014; 김종엽 외(공저), 《세월호 이후의 사회과학》, 그린비, 2016.

[33] 방송기자연합회, 《세월호 보도, 저널리즘의 침몰》, 방송기자연합회, 2014.

에 대한 대중들의 적극적인 거부 의지가 표출된 것으로도 해석할 수 있다. 어떤 형태로든 대중들은 세월호 사건을 보면서 주류 미디어와 저널리즘에 의해 자행된 기억의 위계—무엇이 더 '중요한' 기억이고 무엇이 '부차적'인 기억인지, 또 그것은 어떤 의미 형태와 구조로 기억되어야 하는지에 대한—에 이미 저항하기 시작하였다.

그리고 기자들을 대신하여 한국의 문인들과 작가, 그리고 시민들이 '그 어려운 일'을 시작하였다. 그들은 이미 문학을 그 자체로 중요한 증언의 형식으로 만들어 나갔다. 그것은 사실 오랫동안 증언문학에 대하여 지배적인 담론으로 작용해 왔던 소위 '증언의 불가능성'이라는 이론적 명제를 그 자체로 뛰어넘는 매우 중요한 글쓰기의 실천 형태였다. 그것은 소위 '증언자의 위계'라는 오랜 쟁점에 대하여 증언이 가지는 효력의 진실성 문제와 증언 주체의 지위를 둘러싸고 증언자와 저널리즘이 펼쳤던 매우 중요한 사회적 논쟁과 합의 과정을 요약하는 것이다.[34] 하지만 세월호 사건을 두고 작가와 시민들은 모두 '증언의 불가능성'이 아니라, 증언의 가능한 다양한 형태들에 대하여 우선적으로 고민하고 그것을 실행에 옮겼다. 김형중은 이를 "사건은 문학을 무능력과 직면하게 하고, 재현불가능한 것을 국가나 법의 언어와는 전혀 다른 언어로 재현하라고 요청한다."는 의미로 받아들인다.[35] 그는 이를 통해 앞서 언급한 천정환의 논의를 이어 가면서 증언과 문학 사이에 새로운 가교를 놓고자 한다.

"시와 소설이라는 장르가 일종의 문학적 '기억술'이라면, 르포와 논픽션은 문학적 '기록술'이다. 논픽션에서 정보 상의 오류가 발견되는 경우

---

[34] 조르조 아감벤, 앞의 책.

[35] 김형중, 〈문학과 증언 : 세월호 이후의 한국문학〉, 《감성연구》 제12집, 2016, 47쪽.

비난의 대상이 되지만 소설의 경우는 그렇지 않다는 사실, 반대로 소설이 지나치게 정보만 나열할 경우 비난의 대상이 되지만 논픽션의 경우 그렇지 않다는 사실은 이에 대한 방증일 것이다. 전자가 언어의 형식으로 애도의 종결을 지연시키려 한다면, 후자는 사실의 압도적인 힘에 의지해 사건을 기록한다. '르포·논픽션'과 '시·소설'이 같은 문학 장 내에서 층위를 달리하는 하위 장르들이라는 말은 이런 의미다."[36]

우리에게 익숙한 문학 장르의 논의들, 그러니까 아리스토텔레스의 《시학》 이후 오늘날의 문학 장 내부의 규칙에 의해 부과되어 왔던 오랜 장르 내적인 위계 문제가 문제시되는 것은 어쩌면 당연한 일인지도 모른다. 작가들이나 시민들이 비록 사건에 대한 직접적인 증언자의 위치를 점하지는 않는다 하더라도, 따라서 '증언의 불가능성'의 명제 그 자체를 위배하지는 않는다 하더라도, 사건의 (2차적) 체험의 기록으로서 증언의 영역에서 이미 참여자이자 행위자로 나서기 시작한 것이다. 그것도 매우 폭발적인 형태로, 직접적인 감정과 정동의 표출 형태를 보여 주었다. 그러한 폭발적인 양상 앞에서 시와 비극이 '이야기'—소설, 르포, 그리고 저널리즘의 영역은 아마도 모두 여기에 포함될 것이다.—보다 장르적으로 우월하다는 논의 자체는 이미 그 힘을 잃기 시작한 셈이다. 세월호 사건을 둘러싼 시민사회의 폭발적인 감정적 관여는 결국 문학과 저널리즘이 이미 서로 겹쳐지는 영역, 따라서 어쩌면 오히려 더 적극적으로 그 구분을 무화시켜 나가야 할 영역으로 진입하였음을 보여 주는 징표에 해당한다. 그렇다면 여기서 한 걸음 더 나아가 양자가 보다 적극적으로 결합될 수 있는 방식, 새로운 변증법의 형태에 대해 본격적으로 질문을 던질 수 있어야 한다.

---

[36] 김형중, 앞의 글, 54쪽.

새로운 과제들

이처럼 이 글이 의도한 것은 결국 《전태일 평전》이나 《죽음을 넘어 시대의 어둠을 넘어》에서 오늘날 쏟아져 나오는 세월호에 대한 다양한 문헌들에 이르는 이 텍스트들이 왜 한국의 또 다른 훌륭한 저널리즘의 자원이자 전통이 아닐 수 있느냐는 질문이었다. 그리고 이는 그동안 이 텍스트들을 1차적으로 규정해 왔던 문학 장, 그리고 저널리즘 장의 오랜 규칙과 관습에 대한 도전을 담고 있다. 그 도전은 앞서 언급한 것처럼 문학 장 내부의 논의를 통해, 그리고 저널리즘의 장에 충격을 가하고 있는 디지털 패러다임의 충격을 통해 다시금 주목하지 않으면 안 되는 주제로 등장하고 있다. 그런 면에서 이 글은 '이것이 왜 문학이 아닌가'라고 질문함으로써, '그렇다면 그것은 왜 저널리즘이 아닌가'라는 반문을 제기하는 시도라고 할 수 있다.

물론 수많은 난점들이 있다. 지금껏 논의했던 과제들은 모두 문학과 저널리즘, 그리고 기억과 증언에 내재되어 있는 '숨어 있는 전통'에 관한 것이다. 그것은 문학이건 저널리즘이건 모두의 기존 관습을 불편하게 만드는 것이다. 이는 발터 벤야민Walter Benjamin이 말한 '좌파적 우울mélancolie de gauche'의 정서, 자신들의 원래 숨겨진 전통을 들추어내려는 자가 겪게 될 고초를 동시에 내포하고 있는 것이다.[37] 이는 각자의 영역 모두에서 그러할 것이다. 저널리즘 연구자의 입장에서 걸리는 문제는 한두 가지가 아니다. 국내외를 막론하고, 저널리즘의 관점에서 증언과 집합적 연구 영역을 포괄하는 사례들은 거의 찾아보기 힘들다. 저널리즘은—특히 서구의 탐사보도·내러티브 저널리즘의 전통 하에서—그

---

[37] Enzo Traverso, *Mélancolie de gauche : La force d'une tradition cachée, XIXe~XXIe siècle*, Paris : La Découverte, 2017.

자신이 새로운 억압된 기억의 발굴자 역할을 하는 경우가 많다. 하지만 저널리즘이라는 제도 속에서 증언의 적극적인 역할을 담당하는 '탐사보도'와 '롱 폼 저널리즘long-form journalism'의 전통은 여전히 소수에 불과하다. 다수의 영역들은 여전히 우리가 그렇게 극복하고자 하는 오랜 기계적 균형의 세계 속에 사로잡혀 있다. 저널리즘 스스로가 그러한 영역으로 적극적으로 진입하도록 만드는 일은 적어도 한국 언론의 현실에서 매우 지난한 노력을 요구한다.

그럼에도 저널리즘이 대중들이 공유하는 일종의 '공공의 기억public memory'을 창출하는 1차적인 증언의 제도임은 결정적인 사실이다. 무엇보다도 '진실에 대한 요구', 그리고 진실을 알리가 위한 투쟁이 시작되는 지점 역시 저널리즘의 장일 것이다. 그것은 반드시 특정한 사건에 대한 장기적인 기획의 결과물을 통해서만 이루어지는 것은 아니다. 일상적인 '팩트 체크'와 의미 부여의 방식 그 하나 하나가 이미 증언자로서의 역할을 수행한다. 이를 통해 저널리즘에 요구되는 '사실성'의 문제와 증언문학에 요구되는 '진실성'의 문제, 양자의 고유함과 차별성 등과 같은 한층 복잡한 과제에 대한 나름의 해법을 찾아 나갈 수 있어야 한다. 그렇지 않다면 저널리즘은 자신의 고유한 기능 그리고 앞으로 결코 문학과 구분되지 않을 고유한 과제를 수행할 수 있는 원동력을 마련하기는 어려울 것이다.

더불어 한국사회는 기억과 증언이 사회적으로 쟁점화되는 고유한 역사적 과정을 거쳐 왔다. 정근식의 표현처럼 이른바 '3중적 이행', 그러니까 '탈권위주의, 탈냉전, 탈식민의 맥락'이 함께 작동한 것이 한국사회의 중요한 역사적 경험이었다.[38] 시민사회가 우선적으로 공식적 기억

---

[38] 정근식, 〈한국에서의 사회적 기억 연구의 궤적: 다중적 이행과 지구사적 맥락에서〉, 《민주주의와 인권》 제13권 2호, 2013, 387쪽.

에 이의를 제기하고 적극적인 자료와 증언 수집 활동에 나서면서 대항적인 기억이 형성되어 나갔다. 그리고 종국에는 국가가 이를 수용하고, 그 과정에서 진실 규명을 위한 제도가 법제화되는 과정을 거쳤다. 광주항쟁과 4·3항쟁의 기억이 거쳐 간 발자취를 이제 세월호 사건이 뒤따르고 있다고 해도 과언이 아니다. 물론 그 과정에서 국가주의적·보수적 입장을 견지하는 사회 세력에 의해 '반-기억 혁명'의 차원에서 국가주의적 기억을 지키겠다는 움직임도 시작되고, 보수정권 9년 동안 그것을 제도화시키려는 움직임도 함께 나타난 바 있다.

마지막으로 전 지구적인 변화 과정에서 국민국가 차원의 문화 형태로서의 기억으로부터 점차 '트랜스 문화'적인 기억으로 변모하는 것도 필연적이다. 독일의 사회학자 아스트리드 에를Astrid Erll의 표현처럼 소위 '유랑하는 기억travelling memory'이 일상화되는 것이다.[39] 더불어 디지털 시대에 따른 기억의 포화saturation 현상이 정보의 과부하information overload 현상과 함께 급속도로 진행되고 있기도 하다. 기억과 증언, 문학과 저널리즘을 둘러싼 환경은 이제 결코 과거와 동일한 차원에서 논의될 수 없는 단계로 나아가고 있다. 그럴 경우 새롭게 제기될 과제는 결국 기억과 증언, 문학과 저널리즘 사이의 경계와 협력의 변증법이며, 그 속에서 조심스럽게 등장하는 새로운 글쓰기의 여러 가지 유형들이 지 않을까? 그것이 바로 이 글에서 간략하게나마 살펴본 몇 가지 사례들이 가지는 가장 큰 장점일 것이다. 그러한 글쓰기의 다양한 형식과 실험들을 디지털 시대 저널리즘의 새로운 사례들로 발굴해 나가면서 문학과 저널리즘 장의 오랜 지배적 인식에서 탈피한 새로운 글쓰기의 가능성을 한층 구체적으로 보여 주는 것이 우리에게 남겨진 과제일 것이다.

---

[39] A. Erill, *Op. cit.*, p.7.

4 · 16 세월호참사 시민기록위원회 작가기록단, 《금요일엔 돌아오렴 : 240일간의 세월호 유가족 육성기록》, 창비, 2015.

김애란 외(공저), 《눈먼 자들의 국가》, 문학동네, 2014.

김 원, 〈서발턴(Subaltern)의 재림 : 2000년대 르포에 나타난 99%의 현실〉, 《실천문학》, 2012년 봄호, 2012.

김종엽 외(공저), 《세월호 이후의 사회과학》, 그린비, 2016.

김형중, 〈문학과 증언: 세월호 이후의 한국문학〉, 《감성연구》 제12집, 2016.

마이클 셔드슨, 《뉴스의 사회학》(2판), 이강형 옮김, 한국언론진흥재단, 2014.

박숙자, 〈기억과 재현으로서의 애도: 《전태일 평전》〉, 《국제어문》 제67집, 2015.

박진우, 〈증언과 미디어 : 집합적 기억의 언술 형식에 대한 고찰〉, 《언론과 사회》 18권 1호, 2010.

_____, 〈집합적 기억 연구: 주제와 방법론에 대한 고찰〉, 한국언론정보학회 편. 《미디어 문화연구의 질적 방법론》, 컬처룩, 2015.

방송기자연합회, 《세월호 보도, 저널리즘의 침몰》, 방송기자연합회, 2014.

빌 코바치 · 톰 로젠스틸, 《저널리즘의 기본원칙》(3판), 이재경 옮김. 한국언론진흥재단, 2014.

전남사회운동협의회 편.《죽음을 넘어, 시대의 어둠을 넘어 : 광주 5월 민중항쟁의 기록》, 풀빛, 1985.

정근식, 〈한국에서의 사회적 기억 연구의 궤적: 다중적 이행과 지구사적 맥락에서〉, 《민주주의와 인권》 제13권 2호, 2013.

제프리 올릭, 《기억의 지도: 집단기억은 인류의 역사와 사회, 그리고 정치를 어떻게 뒤바꿔놓았나?》, 강경이 옮김, 옥당, 2011.

조영래, 《전태일 평전》(개정판), 돌베개, 1991.

조르조 아감벤, 《아우슈비츠의 남은 자들: 문서고와 증인》. 정문영 옮김, 새물결, 2012.

진실의 힘 세월호 기록팀, 《세월호, 그날의 기록》, 진실의힘, 2016.

천정환, 〈'세월', '노동', 오늘의 '사실'과 정동을 다룰 때: 논픽션과 르포의 부흥에 부쳐〉, 《세계의 문학》 제40권 1호(통권 155호), 2015.

프리모 레비, 《이것이 인간인가》, 이현경 옮김, 돌베개, 2007.

_____, 《가라앉은 자와 구조된 자 : 아우슈비츠 생존 작가 프리모 레비가 인생 최후에 남긴 유서》, 이소영 옮김, 돌베개, 2014.

헤이든 화이트, 《19세기 유럽의 역사적 상상력 : 메타역사》, 천형균 옮김, 문학과 지성사, 1991.

Dulong, R. *Le témoin oculaire : Les conditions sociales de l'attestation personnelle*. Paris : Éd. de l'EHESS, 1998.

Erll, A. "Travelling Memory". *Parallax*, 17(4), 2011.

Hartog, F. *Régimes d'historicité : Présentisme et expériences du temps*. Paris : Seuil, 2002.

Jay, M. "Of Plots, Witnesses and Judgements". in S. Friedlander, (ed.). *Probing the Limits of Representation : Nazism and the Final Solution*. Cambridge, MA : Harvard University Press, 1992.

Kitch, C. "Placing Journalism inside Memory – And Memory Studies". *Memory Studies*, 1(3), 2008.

Lyotard, J.-F. *Le différend*. Paris : Minuit, 1983.

Meyers, O., Zandberg, E., and Neiger, M. "Prime Time Commemoration : An Analysis of Television Broadcasts on Israeli's Memorial Day for the Holocaust and the Heroism". *Journal of Communication*, 59, 2009.

Olick, J. "Collective Memory : The Two Culture". *Sociological Theory*, 17(3), 1999.

Peters, J. D. "Witnessing". *Media, Culture & Society*, 23(6), 2001.

Teneboim-Weinblatt, K. "Bridging Collective Memories and Public Agendas : Toward a Theory of Mediated Prospective Memory". *Communication Theory*, 23(2), 2013.

Traverso, E. *Le passé, modes d'emploi : Histoire, mémoire, politique*. Paris : La Fabrique, 2005.

_____, *Mélancolie de gauche : La force d'une tradition cachée, XIXe~XXIe siècle*. Paris : La Découverte, 2017.

Zandberg, E. "The right to tell the (right) story : journalism, authority and memory". *Media, Culture & Society*, 32(1), 2010.

Zelizer, B. *Covering the Body : The Kennedy Assassination, the Media, and the Shaping of Collective Memory*. Chicago : University of Chicago Press, 1992.

_____, "Reading the past against the grain : the shape of memory studies". *Critical Studies in Mass Communication*, 12(2), 1995.

_____, "Memory as Foreground, Journalism as Background". in B. Zelizer & K. Tenenboim-Weinblatt. (eds.). *Journalism and Memory*. New York : Palgrave, 2014,

'집단자결'을 이야기하는 방법

심 정 명

.

* 이 글은 조선대학교 인문학연구원 《인문학연구》 제54집(2017.8)에 게재된 원고를 수정 및 보완하여 재수록한 것이다.

'집단자결'의 내부와 외부

1945년 3월 하순부터 6월 하순에 걸쳐 오키나와沖繩 본도와 주변 섬들에서는 일본군과 미군의 전투가 벌어졌다. 아시아 태평양전쟁 당시 일본 국내에서 벌어진 유일한 지상전이라 일컬어지는 이 오키나와전투에서는 20만656명의 전사자가 나왔는데, 그중 오키나와 현 출신인 12만2,228명 가운데 대략 9만4,000명이 일반 주민으로 추정된다. 당시 오키나와의 총인구가 약 45만 명이었으니 전체 주민의 3분의 1 정도가 이 전쟁에서 목숨을 잃은 셈이다.[1] 오키나와전투에서 이렇게 많은 사망자가 생긴 이유는 일본 정부가 이른바 '본토 결전'을 앞두고 시간을 벌기 위해 오키나와를 희생시키는 사석捨石 작전을 썼기 때문이라고 평가된다.

그런데 이렇게 다수에 이르는 일반 주민 사망자들 가운데에는 미군의 공격으로 죽은 사람들뿐 아니라 '집단자결集団自決'이라 칭해지는 사건으로 인해 목숨을 잃은 사람들도 포함된다. '집단자결'이란 민간인들 사이에서 일어난 강제적인 집단사集団死를 가리키는데,[2] 미군이 가장 먼

---

[1] 松島泰勝, 《琉球独立論: 琉球民族のマニフェスト》, バジリコ株式会社, 2014, 55~58쪽.

[2] 원래 '집단자결'은 전쟁 당시에 이를 가리키는 데 쓰이던 '옥쇄玉砕'라는 말을 대신하기 위해 만들어졌다. 고등학교 일본사 교과서의 집필자인 이에나가 사부로家永三郎가 교과서 검정을 문제 삼아 국가를 상대로 일으킨 재판에서, 원고 측은 '집단자결'이라는 용어가 주민의 자발성을 의미한다는 오해를 가져올 수도 있다는 이유에서 '강제집단사' 혹은 '강제사', '군사적 타살' 등의 새로운 명칭을 제시하였다. 야카비 오사무屋嘉比収는 이러한 용어가 새롭게 등장한 맥락을 높이 평가하면서도 이것이 문부성의 교과서 검정이라는 틀을 전제로 한 법정 투쟁 속에서 국가 측의 견해에 대한 대항언설로 형성되었다는 점의 의미를 환기시킨다. 그리고 이 문제를 법정에서 이루어지는 '사실성의 검증'을 넘어서는 기억의 문제로 이해하기 위해 '집단자결'이라는 명칭을 선택한다. 屋嘉比収,

저 상륙한 게라마慶良間제도의 경우 도카시키渡嘉敷섬에서 약 300명, 자마미座間味섬에서 135명, 게루마慶留間섬에서 수십 명이 이로 인해 목숨을 잃었다. "미군에게 붙잡히면 여자는 강간을 당한 뒤 죽임을 당하고 남자는 갈기갈기 찢겨서 죽는다"라고 믿었던 섬 주민들이, 미군이 섬에 상륙하자 친족이나 이웃을 죽이고 자살한 것이 바로 '집단자결'이다.

물론 엄밀하게 말해 '집단자결'은 미야기 하루미宮城晴美가 지적하듯 '서로가 서로를 죽인 것'이 아니다. 많은 경우 어른이 아이들을, 남성 가족구성원이 여성 가족구성원을 죽이고 자신도 따라 죽는 방식으로 이루어진 이 '집단자결'에는, 국가에서 출발하여 군대를 거쳐 가장으로 내려오는 명령계통이 작동하였다.[3] 뿐만 아니라 '집단자결'을 가능하게 했던, 부모가 자식의 생사를 결정할 수 있다거나 여성이 죽음으로써 순결을 지켜야 한다는 사고가 가부장적 논리에 근거하고 있는 것 또한 분명하다.[4] 이렇듯 피해자와 가해자가 주로 가족이나 친지, 이웃과 같은 친

〈戦後世代が沖縄戦の当事者となる試み〉, 《友軍とガマ》, 社会評論社, 2008 참조. 미야기 하루미 또한 "비판해야 할 것은 '집단자결'이라고 표현하는 주민이 아니라 오키나와전투의 본질을 왜곡하는 역사수정주의자"라며, 경험자들이 이를 '집단자결'로서 이야기하고 있다는 등의 이유를 들어 '집단자결'이라는 관용적인 용어를 채택하고 있다. 宮城晴美, 〈座間味島の〈集団自決〉〉, 앞의 책, 80쪽. 이 글에서는 이 사건이 엄밀하게 말해 '자결'이 아니라는 점에 동의하지만, 야카비와 미야기 등의 논의에 근거하여 경험자들이 자신들의 기억을 정의할 때 쓰는 '집단자결'이라는 말을 사용하기로 한다.

[3] 宮城晴美, 앞의 글, 80쪽. 또한 '집단자결'이 일어난 이유 중 하나로 지역사회의 지배구조를 들고 있는 하야시 히로후미林博史는 A.지역의 지도자층(촌장, 관공서 직원, 구장, 조합장, 순사, 교장, 교원), B.성인 남성(재향군인, 방위대원 외/ 아버지 · 남편 등 가장), C-1.소년, C-2.소녀, D.성인 여성, E.노인, F.아이들로 지역의 계층구조를 나누고, 각각의 계층이 '집단자결'에서 어떠한 위치에 있었는지를 분석한다. 林博史, 《沖縄戦 強制された〈集団自決〉》, 吉川弘文館, 2009 참조.

[4] 여성 가족구성원이 강간 피해자가 될 수도 있다는 과도한 공포는 중국 등에 종군하여 저지른 성적 폭력 경험이 전도된 것이기도 하다는 지적으로는 坂元ひろ子, 〈沖縄とアジア社会をジェンダーの視点で読む: 移動,戦争, 〈語ることができる/できない〉記憶の問いかけ〉, 新城郁夫編, 《撹乱する島》, 社会評論社, 2008 참조. 하야시 히로후미나 시마 쓰요시嶋津与志 등도 '집단자결'이 실제로 일어나는 데 중국 등에서 일본군이 저지른

밀한 관계로 묶여 있는 이 참혹한 경험에 대해 살아남은 주민들이 많은 것을 말하려 하지 않았던 것은 어쩌면 당연한지도 모른다. 야카비에 따르면 주민들이 오키나와전투에 대해 공적으로 증언하기 시작한 것은 대체로 오키나와의 일본 복귀(1972)와 오키나와전투 33주기(1978) 이후이고, 여전히 이야기하기를 거부하는 생존자들도 적지 않다.[5] 하지만 2000년대 이후 '집단자결'에 군의 직접적인 명령이 있었는지 여부를 둘러싼 소송과 함께, 교과서의 '집단자결' 서술과 관련해 일본군의 강제와 관련한 기술을 삭제하려는 움직임이 등장하면서 이러한 침묵에도 변화가 나타나고 있다. 《오키나와 타임스》가 2005년 6월부터 〈도전 받는 오키나와전투〉라는 캠페인을 진행하며 수집한 게라마제도 주민 37명의 증언 가운데 약 반수가 전후戰後 처음으로 이야기되는 증언이었다는 사실은 이러한 점을 잘 보여 준다.[6]

그런데 애초에 이처럼 유례없이 참혹한 일이 어떻게 오키나와에서 일어나게 되었을까? 이에 대해서는 일본군의 존재, 외부의 정보가 들어오지 않고 달아날 곳이 없는 폐쇄된 환경, 황민화 교육, 극심한 공포심 등 여러 가지 이유를 들 수 있겠지만, 이 글에서는 '집단자결'에 대한 증언들을 참고로 하여 시간적으로나 공간적으로 타자인 이들이 이러한 극단적인 사건을 어떤 방식으로 이해할 수 있을지를 생각해 보고자 한

폭력 행위에 대한 기억이 중요한 영향을 미쳤음을 지적한다. 林博史, 앞의 책 및 嶋津与志, 《沖縄戦を考える》, ひるぎ社, 1983 참조. 또한 하야시는 '집단자결'이 일어난 게라마제도에서 일본인으로의 동화정책과 황민화정책이 철저히 이루어졌을 뿐 아니라, 강제노동에 동원되어 일본군의 차별과 학대를 받던 조선인 군부와 일본군 위안소에 끌려온 조선인 여성들이 있었다는 점의 중요성을 지적하기도 한다. 즉, 게라마제도의 좁은 섬에는 각주 3에서 언급한 지역사회의 계층구조 외에도 일본-오키나와-조선이라는 식민지 계층구조가 존재하고 있었다는 것이다. 이상의 점에서 볼 때 '집단자결'에는 일본 제국의 문제가 이중으로 그림자를 드리우고 있었다고 할 수 있겠다.

[5] 屋嘉比収, 〈戦後世代が沖縄戦の当事者となる試み〉, 앞의 책, 33쪽.

[6] 謝花直美, 《証言沖縄〈集団自決〉: 慶良間諸島で何が起きたか》, 岩波書店, 2008 참조.

다. 증언을 통해 역사적 사건을 사고하는 이들은 그와 관련한 기억을 당사자로서 끌어안는 것이 가능할까? 혹은 이렇게 희생자 혹은 피해자의 아이덴티티를 확장하기보다 어디까지나 사건의 외부에 있는 이로서 사건과의 비판적인 거리를 유지하는 것이 더 윤리적인 태도일까? 이 같은 물음을 탐구하기 위해 먼저 전후에 일본 본토에서 살고 있는 오키나와 출신 주인공이 '집단자결'이 일어난 가상의 섬 가미시마神島로 찾아가는 내용을 다룬 오시로 다쓰히로大城立裕의 소설 〈가미시마〉를 통해 역사적인 사건의 당사자로 여겨지는 공동체와 그들이 공유하는 기억의 내부와 외부를 어떻게 구분할 수 있을지를 고찰할 것이다.

'집단자결'에 대해 이야기하지 않는 소설

오시로 다쓰히로는 1967년에 오키나와 주민과 일본인, 중국인, 미국인 사이의 중첩되는 가해와 피해 관계를 그려 낸 소설 〈칵테일파티〉를 발표해 아쿠타가와芥川상을 수상한 오키나와 출신 작가다. 작가에 따르면 〈칵테일파티〉의 '본토 버전'인 소설 〈가미시마〉(1968)는 게라마에서 '집단자결'을 명령한 장군이 관광을 위해 오키나와를 찾는 것을 섬사람들이 거부한 사건에서 힌트를 얻어서 집필되었다.[7]

제목인 가미시마는 '집단자결'이 일어난 게라마제도의 가상의 섬 이름으로, 이 섬의 '집단자결'은 오키나와전투에서도 잘 알려진 것으로 그려진다. 1945년 3월 미군이 상륙했을 당시 일개 중대 3백여 명과 비전투원으로 조직된 방위대 70명, 조선인 군부 약 2천 명이 있던 이 섬에

---

[7] 김재용, 〈오시로 다쓰히로 소설가와의 대담〉, 《지구적 세계문학》 6호, 글누림, 2015, 168~169쪽.

서는 미군이 상륙하면서 '집단자결'이 일어나는데, 그 과정은 다음과 같다. 당시 중대장이던 구로키黑木 중위는 미군이 상륙하기 하루 전에 촌장을 거쳐 비전투원을 집결시킨 뒤 "군은 마지막 한 명까지 섬을 사수할 각오다. 식량을 확보하기 위해 도민은 자결하라"라는 명령을 내리고 한 세대에 하나씩 수류탄을 배부한다. 주민들은 처음에는 동요했지만 누군가가 먼저 수류탄의 신관을 뽑기 시작하자 이윽고 '연쇄반응'을 일으키며 여기저기서 수류탄을 폭발시킨다. 수류탄으로 죽지 못한 사람들은 면도칼로 목을 긋기도 하고 아이들의 머리를 괭이로 두드려 부수기도 했다. 소설이 묘사하는 이 같은 과정은 뒤에서 살펴보듯 '집단자결'을 묘사한 많은 증언의 내용과 일치한다. 이렇게 해서 329명이 사망한 이 사건은 "오키나와전투 전체에서 보면 일부분에 지나지 않"[8]지만, 당시 국민학교 교사로서 전쟁이 격화되는 가운데 학생들을 데리고 본토로 소개疎開한 뒤 그대로 거기서 머물다 전몰자 위령제에 초대받은 것을 계기로 23년 만에 다시 섬을 찾은 주인공 다미나토 신코田港真行는 기록되어 있지 않은 섬사람들의 심리와 사건의 진상을 알아내고 싶어 한다. 소설은 이렇듯 다미나토와 섬의 주민, 혹은 섬 바깥에서 온 이들이 과거의 전쟁을 중심으로 대화하는 과정을 그리는 가운데 오키나와와 일본 본토의 관계를 묻는 동시에, 오키나와전쟁과 '집단자결'을 둘러싼 피해와 가해의 복잡한 관계성을 드러낸다.

이는 작가인 오시로 다쓰히로가 오랫동안 천착해 온 문제이기도 하다. 작품이 발표된 1968년은 오키나와의 일본 복귀에 관한 논의가 활발하게 이루어지던 시기였다. 가노 마사나오鹿野正直가 지적하듯 '조국 복귀'를 향한 열정은 한편으로 오키나와와 본토 일본의 관계를 되묻는 사

---

[8] 大城立裕, 〈神島〉, 《神島》, 日本放送出版協会, 1974, 11쪽. 이후 소설 본문에서의 인용은 괄호 안의 쪽수로 표기.

상적 움직임을 낳았는데, 이때를 전후하여 오시로 또한 여러 작품을 통해 오키나와와 일본의 관계성을 고찰했다. 가노에 따르면 1967년 후반부터 복귀가 이루어진 1972년 말에 걸쳐 발표한 약 230여 편의 소설·희곡·시평 등에서 오시로는 동질성과 이질성, 동질감과 이질감, '일본 없이 살고 싶다'는 바람과 '일본 없이 살 수 있는가'라는 의문의 공존, "일면 동족이자 일면 이족" 등의 말로 일본과 오키나와의 양가적인 관계를 표현하였다.[9] 이는 작가 자신이 〈가미시마〉에 대해 "일본에 대한 원망도 있었지만 친밀감도 있는, 동화와 이화 사이에서 흔들리고 있는 복잡한 심경을 표현"[10]하고자 했다고 돌아본 것과도 일치한다. 이 과정에서 '집단자결'을 비롯한 오키나와의 전쟁 체험을 일본과의 관계 속에서 어떻게 기억하고 위치 지을 것인가는 중요한 논점이 될 수밖에 없었다.[11] 오카모토 게이토쿠岡本惠德가 "'집단자결'이라는 비극을 어떻게 받아들일 것인가라는 문제를, 사실을 명확히 하고 책임을 져야만 한다는 입장과 일상의 평온을 지키기 위해 침묵을 지키는 입장을 축으로 그린다."라고 작품의 주제를 요약하며[12] 일상생활의 평온 속에 전쟁의 비극을 묻어 버리고자 하는 의식에 대한 고발을 담고 있다고 평가했듯,[13]

---

[9] 鹿野政直, 《沖縄の戦後思想を考える》, 岩波書店, 2013, 68~69쪽.

[10] 김재용, 앞의 글, 169쪽.

[11] '조국' 복귀를 향한 움직임 속에 오키나와전투 당시의 죽음이 어떻게 국민화되는지를 보여 주는 연구로 北村毅, 《死者たちの戦後誌: 沖縄戦跡をめぐる人々の記憶》, お茶の水書房, 2014 참조. 그에 따르면 오키나와가 '조국'으로 복귀하는 과정에서 유족들이 원호법援護法에 근거한 보상을 받기 위해서는 모든 전사자가 '국가를 위해' 죽은 자로 평준화되어야 했을 뿐 아니라, 죽음을 통한 희생이라는 관념 자체가 오키나와와 본토의 매개로 작용하면서 죽은 자와 산 자의 공동체로서 '조국'을 상상하는 것을 가능하게 했다. 주민들이 만든 곳곳의 납골당에 분산되어 있던 유골이 국가가 건설한 납골시설로 통합되는 역학을 기타무라는 '유골의 일본 복귀'라는 말로 표현한다.

[12] 岡本惠德, 〈大城立裕《小説·神島》: 〈集団自決〉題材に根源的な問い〉, 《現代文学にみる沖縄の自画像》, 高文研, 1996, 68쪽.

[13] 岡本惠德, 〈水平軸の思想〉, 《現代沖縄の文学と思想》, 沖縄タイムス社, 1981.

〈가미시마〉 또한 말하자면 '집단자결'의 책임 문제를 중심으로 오키나와와 일본의 관계를 묻는 데서 출발한다.

하지만 소설에서도 촌장과 함께 섬사람들에게 자결을 권하고 자신은 살아남은 당시의 국민학교 교장 후텐마 젠슈普天間全秀나 전쟁 중에 다미나토와 함께 본토로 소개한 제자들을 비롯한 섬사람들은 전쟁이나 '집단자결'에 대해 이야기하기를 피한다. 섬에 가면 '집단자결' 이야기를 들어 보고 싶다고 말한 다미나토에게 그의 동생이 "글쎄, 섬사람들이 전쟁에 대해 그렇게 기억을 할까, 아니, 그보다 이야기하고 싶어 하지 않는 것 아닐까"(9)라고 말했던 것처럼 말이다. 환영회에서 옛 제자들 몇몇이 부모가 죽은 뒤 섬을 떠났다는 이야기를 들은 다미나토는 나이든 총무과장에게 그들이 왜 죽었는지 묻는다.

"죽었다니…, 전쟁으로요?"
"다 전쟁이지요."
"자결입니까?"
다미나토는 무심코 서둘렀다.
"개중에는 폭격에 당한 사람도 있었지?"
총무과장이 확인하는 얼굴로 둘러보았다.
"어느 쪽이든 그게 그거지요…."
수협장이 허리를 숙였다.
"일본군 병사에게 살해당한 사람도 있고."
"정말로 있었습니까?"(20)

다미나토의 물음에 그 자리에 있던 사람들은 본 사람도 없을 뿐 아니라 전쟁 직후에 마을에 퍼진 이야기지만 누가 그 말을 했는지도 알 수 없다고 대답한다. "동포들끼리 서로 죽인 것"이니 이 문제를 좀 더 "확

실히 하고 싶다"는 다미나토에게 마을의 한 노인은 오히려 "확실히 하지 않는 편이 더 낫다"고 말하기도 한다. 여기서 후텐마 젠슈의 누이동생인 하마카와 야에浜川ヤェ가 일본군 병사와 함께 방공호에서 나간 뒤로 돌아오지 않는 남편의 유골을 계속해서 찾고 있다는 것을 알게 된 다미나토는, 다시 한 번 마을 사람들에게 '집단자결'에 대해 물어보려고 하지만 이번에는 그 말을 꺼내지 않고 삼킨다.

"그렇다면 (…) 전쟁 때의 상황을 조사하려고 해도 실제로 있었던 일은 조사할 수 없다는 말입니까?"

"그게 미묘한 문제여서요…."

촌장이 곰곰이 생각하며 말했다.

"마을 관청에서 2, 3년 전에 전쟁기록을 정리했습니다. 주민 측에서 본 자료로요. 하지만 어째 어딘가 부족해요. 가령 집단자결이라고 해도, 자기가 도끼를 휘둘러서 가족을 죽이고 어쩌다 자기만 살아남았다는 걸 솔직히 말하는 사람은 없고, 목격자라 한들 지금 살아 있는 사람에 대해 노골적으로 말하는 사람은 없거든요."

"결국 추상적인 기록밖에 만들지 못한다는 말입니까?"

촌장은 잠자코 고개를 끄덕였다. (43-44)

다미나토는 어쨌든 추상적인 기록이라도 직접 확인해 보기로 마음먹지만, 그런 마음을 알아차리기라도 한 듯 과거에 학생이었던 청년단장이 '본토에서 오신 분'들은 관여해 봤자 결국 아무것도 안 되기 때문에 너무 파고들지 않는 편이 좋겠다고 그에게 조언한다. 그 이유는 본토 사람은 아무리 조사를 해 봤자 오키나와 사람들의 마음을 이해할 수가 없기 때문이다. 스스로를 오키나와 사람으로 생각한다고 대답하는 다미나토를 다른 청년이 '반半오키나와인'이라고 부르는 이어지는 장면은 이 소설의 주요한 갈등이 어디에 존재하는지를 잘 보여 준다. 현재 섬에는 영화를 찍기 위해 온 요나시로 아키오与那城昭男, 군인이었던 아버지의 행적을 찾기 위해 나가사키長崎에서 온 미야구치 도모코宮口朋子, 하마카와 야에의 아들과 결혼했다 남편이 사고로 죽은 뒤 유골을 가지고 야에를 찾아온 기무라 요시에木村芳枝, 오키나와의 신앙과 생활을 조사하러 온 민속학자 오가키 기요히코大垣清彦라는 네 명의 '본토인'이 있고, 이들과 섬 주민들 사이에 오키나와에서 나고 자랐지만 지금은 본토에서 생활하고 있는 '반오키나와인' 다미나토가 있다. 소설의 갈등은 전쟁의 역사를 둘러싸고 이들 각자의 입장이 겹쳐지거나 대립하는 가운데서 생기고, 이는 역사적 비극을 둘러싼 가해와 피해의 복잡한 관계에 대한 물음으로 이어진다.

예를 들어, 환영회 자리에서 어떤 노인이 일본 군 하사에게 도움을 받았다면서 "이 섬사람들은 집단자결이 어쩌고 하면서 야마토 사람들의 험담만 하지만" 같은 인간으로서 야마토 사람 중에도 좋은 사람은 있다고 말하자, 그 자리에는 긴장된 침묵이 찾아온다. 다미나토는 요나시로에게서 전쟁 당시 섬에 있던 조선인 군부와 위안부에 대한 이야기를 듣는다. 미군이 상륙한 뒤의 혼란 속에서 자연 방공호에 숨어 있던 오키나와 주민은 조선인 군부를 포함한 일본군에 쫓겨났을지도 모르는 한편, 조선인 군부를 학대한 일본 군대에는 야마토인과 오키나와인 둘 다가 포함된다. 민속학자 오가키는 병에 걸린 덕분에 '어리석은' 군대에 끌려가지 않을 수 있었다며, 섬에 있던 일본군에 대해 '일본인의 일원으로서' 부끄러움과 분노를 느낀다고 말한다.[14] 그런 오가키가 보기에 남

---

[14] 군대에 가서 개죽음을 당하기는 싫어서 만주로 도망갔다 병에 걸리는 바람에 징병을 피했다는 오가키에 대한 요나시로의 비판적인 시선은 오시로 자신의 것과도 통한다. 오시로는 한 에세이에서 "적어도 전쟁에 반대했기 때문에 징병 기피를 위해 외지에 달아났다고 나중에 자랑스럽게 말하는 사람을 나는 경멸한다. 그 전쟁 와중에 '달아나는' 것이

편의 유골을 15년 동안 계속해서 찾고 있는 야에의 모습은 가엾기는 해도 '아름다운 민속'인데, 그는 이런 오키나와의 섬에 '일본인의 아름다움의 원형'이 있다고 믿는다. 한편 섬사람들이 일본인에게 괴롭힘을 당한 이야기를 계속하면서도 미국인, 일본인, 오키나와인 할 것 없이 전사자를 한데 묶어 제사를 지내는 것에 줄곧 의문을 제기하는 요나시로는 이런 오가키를 보며 "대체 이 오가키라는 학자는 어느 나라의 인간으로서 이야기를 하고 있는가?", "대체 이 남자는 어느 나라의 인간인가?"(78)라고 자문한다.

이 소설을 관통하는 것은 바로 '집단자결'과 관련하여 제기되는 이 같은 물음이다. 오카모토 게이토쿠는 이러한 물음이 오키나와인들 속에 있는 피해자의식과 관련되어 있다고 지적하는데,[15] 이 점은 무엇보다 후텐마 젠슈와 같은 인물에게서 가장 극명하게 드러난다. 섬사람들은 다미나토와 달리 '집단자결'에 대한 책임을 끝까지 추궁하려 하지 않지만, 실제 오키나와전투에서 젠슈와 같은 마을의 지도자적 인물이 주민들을 '집단자결'로 동원하는 데 일정한 역할을 했음을 생각하면, 손지연이 지적하듯 이를 '일본 본토=가해 vs. 오키나와=피해'의 구도만으로는 설명할 수 없다.[16] 또한 다미나토의 옛 제자가 부모님의 안부를 묻는

'저항하는' 것과 같았는지 어땠는지는 논의의 여지가 있겠지만, 그때를 지난 시점에서 자신의 선견지명을 자랑하는 것은 용서하기 어렵다"라고 쓰기도 했다.

[15] 岡本惠德, 앞의 글, 69쪽.

[16] 손지연, 〈전후 오키나와(인)의 성찰적 자기서사 《신의 섬(神島)》: '오키나와 전투'를 사유하는 방식〉, 《한림일본학》 제27집(9), 224쪽. 오키나와와 일본 본토를 둘러싼 이 피해와 가해의 문제는 '집단자결'이 군에 의해 강제되었는지 혹은 자발적으로 이루어졌는지에 대한 대립되는 해석과도 관련 있을 것이다. 강성현은 1982년 역사교과서 검정 과정에서 오키나와 주민 학살과 관련한 내용이 삭제되면서 오키나와 현을 중심으로 반발이 확산되고 이것이 이에나가 사부로의 교과서 소송으로 이어지는 가운데 불거진 '집단자결인가 주민 학살인가'라는 논란이 '집단자결'에 이르는 과정을 단순화하여 오키나와 주민들이 집단자결이라는 죽음으로 동원되는 과정과 성격의 복잡한 실상을 은폐하고 있다는 문제의식에 입각하여 '집단자결'에 대한 연구사를 검토하였다. 이에 따르면 노

질문에 "어머니는 목에 면도칼 상처가 희미하게 남아 있어요. 아버지는 상처가 없는데 말이죠"라고 대답하는 부분은 '집단자결'이 오키나와 내부, 공동체 내부에서도 좀 더 복잡한 가해와 피해 관계 속에서 이루어졌음을 상기시켜 준다.

나가사키 출신인 도모코에 이르면 오키나와전투를 포함하는 전쟁의 가해와 피해 경험이 오키나와라는 지리적 범주를 벗어나서 한층 더 복잡하게 얽힌다. 도모코는 원폭 피해자들이 자신들의 고통을 다른 사람이 알 수 없다고 생각하고 있다며, 그 경험을 무척 열심히 이야기하는 사람도 있고 전혀 이야기하지 않는 사람도 있다고 요나시로에게 말한다. 그녀는 섬에서도 원폭에 대한 이야기를 한 적이 있지만, 그럴 때 섬사람들은 일단은 동의를 표한 뒤 이야기를 섬의 전쟁에 대한 것으로 가져가곤 한다. '집단자결'에 관여한 후텐마는 도모코가 원폭 이야기를 하면 외면하고 가 버린다. 이렇게 소설은 희생자로서의 일본이라는 내서

마 필드Norma Field, 도미야마 이치로冨山一郎, 야카비 오사무 등의 연구자들이 등장하는 1990년대 중반 이전의 '집단자결'에 관한 논의는 자발인가, 강제인가 혹은 가해인가, 피해인가라는 구도 아래에서 이 사건의 성격을 단순화하는 경향이 있었다. 강성현, 〈'죽음'으로의 동원과 이에 대한 저항 가능성: 오키나와 '집단자결集団自決'의 사례를 중심으로〉《민주주의와 인권》6(1), 2006. 4. 단, 손지연도 지적하듯 〈가미시마〉가 다루는 문제의식은 오시로가 이미 60년대 후반부터 이러한 문제에 자각적이었음을 보여 준다. 또한 '집단자결'과 오키나와전투를 포함한 전쟁 책임과 관련한 문제에서 오키나와가 단순한 피해자가 아님을 인식한 논자 또한 적지 않았다. 福間良明,《焦土の記憶》, 新曜社, 2011, 205~208쪽 참조. 후쿠마는 오시로와 마찬가지로 오키나와 내부의 '전쟁 책임 추궁'이라는 문제를 직접 제기한 가와미쓰 신이치川満信一를 비롯해 '집단자결'이 일본군과 오키나와 주민 사이의 문제인 동시에 '강자'와 '약자'의 문제, 일본군 내부 및 오키나와 주민들 사이에 존재하는 히에라르키의 문제이기도 함을 지적한 오시로 마사야스大城将保 등을 그 예로 들고 있다. 가령 오시로(시마 쓰요시)의 경우《오키나와 전투를 생각한다》에서 육군병원에 있던 5~7천 명에 이르는 중병환자의 '자결'에 대해 언급하면서, '집단자결'이 결국 걸리적거리는 약자를 먼저 처치한다는 전장의 논리, 군대의 논리에 근거하고 있다는 점, 군 내부 그리고 오키나와 주민 가운데 약자와 강자의 구분이 존재하고 있었다는 점을 분명히 지적하고 있다. 嶋津与志, 앞의 책, 224~226쪽 참조.

널한 정체성을 만들어 내는 데 가장 기여했다고도 할 수 있는 원폭의 기억이 오키나와의 희생과 어떻게 겹쳐지고 어긋나는지를 보여 준다. 오키나와인 주민을 죽였을지도 모르는 일본군 아버지를 둔 도모코가 원폭의 피해자라는 사실은, 이 소설이 다루는 오키나와전투의 중층적인 가해자와 피해자 관계를 한층 더 복잡하게 만드는 것이다. 때로 홀로코스트의 특수성을 주장하는 논의에 대해 제기되는 비판처럼, 히로시마·나가사키의 원폭 피해를 이야기하는 것은 물론 가해의 역사를 가리는 '스크린'으로 기능할 수 있다. 그렇다면 본토인·일본인이라는 가해자성과 피폭자라는 피해자성, '집단자결'과 황민화 교육의 희생자로서의 오키나와 주민이라는 피해자성과 일본군·일본인의 일원이라는 가해자성은 어떻게 제로섬 게임이 되거나 고통의 위계를 정하지 않는 방식으로 양립할 수 있는가?[17] 소설은 이러한 물음을 제기하면서, '집단자결'과 같은 고통은 그 고통을 공유한다고 여겨지는 공동체의 경계 바깥에서는 쉽게 공유할 수 없는 것으로 그려 나간다.

그렇기에 "어느 나라의 인간으로서 이야기를 하고 있는가?"라는 물음은 '집단자결'과 같은 과거에 대해 조사하거나 알리려고 하는 다미나 토나 요나시로 자신에게도 똑같이 제기된다. 요나시로는 도모코의 이야기를 들으면서 "섬의 비극을 원폭의 비극과 한줄기로 생각하는 것까지는 좋다. 하지만 거기서 멈춘다. 살아 있는 사람이 죽은 사람에게 빚을 지고 있다는 착안도 좋다. 역시 원폭의 땅에서 자란 사람이 생활에서 얻은 것이리라"(96)라는 판단을 내린다. 여기서 그가 문제시하는 것은 죽은 사람의 경우에는 가해와 피해가 무화된다는 점이다. 죽은 사람, 즉 희생자의 가해자성을 철저하게 규명하려는 요나시로는 결국 야

---

17 특히 홀로코스트를 둘러싼 이러한 문제의식에 대해서는 Michael Rothberg, *Multidirectional Memory: Remembering the Holocaust in the Age of Decolonization*, Stanford University Press, 2009 참조.

에의 남편이 도모코의 아버지일지도 모르는 군인에게 살해당했을지도 모른다는 사실을 그녀에게 이야기하고, 이를 안 도모코는 야에와 함께 유골을 찾으러 갔다 땅에 묻혀 있던 불발탄을 잘못 건드리는 바람에 목숨을 잃고 만다. 유골이 야에의 남편의 죽음의 진실을 의미한다면, 그것은 그 죽음에 책임이 있을지도 모르는 본토 일본인의 희생을 통해서 얻어지는 셈이다. 과거를 잊으려고 하는 섬사람들과 달리 남편의 뼈가 돌아오지 않았다는 이유로 아직도 끝나지 않은 전쟁을 살고 있던 야에는 이로써 평화를 얻는다. 그리고 도모코의 죽음을 둘러싸고 위령제를 보기 위해 와 있던 본토 사람들은 야에를 비난하고 반대로 섬사람들은 본토 사람인 요시코에게 시어머니의 유골 찾기를 돕지 않은 책임을 돌리는 사이, 다미나토는 결국 '집단자결'에 대해서는 특별한 증언을 얻지 못한 채 섬을 떠나게 된다.

이렇게 보면, 소설이 '집단자결'의 진실을 둘러싼 여러 입장을 담아내고 있음을 분명히 알 수 있다. 먼저, '집단자결'을 체험한 사람들이 죽었거나 살아남았을 경우에도 침묵한다는 점에서 글자 그대로의 의미에서의 증언은 거의 부재한다. 그 가운데 아직도 전쟁이 끝났다는 의미에서의 전'후後'를 살아가지 못하는 야에가 있다. 섬의 무당이기도 한 그녀는 신성한 예배 구역이었던 동굴 안에 들어가서 죽은 마을 사람들의 유골을 그대로 내버려 두고 있다. 섬과 본토의 경계에 있으며 외부자인 동시에 내부자이기도 한 다미나토는 '집단자결'의 진실을 알고 싶어 이런저런 질문을 던지지만, 마을 사람들의 침묵과 외면 앞에서 결국 아무것도 알아내지 못한다. 마지막에 그가 깨닫는 것은 도모코의 죽음에는 그것을 책임질 만한 어떤 특정한 죄인도 없다는 것이고, 이는 어쩌면 '집단자결'에 가담하게 된 섬의 지도자들에 대해서 혹은 주민들에게 수류탄을 건넨 특정한 개인으로서의 군인에 대해서조차 똑같이 할 수 있는 말일 것이다. 하지만 추상적인 '전쟁'에 책임을 돌리는 것은 누구에게나 가능한 일이며, 그는 모든 인간이 얼마든지 그런 식으로 책임을 모면할 수 있음을 안다. 전쟁과 '집단자결'의 진실을 알려야 한다고 믿는 요나시로는 도모코에게 그랬듯 외부의 객관적인 입장에서 섬사람들을 비판하는 동시에 가해와 피해를 정확하게 따지려고 한다. 하지만 이렇게 가해와 피해를 둘러싼 역사적인 진실을 끝까지 추궁하려는 그가 밝혀낸 가해의 진실은 도모코의 죽음을 가져오고 마는 것이다.

증언의 단편들을 통해 '집단자결'의 진실로 다가간다면

신조 이쿠오新城郁夫는 '집단자결' 경험자인 긴조 시게아키金城重明의 수기 《'집단자결'을 마음에 새기고》를 통해 말이라는 단서로 '집단자결'과 같은 폭력의 기억을 체험자와 비체험자가 주고받을 수 있는 가능성을 모색한다. 1945년 3월 말에 도카시키에서 '집단자결'을 경험하고 살아남아 목사가 된 긴조의 증언에서 신조가 읽어 내는 것은 이 사건을 설명하는 언어 행위 자체에 내재한 한계인데, 이렇게 침묵에 에워싸인 말 속에서 "이해불가능한 무언가를 보고 말았다"라는 경험의 임계점이 분명히 드러난다.

저희 주민들은 이심전심으로 사랑하는 육친을 죽였습니다. 흡사 지옥도 같은 아비지옥이 펼쳐졌습니다. 면도칼이나 낫으로 경동맥이나 손목을 자르기도 하고, 끈으로 목을 조르기도 하고, 곤봉이나 돌로 머리를 때리는 등 전율할 만한 갖가지 방법이 쓰였습니다. 어머니에게 손을 댔을 때 저는 비통한 나머지 오열했습니다.

저희는 '살아남는' 것이 무서웠습니다.[18]

'집단자결'에 대한 이 같은 증언은 시간의 회귀를 가져오고, 증언자들은 이 증언 속에서 그 시간에 영원히 머무르게 된다고 신조는 지적한다. 왜냐하면 이 이야기하는 행위 자체가 과거에 일어난 사건을 현재화하고 있기 때문이다. 그리고 우리는 이 증언의 말을 통해 그 속에서 절대적으로 침묵하고 있는 '어머니'의 시선과 마주치고 그들의 눈을 통해 일상에 가려져 있던 전장의 광경을 본다.[19]

부모가 자식을, 할아버지가 손자 손녀를, 삼촌이 친척을…. 수류탄을 폭발시키고 손도끼나 낫으로 자르고 바위에 내리치고 불속에 집어던져서 가족을 자기 손으로 죽였다. "당시의 광기와 같은 상황은 어떤 말로 해도 요즘 사람들은 이해하지 못할 거야." 실제로 '집단자결' 경험자인 어머니 세대는 당시의 모습에 대해 거의 이야기하지 않았다.

"쓸쓸하고 슬프고 무서운 이야기니까. 이야기하는 것은 봉인해 온 것, 딱지가 앉기는커녕 흉터가 된 곳을 파헤쳐서 생생한 상처를 만드는 거야. 체험자는 상처가 깊을수록 이야기를 하지 않아"라고 쓰네히코 씨는 이야기한다.[20]

〈증언 오키나와 '집단자결'〉에 등장하는 미야자키 쓰네히코의 증언에서도 볼 수 있듯, '집단자결'의 정황 자체는 긴조뿐 아니라 많은 체험자들의 증언에서 유사하게 나타난다. 체험자들의 이러한 말을 단서 삼아

[18] 金城重明,《〈集団自決〉を心に刻んで》, 高文研, 1995, 54쪽.
[19] 新城郁夫, 〈〈死にゆく母〉のまなざし〉, 《沖縄の傷という回路》, 岩波書店, 2014, 133쪽.
[20] 謝花直美. 앞의 책, 100쪽.

절대적으로 침묵하는 피해자의 시선과 마주하기 위해서는, 물론 이 언어가 보여 주지 않는 부분에 대한 상상력이 필요할 것이다. 하지만 이 이해할 수 없는 폭력을 증언을 통해 추체험하고 기억을 나누어 가지는 것은 이 사건 자체를 이해하는 것과는 또 다르다. 실제로 긴조 또한 당시의 오키나와 문화가 멸시를 받음으로써 오키나와인의 콤플렉스를 만들어 냈고, 이러한 콤플렉스에서 벗어나 '일본인이 되기' 위한 황민화 교육이 철저히 이루어졌다고 지적하면서, 무엇이 '집단자결'을 가능하게 했는지를 사고하고자 한다. 물론 긴조 자신의 말처럼 교육만으로 이런 식의 연쇄적인 폭력이 일어나지는 않는다. 긴조는 '집단자결'이 일본군이 배치된 섬에서만 벌어졌다는 사실을 상기시키면서, '집단자결'의 배후에 일본군과 주민의 공존과 군의 압력이 존재했음을 분명히 한다. '집단자결'의 군 명령 유무에 대한 재판에서 군 명령의 존재를 부정하는 원고 측 주장의 근거로 사용되기도 했던 미야기 하쓰에宮城初枝의 증언에서도 당시 마을 사람들이 "싸워 이길 때까지"[21] 군에 협력하고 군과 함께 행동하는 것을 당연히 여겼음이 뚜렷이 드러난다. 하쓰에 자신도 한 일본군 중사가 "도중에 만일의 일이 생겼을 경우에는 일본 여성으로서 훌륭하게 죽으라"며 건넨 수류탄을 가지고 있다는 점이나 군인에게 자결용 수류탄을 받았다는 다른 증언에서도 군인과 주민의 밀접한 관계를 확인할 수 있다. 재판은 증언을 통해 '집단자결'을 지시하는 명확한 언명을 찾아내려 하지만, 도미야마 이치로가 말하듯 '집단자결'을 명하는 언어 행위가 온갖 장면에서 "○○를 명한다"라는 방식으로 이루어지는 것이 아님은 명명백백하다.[22]

---

[21] 宮城晴美, 《新版 母が残したもの: 沖縄・座間見島〈集団自決〉の新しい真実》, 高文研, 2008, 16쪽.

[22] 冨山一郎編, 〈座談会〉, 《記憶が語りはじめる》, 東京大学出版会, 2006, 239쪽.

여기에 더해 '집단자결'을 이야기하는 증언을 통해 알 수 있는 것은, 이 일이 종종 집단적인 일체감으로 고양된 상태에서 이루어졌다는 점이다. 마을 사람들이 모두 '옥쇄'했다고 믿은 사람들은 남겨지지 않기 위해 죽음을 서두르고, 결국 모두가 함께 죽을 거라는 생각은 가족을 제 손으로 죽이는 행동까지 가능하게 만든다. 따라서 많은 증언에 공통적으로 나타나듯, 때로 '집단자결'은 이러한 일체화된 고양감이 깨지는 순간 정지되곤 한다.

한 아이의 "죽고 싶지 않아"라는 절규는 방공호 안에 있던 어른들을 흥분 상태에서 제정신으로 돌려놓았다.[23]

원 안에서는 불발된 수류탄을 보고 "다른 가족들의 뒤에 남겨지는가" 하며 초조해하는 목소리도 오갔다.

그때였다. 유스케 씨와 요시카쓰 씨의 모친 우시 씨(당시 50세)가 큰소리로 외쳤다. "봐, 신슈 오빠는 신보를 업고 있어. 그래, 살아 있을 동안은 살아 있어야 해."

그리고 우시 씨는 수류탄을 쥐고 있던 유스케 씨에게 손짓을 섞으면서 강한 어조로 지시했다.

"유스케, 수류탄은 버려. 죽는 건 언제든지 가능하니까. 봐, 오빠들을 쫓아 달아나자."

서 있던 친척 남성이 실은 어떻게 하려고 했는지는 알 수 없다. 하지만 우시 씨의 박력에 압도된 듯 집단은 일어났다. 요시카쓰 씨는 "우리 앞에 집단이 또 하나 있었다. 다른 가족은 한창 자결하는 중이었다"라고 이야

---

[23] 宮城晴美, 앞의 책, 133쪽.

기한다.[24]

   혼자 미군에 붙잡히는 것이 죽기보다 두려웠던 사람들은 나뭇가지에 끈이나 옷가지로 목을 걸고 다 같이 경사면을 미끄러져서 동시에 죽으려고 한다. 하지만 도중에 누군가의 나뭇가지가 부러지거나 하는 바람에 동시에 죽을 수 없게 되자 '집단자결'은 거듭 유예된다. 그런 중에 나무에 열린 빨간 열매를 먹은 한 체험자는 입속에 새콤한 맛이 퍼지자마자 무언가가 달라졌다는 것을 깨닫는다. 어떤 사람들이 "살아남은 우리가 이제부터 섬을 지키자"라는 말을 꺼내자 사람들의 마음속에서는 죽겠다는 생각이 사라진다. 한 가족의 경우, 함께 죽으려고 수류탄에서 안전핀을 빼내려는 순간 조모가 "나는 방공호에 간 둘째 아들과 함께 죽고 싶다"는 말을 남기고 그 자리를 떠나고, 그 순간 죽음을 향해 하나가 되어 있던 사람들의 마음이 흐트러진다. 심상치 않은 분위기를 느끼고 "나는 죽지 않을 거야, 나는 절대로 죽지 않을 거야"라며 달아나려고 한 아이의 행동은 죽음을 결의하고 있던 어른들의 긴장감을 끊어 놓는다. 야카비가 분명히 지적했듯,[25] '집단자결'을 멈추는 것은 공동체와 합일된 자기 목소리에 균열을 내는 '타자의 목소리'에 귀를 기울이느냐 마느냐의 분기점에 달려 있음을 '집단자결'에서 살아남은 사람들의 증언은 보여 준다.

   하지만 보통 가족 내의 약한 존재가 가지고 있는 이 타자의 목소리는 또 다른 타자의 존재에 의해 무화될 수 있다.

   "원숭이가 걷고 있어." 할머니가 외쳤다. 처음 보는 미군 병사의 모

---

24 謝花直美, 앞의 책, 39~40쪽.
25 屋嘉比收, 앞의 글, 63쪽.

습에 두려워 떨었다.[26]

　'집단자결'을 촉발한 것 중 하나는 섬에 상륙한 실제 미군들의 존재였고, '귀축영미鬼畜英米' 사상을 주입받은 주민들은 미군에 대한 공포에 떨었다. 하지만 위에 인용한 증언에서 분명히 드러나듯, 때로 그러한 공포심을 가중시키는 것은 겉보기의 타자라는 존재 자체이기도 했다. '집단자결'의 강제성이 문제됨에 따라 침묵을 깨고 새롭게 증언하는 체험자들이 다시 떠올리기조차 괴로운 기억을 이야기하는 이유는, 많은 경우 그것이 역사의 진실을 지키는 일이기 때문이었다. "많은 사람이 죽은 '집단자결'에 대해 이야기하는 것은 괴롭다. 두 번 다시 전쟁을 일으키지 않기 위해 도움이 된다면 우리가 이야기함으로써 역사의 진실을 남겨야만 한다",[27] "'집단자결' 체험은 늘 머릿속에 있다. 3백 명쯤 되는 사람들이 죽었으니까. 그래서 가능한 한 시간을 들여서 잊어버리려, 잊어버리려 노력해 왔다. 그런데 또 이런 일이 일어나다니…. (…) 군이 건넨 수류탄이 주민의 '집단자결'에 쓰였다. 그래도 군의 책임은, 군 명령은 없었다고 할 수 있는가?"와 같은 체험자들의 발언은 현재 '집단자결'의 증언이 읽히고 쓰이는 방향을 분명히 보여 준다. 그리고 이는 군의 직접 명령 여부에 문제를 축소시키며 '집단자결'에 대한 군의 개입을 부정하려는 역사수정주의에 대항하려는 체험자의 절실한 목소리이기도 했다. 하지만 그 의의와는 별개로, 사랑하는 가족을 무참하게 죽이는 일을 실제로 가능하게 했던 이 '타자'의 존재에 대한 거의 본능적인 두려움이 어디에 존재하는지도 물어야 할 것이다. 그리고 이것이 "극도

---

26 謝花直美, 앞의 책, 187쪽.
27 앞의 책, 64쪽.

의 긴장과 집중 속에서 어느 한 점에서 일어나는 극한적인 사건"[28]으로서의 '집단자결'을 '우리'의 것으로서 사유하기 위해 필요한 물음 중 하나다.

오카모토 게이토쿠가 〈수평축의 사상〉에서 제기한 물음을 이와 연관하여 읽을 수 있을 것이다. 도카시키섬의 "굴절된 '충성심'과 공동체의 생리가 이 비극을 낳았다"는 이시다 이쿠오石田郁夫의 말을 인용하면서 오카모토는 '집단자결'을 지탱한 것이 일면 이 같은 공동체의식 혹은 '공동체의 생리'일 수도 있었음을 인정한다.[29] 이는 앞서 살펴본 '집단자결' 현장에서 공통적으로 목격된 공동체의 일치감과도 다르지 않을 것이다. 하지만 오카모토는 여기서 한 발 더 나아가 이 같은 공동체의식이 어째서 공생이 아니라 자기부정의 방향으로 나아갈 수밖에 없었는지를 묻는다. 오카모토가 보기에 복귀운동은 오키나와의 공동체의식이 '공생'의 방향으로 나아간 결과이기도 했는데, 이때 공동체의식에 근거한 이 운동이 설정한 것은 '이민족 지배로부터의 탈각'과 '조국 복귀'라는 조직화의 논리였다. "'도카시키섬의 집단자결 사건'과 '복귀운동'은 (…) 한 가지가 두 가지로 나타난 것"이라는 오카모토의 말은 바로 이 점에 근거한다. 일상생활의 질서를 위협하는 근거로 '이민족'이 지정되는 동시에 이 같은 위기를 구원하는 존재로서 '조국'이 미화되는 상황은, 앞서 보았듯 오키나와 주민이 어엿한 일본인으로서 '집단자결'에 동원되는 과정이 미군이라는 타자의 가시적인 존재에 의해 촉발되는 상황과 포개진다.

물론 이로부터 오카모토는 양자의 공동체의식에서 '집단자결'과 72년 반환으로 귀결되지 않을 가능성을 모색하지만, 여기서는 공동체의식을

---

[28] 林博史, 앞의 책, 204쪽.

[29] 岡本恵徳, 〈水平軸の思想〉––〉 *** 岡本恵徳, 앞의 글.

둘러싼 오카모토의 논의가 '집단자결'을 도카시키섬이라는 특수한 환경에 기인하는 것으로 보는 것이 아니라 오키나와의 모든 사람들에게 일어날 수 있으며 같은 조건 아래에서라면 오카모토 자신이 일으킬지도 모르는 일로서 대상화하고자 했다는 점에 주목하기로 한다. 앞서 언급한 신조의 말처럼 증언을 듣는 이는 상상을 통해 체험자의 기억을 나눠가질 수 있지만, 때로 청자는 사건의 바깥에서 증언을 듣고 심지어 다양한 판단을 내리는 외부자가 되기도 한다. 〈가미시마〉에서 요나시로가 원폭과 관련한 도모코의 이야기를 들으며 이런저런 평가를 내리듯, 혹은 '집단자결'의 진실을 알고자 하는 다미나토가 '반오키나와'인으로 외부화되는 가운데 결국 어떠한 증언도 얻지 못하고 섬을 떠나가듯, 쉽게 언어화될 수 없는 사건의 단편적인 증언을 통해 그것을 이해하고자 하는 이는 종종 스스로를 사건의 외부에 놓게 된다. 그 같은 증언을 듣고 있는 이상 어쨌든 그 같은 일을 자기 자신이나 사랑하는 사람들에게 저지른 인간은 '나'가 아닌 것이다. 사건과 청자의 사이에는 시간적이고 공간적인 거리뿐 아니라, 〈가미시마〉나 오카모토가 제기하는 것처럼 어떠한 공동체에 속하느냐의 문제 또한 개재하고 있다. '집단자결'을 묘사하는 증언에서 느끼는 이해할 수 없는 끔찍함은, 마치 남의 일을 보듯 반응하는 청자의 위치가 어디인지를 확실히 묻게 만든다.

한편, 오카모토의 논의를 '당사자성의 획득'이라는 말로 달리 표현한 야카비를 경유하여 신조는 이 "일으킬지도 모른다"라는 미연의 시제에 주목한다.[30] '당사자성의 획득'이란 과거 사건에 대한 '공감적 자기이입'과 일맥상통하며 대상을 어디까지나 '타자'로 인식함으로써 '체험'을 '경험'으로 보편화할 수 있어야 한다는 우에무라 다다오上村忠男를 비판하면서, 신조는 '듣는' 행위가 '나' 혹은 우리의 동일성에 균열을 낼 수 있

---

[30] 新城郁夫, 앞의 책, 71쪽.

음을 강조한다. 만일 증언을 들음으로써 실제로 외부에서 질문하고 판단하는 청자의 안전한 위치가 흔들린다면, 오키나와의 상처는 증언을 '듣는' 행위를 통해 다른 시공간의 상처와 종횡으로 이어지며 그야말로 신조가 말하는 하나의 '회로'를 형성할 수 있을지도 모른다. 하지만 이를 위해서는 끔찍함을 넘어서려는 상상력과 노력 또한 필요할 것이다.[31]

과거도, 바깥도 아닌

'집단자결'에서 피해와 가해는 〈가미시마〉가 잘 보여 주는 것과는 조금 다른 양상으로 겹쳐져 있다. 예컨대 '집단자결'을 일으킬 수 있다고 할 때, 그것은 물론 단독적으로 '자결'하는 행위를 가리키지 않는다. 실제 생존자가 많은 경우 그러하듯, 이 말에 '집단'이 포함되어 있는 이상 '집단자결'을 경험한 사람은 자신이 아니라 가족의 약한 구성원을 살해했을 가능성이 더 높다. 그렇기 때문에 그 경험은 왕왕 살아남은 사람에게 기억하고 싶지 않은 고통을 주었겠지만, 여기서는 단지 각각 다른 맥락에서의 가해와 피해가 중첩되는 것이 아니라 '집단자결'을 가능하게 한 구조와 심리의 '피해'에 대한 증언 자체가 곧장 실제로 '자결'하지

---

[31] 절멸수용소의 가스실을 찍은 네 장의 사진을 다룬 글에서 조르주 디디 위베르만은 이미지가 사건의 진실을 가리는 베일이라는 비판에 대해 '하나' 이미지 또는 '전체' 이미지가 아닌 '갈라진 틈-이미지'라는 개념을 제시한다. 이미지의 증가와 결합은 보여지거나 말할 수 없다고 일컬어지던 것들을 보여 주고 말하기 위한 경로를 형성하는데, 여기서 디디 위베르만이 무엇보다 알기 위해서는 스스로 상상해야 함을 누차 강조하고 있다는 점에 주목해 볼 수 있을 것이다. 증언의 존재 자체는 '말로 표현할 수 없다'는 관념을 반박하지만, 부분적인 증언이나 이미지를 통해 (사건을 포획하는 것이 아니라) 사건에 끝없이 접근하는 과정에서 필요한 것은 상상이라는 '노동'이다. 조르주 디디 위베르만, 《모든 것을 무릅쓴 이미지들》, 오윤성 옮김, 레베카, 2017 참조. 물론 분명 누군가는 그 같은 '노동'을 기꺼이 거절할 것이므로, 그 거절에 어떻게 개입할 수 있을지를 생각하는 것은 중요한 과제로 남아있다.

않은 이들에 대한 '가해'의 증언이 된다는 점이 이 사건을 이해하는 것을 더욱 복잡하게 만든다. 이때 '집단자결'을 "일으킬지도 모르는" '당사자성'은 어디에 존재할 수 있을까?

평소처럼 학교에서 돌아와 할아버지, 할머니 집에 갔을 때 일이다. 산양의 음침한 울음소리에 예삿일이 아니라고 생각한 나는 집 뒷마당에 있는 산양 우리로 달려갔다. 웬걸, 거기서는 할아버지가 뒷다리를 묶은 산양을 공중에 매달아 죽이고 있었다. 잘린 목에서 뚝뚝 떨어지는 산양의 피를, 준비되어 있던 양동이가 받고 있었다. 산양을 죽일 때, 어른들은 아이들이 근처에 있지 않은 것을 확인하여 결코 그 모습을 보이려 하지 않았다.

나는 할아버지가 눈치 챌까 봐 조마조마하며 그늘에서 살며시 엿보고 있었다. 그때 뒤에서 갑자기 할머니가 말을 걸었다. 나는 심장이 튀어나올 정도로 놀랐다. '혼나겠다' 하고 몸을 움츠렸다. 그런데 할머니는 나를 혼내지 않고 자그맣게 하지만 할아버지에게도 들리게끔 "이 사람은 목 자르기 전문이니까"라고 내뱉었다. 놀란 듯 고개를 든 할아버지의 표정은 순식간에 울음을 터뜨릴 것 같은 쓸쓸한 얼굴로 바뀌었다. (…)

철들었을 무렵 어머니에게 들어 사정은 알고 있었지만 할머니의 '목 자르기 전문' 발언 이후 나는 가다랑어포 제조장의 소음이 들려와도 견학하러 가는 일을 그만두었다. 가다랑어를 해체할 때는 우선 목에 식칼을 넣어서 대가리를 자르는 데서부터 시작한다. 그것을 봄으로써 할아버지가 '괴물'이 되어 가족의 목을 자르는 장면을 상상할 것 같아 가다랑어 해체 풍경을 견학할 마음이 들지 않았던 것이다.[32]

[32] 宮城晴美, 앞의 책, 88~90쪽.

'집단자결'에서 살아남은 미야기 하루미의 할머니는 할아버지를 '목 자르기 전문'이라고 불러서 어린 그녀를 놀라게 했다. 이 '목 자르기 전문'이란 말할 것도 없이 '집단자결'에서 가족을 죽이기 위해 면도칼로 그들의 목을 잘랐던 무수한 (주로 남자) 어른들의 행위와 겹쳐지는 표현 이며, 어쩌면 '집단자결'의 참혹한 상황에 대한 증언보다 더 독자를 섬 뜩하게 만든다. 과거는 과거로서 끝나지 않고 불쑥 현재를 침범한다. 그리고 할머니와 할아버지의 일상은 명시적인 말로 표현되지 않을 때 에도 줄곧 이어지고 있는 '집단자결'의 경험 속에서 존재하고 있음을 이 장면은 선명하게 보여 준다. 언뜻 평온해 보이는 일상에 던져진 할머니 의 말에서 어떠한 감정을 찾는다면, 그것은 아마 살아난 사람들의 증언 에서는 잘 드러나지 않는 깊은 원망일지도 모른다. 그리고 이를 수집하 는 작업은 아직 시작되지 않고 있는 것처럼 보인다.

　그렇다면 '집단자결'로 인해 죽은 이가 자신을 죽이고 살아남은 이에 게 품는 감정이란 어떤 것일까? 〈가미시마〉는 '집단자결'에 대해 이야 기하기가 얼마나 어려운지를 이야기하는 소설이었고, 지금도 여전히 '이야기'로조차 거의 다시 쓰이지 않고 있는 이 사건에서 그것을 상상하 기란 어렵다. 〈가미시마〉에서 볼 수 있듯 사건에 대한 조사가 '추상적 인 기록'으로 끝나는 데에는 어쩌면 이러한 이유도 있을 것이다. 더욱 이 '집단자결'과 오키나와전투를 둘러싸고 중첩되는 가해와 피해의 관 계 속에서는 죽은 이들조차 무고하지 않을지 모른다. 증언을 통해 사건 을 알고자 하는 이는 그 복잡한 관계 속 어디에 위치할까? 오키나와의 기지를 둘러싸고 지금도 이어지는 투쟁을, 혹은 무수한 곳에서 무수하 게 일어나는 언젠가는 역사가 될 비극적인 사건들을 생각하면, 적어도 '집단자결'에 대해 제3자인 척 논평할 수 있는 자리는 존재하지 않는다 는 것만은 분명하다.

大城立裕, 〈神島〉, 《神島》, 日本放送出版協会, 1974.

岡本恵徳, 〈水平軸の思想〉, 《現代沖縄の文学と思想》, 沖縄タイムス社, 1981.

岡本恵徳, 《現代文学にみる沖縄の自画像》, 高文研, 1996.

鹿野政直, 《沖縄の戦後思想を考える》, 岩波書店, 2013.

北村毅, 《死者たちの戦後誌: 沖縄戦跡をめぐる人々の記憶》, お茶の水書房, 2014.

金城重明, 《〈集団自決〉を心に刻んで》, 高文研, 1995.

嶋津与志, 《沖縄戦を考える》, ひるぎ社, 1983.

新城郁夫編, 《撹乱する島》, 社会評論社, 2008.

新城郁夫, 《沖縄の傷という回路》, 岩波書店, 2014.

謝花直美, 《証言沖縄〈集団自決〉: 慶良間諸島で何が起きたか》, 岩波書店, 2008.

冨山一郎編, 〈座談会〉, 《記憶が語りはじめる》, 東京大学出版会, 2006.

林博史, 《沖縄戦　強制された〈集団自決〉》, 吉川弘文館, 2009.

福間良明, 《焦土の記憶》, 新曜社, 2011.

松島泰勝, 《琉球独立論: 琉球民族のマニフェスト》, バジリコ株式会社, 2014.

屋嘉比収編, 《友軍とガマ》, 社会評論社, 2008.

강성현, 〈'죽음'으로의 동원과 이에 대한 저항 가능성: 오키나와 '집단자결(集団自決)'의 사례를 중심으로〉, 《민주주의와 인권》6(1), 2006.

김재용, 〈오시로 다쓰히로 소설가와의 대담〉, 《지구적 세계문학》 6호, 글누림, 2015.

손지연, 〈전후 오키나와(인)의 성찰적 자기서사 《신의 섬(神島)》: '오키나와 전투'를 사유하는 방식〉, 《한림일본학》 제27집(9), 2015.

무젤만과 증언의 윤리

임 경 규

* 이 글은 조선대학교 인문학연구원 《인문학연구》 제54집(2017.8)에 게재된 원고를 수정 및 보완하여 재수록한 것이다.

아우슈비츠, 무젤만 그리고 윤리

증언이 공백을 포함하고 있고, 그러한 공백이 증언의 본질적인 부분을 이루고 있으며, 그리하여 생존자들이 증언할 수 없는 어떤 것을 증언하고 있다는 점이 곧 분명해졌기 때문에 그들의 증언에 주석을 다는 일은 이 공백을 심문하는 일이나 기껏해야 그것에 귀를 기울이려는 일을 뜻했다. 공백에 귀를 기울이는 일이 필자에게는 헛된 것이 아니었다. 그러한 공백은 우선 필자에게 아우슈비츠 이후 '윤리학'이라는 이름으로 개진된 모든 학설을 몽땅 걷어 낼 것을 요구했다. 앞으로 살펴보겠지만 우리 시대가 타당한 것으로 인정할 수 있다고 믿었던 윤리적 원리들 가운데 거의 아무것도 이 결정적인 시험, 즉 아우슈비츠가 드러낸바 그대로의 윤리학이라는 시험을 버텨 내지 못했다. 이 작업을 통해 증언에 대해 그에 합당한 자리를 찾아내고 그러한 주제를 명확히 밝히려는 시도를 하면서 장차 새로운 윤리적 영토를 찾아내 이를 그려 내고자 하는 사람들이 좌표를 확인할 수 있는 몇 개의 이정표를 세웠다면 필자는 노고를 보상받았다고 느낄 것이다.(Agamben, Remnants of Auschwitz 13-4)

조르조 아감벤Giorgio Agamben은 《아우슈비츠의 남은 자들Remnants of Auschwitz》의 기획 의도를 짧게 규정한다. 홀로코스트에 관한 "윤리와 증언에 대한 탐구"가 그것이다. 그에 따르면, 우리는 홀로코스트의 "윤리적이고 정치적인 의미"를 잘못 이해하고 있다. 그에 대한 "온전한 이해라고 할 만한 것을 결여하고 있을 뿐만 아니라 가해자와 피해자의 행위의 의미와 이유"조차도 "난해한 수수께끼"로 남아 있다는 것이다(RA

11). 따라서 앞선 이론가들의 전철을 열심히 쫓는 것은 그에게 큰 의미가 없다. 오히려 아우슈비츠 이후 "'윤리학'이라는 이름으로 개진된 모든 학설을 몽땅 걷어 내"고 새로운 관점에서 "새로운 윤리의 영토"를 찾아내야 한다. 그런 의미에서 아감벤에게 프리모 레비Primo Levi는 이 새로운 영토의 개척자이다. 그에게 있어 레비는 아우슈비츠에서 "유례없는 발견"을 통하여, "새로운 윤리의 원소"를 분리해 내고 이 "새로운 윤리적 물질"로 아우슈비츠를 사유했던 최초의 인간이다(RA 21). 레비가 발견한 이 새로운 영토는 다름 아닌 죽음의 수용소 그 자체이며 이 공간을 그는 "회색지대gray zone"라 명명한다. 그리고 그가 이 회색지대에서 발견한 새로운 윤리적 물질이 바로 "무젤만Muselmann/Muselmänner"[1]이라 지칭되는 존재들이다.

아감벤과 레비에게 있어 "회색지대"는 "주인과 하인의 두 영역을 나누는 동시에 연결하는, 경계가 불분명한" 따라서 "우리의 판단 욕구를 혼란시키기에 충분한 것을 안에 품고 있"는 지역이다(레비, 《가라앉은 자》 46). 다시 말해 모든 윤리적 판단이 유보되는 공간이다. 이러한 전前 윤리적 공간 속에, 오로지 죽음과 죽음의 공포만이 횡행하는 그 공간 속에, "끊임없이 교체되면서도 늘 똑같은, 침묵 속에 행진하고 힘들게 노동하는 익명의 군중"이 존재한다(《이것이 인간인가》 136). 그들은 아우슈비츠의 공포 그 자체이자, 삶 속에 죽음을 체현하는 '생중사生中死'의 존재들이며, 오로지 살아 있다는 생물학적 사실을 통해서만 인간의 범주에 포함될 수 있는 인간이다. 한마디로 말해서 그들은 인간임과 동시에 비인간이다. 아우슈비츠의 수감자들은 그들을 무젤만이라 부른다. 무젤만이 동료

---

[1] 레비에 따르면 "무젤만"은 수용소 수감자들 사이에서 사용되던 은어로 일반적으로 심각한 영양불균형으로 인하여 정신적·육체적으로 나약해진 부적응자들을 지칭한다. 이 말의 축어적 의미는 '이슬람교도'이지만 이에 내재된 인종주의적 함의로 인하여 이 글에서는 원어 발음 그대로 "무젤만"이라고 지칭하고자 한다.

수감자와 수용소 밖의 사람들에게 전하는 잔인한 소식은 한 가지다. 인간이 "상상을 초월할 정도로 존엄과 품위를 잃을 수 있다는 것, 가장 극단적인 전락 속에서도 그 안에는 아직 생명/삶life이 존재한다는 것"이다(RA 69). 이는 곧 존엄성을 가진 정치적·사회적 존재로서의 인간과 생물학적 존재로서 생명을 가진 존재가 분리될 수 있음을 의미한다. 그러기에 레비는 질문하고 있는 것이다. "이것이 인간인가?" 즉, 인간이 기본적인 존엄성을 상실했을 때, 순수하게 삶과 죽음이 현현되는 장소로서의 몸만을 가지고 있을 때, 그들은 인간이 될 수 있는가?

선과 악, 명예와 존엄성 등과 같은 전통적인 윤리 범주들은 무젤만이 제기하는 이 질문에 답하지 못한다. 그들은 인간 밖의 인간, 윤리 밖의 인간이기 때문이다. 즉, 그들은 전통적인 윤리의 외부에 존재한다. 아감벤이 주목한 것은 바로 무젤만이 상징하는 이러한 윤리적 외재성이다. 이 외재성은 무젤만이 선과 악의 문제를 초월한 존재임을 의미하는 것이 아니다. 그것은 초월자의 영역이다. 무젤만은 윤리 이전에 존재한다. 그들은 인간보다 못한 인간이기 때문이다. 따라서 아감벤에게 그들은 "선과 악의 문제와 더불어 전통적인 윤리학의 물질들"의 윤리성을 시험할 수 있는 가장 근원적인 시금석이자 그 물질들이 "용융점에 이르게 되는 회색의 부단한 연금술"의 시발점이 된다(RA 21). 다시 말해, 무젤만은 인간의 "존엄성이 끝나는 지점에서 시작되는 어떤 형태의 생명/삶의 윤리의 문턱"에 존재하며 새로운 윤리의 영토의 "문턱을 지키는 문지기"가 되는 것이다(69).

결국 아감벤이 기획한 새로운 윤리의 영토 건설은 무젤만을 망각으로부터, 전통적인 윤리의 범주로부터, 그리고 아우슈비츠에서 탄생한 근대 생명정치의 패러다임으로부터 구원하려는 시도라 할 수 있다. 이 글에서는 아감벤이 기획한 이 윤리의 영토에 포함된 몇 개의 이정표를 점검하며 이 영토 속에 포함된 공백의 지점을 탐색해 보려 한다. 이는 무젤만과 증언 그리고 윤리의 관계에 대한 검토이며, 아감벤의 생명정치 이론에 대한 다소 비판적인 검토가 될 것이다.

무젤만과 증언의 윤리

프리모 레비는 1947년에 출판된 《이것이 인간인가Se questo e un uomo》에서 처음 무젤만을 언급한다. 당시의 그에게 무젤만은 큰 관심의 대상은 아니었다. 단지 공포의 대상이었다. 그러했기에 그 역시 그들로부터 눈을 돌렸다. 마치 고르곤의 얼굴인 양, 단테가 연옥에서 발견한 죄인의 얼굴인 양. 그리고 그들에 대한 기억을 이렇게 진술한다.

> 얼굴 없는 그들의 존재가 내 기억 속을 가득 채우고 있다. 우리 시대의 모든 악을 하나의 이미지로 형상화할 수 있다면, 나는 내게 친근한 이 이미지를 고를 것이다. 고개를 숙이고 어깨를 구부정하게 구부린, 뼈만 앙상한 한 남자의 이미지이다. 그의 얼굴과 눈에서는 생각의 흔적을 찾을 수 없다. 《이것이 인간인가》 136)

그에게 있어 무젤만은 "수없이 많고 험하고 가파르며 실제로 있을 것 같지 않"은 구원의 길을 포기하고 "죽음으로 이르는 (…) 단 하나의 드넓은 길"을 선택한 자들이며(137), "죽음을 이해하기에는 너무 지쳐 있기 때문에" 죽음을 두려워하지 못했고, 그래서 그들의 죽음을 인간의 죽음이라 부를 수 없는 그러한 존재들이었다(136). 그러했기에 레비는 그들에게 딱히 연민과 동정을 느껴야 할 이유도, 그 어떤 윤리적 책임감을 느껴야 할 이유도 찾지 못한 듯하다. 그들은 시대의 모든 악을 하나로 표현하고 있는 이들에 불과했던 것이다.

하지만 그가 자살을 선택하기 바로 전해인 1986년에 출판된《가라앉은 자와 구조된 자Sommersi e i Salvati》에서 레비는 밀린 숙제를 하듯 무젤만을 다시 찾는다. 아우슈비츠에서 자신의 생존만을 위해 애써 눈길을 피했던 바로 그 지점으로 말이다. 그리고 이렇게 말한다.

'다른 사람 대신에, 다른 사람을 희생하여 내가 살아 있는 것일 수도 있다. 다른 사람의 자리를 빼앗은 것일 수도, 그러니까 사실상 죽인 것일 수도 있다.' 라거의 '구조된 자들'은 최고의 사람들, 선한 운명을 타고난 사람들, 메시지의 전달자들이 아니었다. 내가 본 것, 내가 겪은 것은 그와는 정반대임을 증명해 주었다. 오히려 최악의 사람들, 이기주의자들, 폭력자들, 무감각한 자들, '회색지대'의 협력자들, 스파이들이 살아남았다. 확실한 원칙은 아니었지만 (…) 그래도 원칙이었다. 나는 물론 내가 무죄라고 생각하고 있었지만, 구조된 사람들 무리에 어쩌다 섞여 들어간 것처럼 느꼈다. 그래서 내 눈앞에서, 남들의 눈앞에서 끝없이 스스로를 정당화하려고 애쓰고 있다고 느꼈다. 최악의 사람들, 즉 적자適者들이 생존했다. 최고의 사람들은 모두 죽었다. (레비,《가라앉은 자》 97)

이로써 그가 왜 돌연 자살을 선택할 수밖에 없었는지 명료해진다. 아우슈비츠를 탈출한 그 이후부터, "험하고 가파르며 실제로 있을 것 같지 않"은 구원의 길을 선택한 이후부터, 그를 괴롭힌 것은 수치심이었고 죄책감이었다. 그리고 그 죄책감의 근원에 바로 무젤만이 있었다. 살아 있지만 죽은 자 혹은 죽을 수밖에 없었던 자들이라 여겨졌던 무젤만이, 삶을 향한 용기를 상실했거나 그 "용기에도 불구하고 죽은 것이 아니라 자신들의 용기 때문에 죽은 것"이라는 역설적 상황의 발견은, 전통적인 생존자와 무젤만 사이의 관계를 역전시킨다(《가라앉은 자》 98). 생존자는 인간이기를 포기했기에 생존했고, 무젤만은 인간의 존엄성을 지키고자 했기에 죽은 것이다. 이는 곧 생존자의 생명이 무젤만의 죽음을 대가로, 그들의 인간성을 박탈함으로써 얻어진 것임을 의미한다. 바로 이 지점에서 무젤만과 윤리의 문제는 풀리지 않는 아포리아의 영역으로 침잠한다. 그리고 이것은 홀로코스트 연구 전체와 연관된 핵심적인 문제로 우리를 안내한다.

리사 스키톨스키Lissa Skitolsky는 홀로코스트 증언과 무젤만을 둘러싼 이 윤리적 아포리아의 영역 속에서 세 가지 다른 철학적 입장을 구별해 낸다. "구원의 논리logic of redemption", "허무주의nihilism", 그리고 "나르시시즘"이 그것이다(75). 스키톨스키에 따르면, 이는 각각 홀로코스트 증언의 가치에 대한 입장이기도 하지만 동시에 이와 연관된 윤리의 문제를 대변하기도 한다. 그리고 이 세 입장 간의 차이가 명확해지는 지점에 위치하는 것이 바로 무젤만이다. 즉, 무젤만을 어떤 방식으로 대하느냐에 따라서 홀로코스트의 재현과 그와 연관된 윤리적 입장이 변한다는 것이다.

먼저 "구원의 논리"는 전통적인 서구 휴머니즘과 이를 기반으로 한 윤리적 입장을 대변한다. 그들에게 있어 홀로코스트는 인간성을 황폐화하려는 시도로서 생존자의 증언은 인간 본성의 궁극적 승리를 입증하는 증거가 된다. 빅토르 프랭클Victor Frankl이나 브루노 베텔하임Bruno Bettelheim 같은 학자가 이 진영에 속한다. 이들이 주장하는 바는 명료하다. 수용소의 평균적인 수감자들은 자신에 대한 "믿음"과 삶에 대한 "희망" 그리고 삶에 대한 "의지"를 확고하게 지켜 나갔다면 생존의 기회를 충분히 확장시킬 수 있었다는 것이다(77). 즉, 개인의 능동적 힘과 도덕적 확신이 있다면 누구든 죽음의 수용소를 지배하던 비인간화의 논리에 저항할 수 있었으며 또한 생존할 수 있었으리라는 주장이다. 예를 들어, 베텔하임은 이렇게 말한다. "오로지 능동적인 사고만이 수감자가 살아 있는 시체(무젤만)가 되는 것을 막을 수 있었고, 그들은 생각과 희망을

포기했기에 죽을 수밖에 없었다."(Bettelheim 293, 재인용 Skitolsky 77)

　이러한 논리 속에서, 홀로코스트로부터의 생환은 우연이 아닌 인간 의지의 결과물이 된다. 선을 향한 의지, 생명을 향한 의지, 진실을 향한 의지의 결과인 것이다. 따라서 여기에는 두 가지 종류의 사람만이 존재한다. 선한 자와 악한 자, 인간임을 포기하지 않은 자와 인간임을 포기한 자, 산 자와 죽은 자, 그리고 인간과 무젤만이다. 이로써 무젤만은 인간의 영역에서 영원히 추방된다. 아니 추방되어야만 한다. 그들은 죽음으로부터 돌아와서는 안 된다. 그래야만 인간의 전통적인 도덕적 가치를 지킬 수 있기 때문이다. 결국 "아우슈비츠에서 인간의 정신적 가치를 지킬 수 있는 유일한 길은 인간 공동체의 영역에서 무젤만을 배제하는 것이며, 인간에 대한 신뢰를 유지할 수 있는 유일한 방법 역시 도래할 인간의 공동체로부터 무젤만을 배제하는 것이다."(Skitolsky 79) 이런 의미에서 보면, 스키톨스키가 명명한 "구원의 논리"는 아이러니를 자아낸다. 그들의 논리는 구원의 논리가 아닌 배제의 논리가 될 수밖에 없기 때문이다.

　스키톨스키에 따르면, 구원의 논리에 정반대편에 서 있는 입장은 바로 허무주의적 관점이다. 장 아메리Jean Améry와 로렌스 랑거Lawrence L. Langer, 모리스 블랑쇼Maurice Blanchot가 이 진영에 속한다. 그들에게 홀로코스트 생존자의 증언은 그 어떤 것도 증언하지 못한다. 그들의 증언은 "인간의 정신이나 우리의 도덕적 개념의 중요성을 입증하는 증거가 아닌 그것의 극단적 파괴"만을 표시할 뿐이다(79). 홀로코스트가 도덕적 세계의 근간뿐 아니라 세계를 설명하고 재현할 수 있는 근원적 토대마저 박살내 버렸기 때문이다. 따라서 홀로코스트에 대해 우리가 할 수 있는 유일한 반응은 이해불가능성과 재현불가능성을 인정하는 것뿐이다. 예컨대, 랑거는 수용소 수감자들의 삶을 한마디로 요약한다. "선택 없는 선택"의 삶이다(Langer 9, 재인용 Skitolsky 80). 이러한 삶 속에서 인간은 결코 도덕적 행위의 주체가 되지 못한다. 게다가 증언이 증언하는 것은 과거의 완전한 복원의 불가능성뿐이다. 수용소 삶에 대한 그들의 기억은 따라서 필연적으로 분열될 수밖에 없다. 그러한 분열된 자아를 정직과 진실 같은 전통적인 도덕적 관념에 따라 판단하는 것 역시 불가능하다. 그러하기에 그로부터 인간의 의미를 구원하려는 모든 시도는 무의미한 것이 되고 만다.

증언에 대하여 허무주의적 입장을 취하는 학자들이 무젤만에 대하여 취하는 입장은 두 가지 연관된 태도로 나뉜다(Skitolsky 80). 하나는 무젤만의 존재를 무시하는 것이고, 또 하나는 우리와 그들 사이에 단절을 강조하는 것, 즉 과거 그들의 고통을 현재의 우리는 절대 이해할 수 없다는 것이다. 아메리는 희생자에 대한 사유로부터 무젤만을 완전히 배제시켜야 한다고 주장한다. 무젤만은 단순히 "비틀거리는 시체이며 마지막 단계의 신체적 기능을 가지고 있는 덩어리"에 불과하기 때문이다. 무젤만에 대한 이런 무시는 사실상 홀로코스트에 대한 이해불가능성을 반영한다. 우리가 홀로코스트에 대해 논리적이고 역사적인 설명을 구축하고자 하는 순간, 왜 무슨 이유로 그토록 많은 사람들이 상상도 할 수 없는 고통을 받아야 했는지 제대로 이야기하지 못한다. 무젤만은 바로 그러한 이해불가능성과 재현불가능성의 중심에 존재한다. 즉, 무젤만은 홀로코스트 희생자의 표본인 것이다. 따라서 무젤만을 설명하려는 모든 시도는 홀로코스트 전체를 설명하려는 시도와 다름 아닌 것이다.

이러한 태도에 내재된 윤리적 함의에 대해 스키톨스키는 별다른 부연설명을 가하지는 않는다. 하지만 한 가지 반드시 문제 삼아야 할 것이 있다. 이는 이 허무주의적 시각이 궁극적으로 나치 친위대의 의도와 교묘하게 겹쳐지기 때문이다. 예를 들어, 프리모 레비는 나치 친위대 병사가 포로들에게 던진 냉소적 농담을 《가라앉은 자와 구조된 자》의 서문에 다음과 같이 기록한다.

이 전쟁이 어떤 식으로 끝나든지 간에, 너희와의 전쟁은 우리가 이긴 거야. 너희 중 아무도 살아남아 증언하지 못할 테니까. 혹시 누군가 살아 나간다 하더라도 세상이 그를 믿어 주지 않을 걸. 아마 의심도 일고 토론 도 붙고 역사가들의 연구도 있을 테지만, 확실한 건 아무것도 없을 거야. 왜냐하면 우리가 그 증거들을 너희와 함께 없애 버릴 테니까. 그리고 설 령 몇 가지 증거가 남는다 하더라도, 그리고 너희 중 누군가가 살아남는 다 하더라도 사람들은 너희가 얘기하는 사실들이 믿기에는 너무도 끔찍 하다고 할 거야. 연합군의 과장된 선전이라고 할 거고 모든 것을 부인하 는 우리를 믿겠지. 너희가 아니라. 라거의 역사, 그것을 쓰는 것은 우리 가 될 거야.(9-10)

홀로코스트의 절대적 재현불가능성과 이해불가능성에 대한 주장은 유럽의 전통적 윤리 범주와 이성중심주의에 대한 파산선고라 할 수 있 다. 하지만 그들은 홀로코스트의 실질적 고통을 인식의 영역 밖으로 추 방하고 말았다. 이제 홀로코스트 희생자들의 고통은 이해할 수 없는 것 이 되었으며, 이해하려는 모든 시도는 의미 없는 것이 된다. 인식의 영 역 밖으로 추방된 무젤만에게 주어진 것은 영원한 침묵이며, 이해할 수 없는 대상으로서만 인간 인식의 영역 가장자리에 포함될 수 있을 뿐이 다. 그런데 그들에게 붙여진 인식적·윤리적 침묵은 불행히도 나치 친 위대가 원하던 바로 그것이었다. 그 침묵 위에 역사를 쓰는 것은 생존 자도 무젤만도 아닌, 나치가 될 수도 있기 때문이다. 이는 무젤만에 대 한 또 다른 형태의 윤리적 방기가 된다.

무젤만과 우리의 얼굴

구원의 논리라는 인식적·윤리적 폭력으로부터 무젤만을 구원하고 동시에 허무의 공간에 방치된 그들의 시신에 의미를 부여하려는 시도가 바로 아감벤의《아우슈비츠의 남은 자들》이라 할 수 있다. 아감벤이 이 책의 서문에서 "어떤 사람들은 너무나 많은 것을, 너무 쉽게 이해하려고 한다. 그들은 모든 것에 대한 설명을 갖고 있다. 또 어떤 사람들은 이해를 거부한다. 그들은 그저 값싼 신비화만을 제공한다."고 썼던 이유가 바로 여기에 있다(15). 그는 이 양극단 사이에서 새로운 윤리의 영토를 만들어 내고자 시도했던 것이다. 스키톨스키는 이런 아감벤의 시도를 무젤만에 대한 "나르시시즘"적인 태도로 정의한다. 그 이유에 대해서는 추후에 다시 돌아오기로 하고 일단《호모사케르Homo Sacer》부터 이어지는 생명정치와 증언의 윤리에 대한 아감벤의 생각을 짧게나마 정리해 보자.

《호모사케르》에서 아감벤은 인간 존재의 두 층위로서 조에zoe 혹은 "벌거벗은 생명bare life"과 "정치적 삶"으로서의 비오스bios를 구별한다. 조에는 생물학적 영역으로 "살아 있음이라는 단순한 사실"을 지칭하는 반면, 비오스는 인간의 문화적이고 정치적인 영역으로 "어떤 개인이나 집단의 특유한 삶의 형태나 방식"을 가리키는 것이라 할 수 있다(1). 아감벤에 따르면, 고대 그리스시대 이래로 조에는 정치적 삶의 영역에서 분리되어 가정의 영역으로 한정되었으며 오직 포함적 배제의 형식을 통해서만 비오스의 영역, 즉 정치적 삶의 영역에 포함될 수 있었다. 아감벤은 이 과정을 로고스logos와 포네phone의 관계와 연결시킨다. 인간이 로고스, 즉 언어를 획득함과 동시에 포네는 언어의 영역에서 배제되지만 포네가 완전히 사라지는 것은 아니다(8). 그것은 여전히 그 자리에 남아 소음과 비명과 같은 비언어적 요소로 언어 속에 포함되는 것이다. 그리고 여기에서의 언어는 단순히 의사소통의 도구가 아니다. 그것은 사유와 판단의 수단이 된다. 즉, 비오스는 로고스와 언어에 기반한 삶이며 따라서 정치적·문화적 삶은 필연적으로 언어적 구성물이 된다. 인간은 말하는 동물이 됨과 동시에 자신의 동물성을 삶의 영역에서 배제시킨 것이다.

《호모사케르》에서 아감벤이 규명하고자 했던 것의 핵심은 벌거벗은 생명의 포함적 배제라는 고대사회의 구성원리가 근대 생명권력의 핵심에 존재한다는 사실이다. 아감벤은 자신의 논리를 푸코의 "생명정치" 개념과 결합시키며 이를 나치 독일의 국가사회주의의 통치 원리를 설명하는 데 사용한다. 생명정치는 건강과 여가, 노동과 같은 인간의 일상적인 자연적 삶을 권력의 통제 하에 두는 것을 의미한다. 전통적인 주권권력은 "죽이거나 살게 놔둔다(to make die and to let live)"는 원칙을 통해, 즉 죽일 수 있는 권리를 주장함으로써 작동했다고 한다면, 근대의 생명권력은 "살리거나 죽게 놔둔다(to make live and to let die)", 즉 생명에 대한 배려의 특권화라는 원칙을 통해 작동한다(RA 155). 푸코는 이런 권력 작용 방식의 변화를 이렇게 설명한다. "주권권력을 상징하는 고전적인 죽음의 권력은 몸에 대한 행정적 통제와 생명에 대한 정밀한 관리에 의해 조심스럽게 대체되고 있다"(Foucault 139-40). 푸코가 이야기한 "몸에 대한 행정적 통제"가 바로 아감벤이 말하는 벌거벗은 생명의 포함적 배제라 할 수 있다. 이제 생명이 정치의 대상이 된 것이다. 아감벤에 따르면 생명의 정치 대상화가 극단적인 형태로 나타난 것이 나치의 죽음의 수용소이다.

수용소는 일반적 시민사회에 대한 "예외상황"으로 기능한다. 예외상황은 "규범적 법질서의 토대와 정의를 가능케 한다"(RA 48). 그것은 법질서 내부에서 법의 외부를 설정해 줌으로써 법이 존속할 수 있는 토대를 제공해 주는 것임과 동시에, 법의 내부에 법이 아닌 것을 포함함과 동시에 배제함으로써 법의 유예지점 혹은 법의 공백지점을 마련해 준다. 이러한 예외상황의 전범적 공간이 바로 나치의 유대인 수용소라 할 수 있다. 이 수용소는 예외상황이 일상이 되고 규범이 될 수 있는 공간을 열어 준다. 다시 말해 수용소에서는 예외가 상례가 된다. 수용소의 수감자들은 법의 이름하에 감금되었지만 법의 보호 외부에 존재한다. 그곳은 법에 의해 법이 유예되는 공간이기 때문이다. 즉, 수감자들이 위치하고 있는 곳은 정확하게 예외와 규범, 합법과 불법의 비식별역인 것이다. 바로 이 비식별역 속에 서게 되는 순간, 그들은 정치적 인간에서 법률적 보호를 박탈당한 벌거벗은 생명으로 전락한다(이는 곧 말하고 사유할 수 있는 권리도 박탈당했음을 의미한다.). 하지만 이때의 벌거벗은 생명은 단순 조에의 상태를 의미하지는 않는다. 조에는 법 이전의 상태이다. 반면 벌거벗은 생명으로서의 수감자들은 법률 속에 배제적인 형태로 포함된 조에다. 즉, 그들은 조에와 비오스 사이에 사로잡힌, 정치적 삶과 자연적 생명 사이의 림보 공간에 포획된 존재들인 것이다. 이런 벌거벗은 생명의 가장 극단적인 예가 바로 무젤만이라 할 수 있다.

아감벤은 무젤만을 "생물학적 연속체에서 격리될 수 있는 최종의 생명정치적 물질"이라고 정의하며 무젤만 너머에는 오직 죽음만이 있다고 말한다(RA 85). 그런 의미에서, 무젤만은 "절대적으로 증언불가능한, 생명권력의 보이지 않는 은신처"가 된다(156). 무젤만은 말하지도 생각하지도 않는다. 아니 그러지 못한다. 그는 인간이 아니지만 그렇다고 자연 생명체도 아니다. 그는 인간성의 내부에 존재하는 인간의 외부이다. 그는 인간과 비인간, 조에와 비오스 사이의 문턱에, 다시 말해, 인간이 "외관상으로는 여전히 인간임에도 불구하고, 인간이길 그치는 그 어떤 순간에" 위치한다(55). 따라서 그는 인간이 존재하기 위한 전제조건이 된다.

그런데 여기에서 아감벤이 풀어 내고자 하는 질문은 무젤만이 인간이냐 아니냐 하는 것이 아니다. 오히려 무젤만의 인간성을 부정하는 것은 "나치 친위대의 평결을 받아들이고 그들의 제스처를 반복하는 것"임을 우리에게 상기시켜 주는 것이다(63). 즉, 무젤만은 일반적인 의미에서의 인간학ethology의 범위 밖에 존재한다. 이 자명한 사실은 윤리학에 대해 의문을 제기한다. 인간을 존엄한 존재로 파악하려는 종래의 윤리학은 무젤만을 인간으로 인식하지도 또 설명하지도 못하기 때문이다. 결국 이 시점에서 아감벤이 요청하는 것이 분명해진다. 그것은 새로운 윤리학이다. 그리고 이 윤리학은 반드시 무젤만을 증언할 수 있어야 한다. 그러므로 무젤만을 증언한다는 것은 존엄의 윤리학의 인식론적 폭력과 그들에 대한 윤리학의 침묵과 결별하는 일이며, 인간 속에 있는 비인간이 말할 수 있도록 하는 일이다. 하지만 비인간을 증언한다는 것은 인간과 비인간의 경계를 무화시키는 일이며 인간이 비인간이 되고, 비인간이 인간이 되는 과정에 다름 아니다. "증언의 주체는 탈주체화를 증언하는 자"가 되는 것이다(121).

이런 의미에서 증언은 "생명체와 언어, 포네와 로고스, 비인간과 인간을 맞물리게" 하는 일이다. 즉, 증언은 로고스에 무의미를 도입하는 것이며, 언어에 공백을 가져오는 작업이 된다. 따라서 증언은 필연적 역설 속에 놓이게 된다. 증언은 조에와 로고스의 결합이 불가능하다는 것 말고는 아무것도 증언하지 못하기 때문이다. 하지만 아감벤은 이 공백이야말로, 다시 말해 이 "맞물림의 비-장소"야 말로 증언을 가능케 하는 장소라고 주장한다(130). 왜냐하면 "인간은 인간의 비-장소에, 생명체와 말(=로고스) 사이의 어긋난 맞물림 속에 실존"하기 때문이다(134). 게다가 이 맞물림의 비-장소는 무젤만의 자리이기도 하다. 이는 곧 인간은 무젤만임을 의미한다. 그렇기에 아감벤은 주장한다. "인간은 비인간인 한에서 인간이다." 또는 보다 정확히 하자면 "인간은 비인간을 증언하는 한에서 인간이다."(121)

결국 아감벤이 말하는 윤리는 인간과 비인간 사이의 단절에 저항하는 것이며, 그에게 윤리적 주체란 인간과 비인간 사이의 공백지점에 스스로를 위치시키고 그 공백을 증언하는 자가 된다. 이러한 증언과 윤리의 관계를 니콜라 차레Nicholar Chare는 이렇게 정리한다.

윤리적 주체란 따라서 공백interval과 관계하는 증인이며 이 공백은 바로 관계이다. 그러한 증인은 생명권력이 인간과 비인간을 나누려는 시도에 저항하며, 그들의 증언은 인간과 비인간 어디에도 관계하지 않으며, 단지 그들이 관계 속에 있다는 그 사실과 관계한다. 증언은 그 둘 사이에서 하나를 선택하는 것이 아니며 그 둘 사이에 존재한다. (…)《아우슈비츠의 남은 자들》의 윤리는 따라서 증언을 이러한 관계 속에 위치시키는 것이다. 그러한 증언의 생산은 이 관계의 보존과 함께한다.(48)

나치의 생명권력이 추구하는 것이 크리스테바Julia Kristeva가 비체화 abjection[2]라 명명했던 과정을 통해 무젤만을 인간과 비인간의 이항대립 외부로 추방시키고 인간과 비인간 사이의 관계를 단절시키는 것이라고 한다면, 무젤만은 증언을 이항대립의 부재하는 중간지대, 혹은 인간과 비인간 사이의 비-장소에 위치시킴으로써 그러한 시도를 좌절시킨다. 따라서 증언의 윤리가 궁극적으로 문제시하는 것은 무젤만을 비체화하는 생명권력 그 자체라고 할 수 있다. 이 지점에서 아감벤의 기획은 "윤리와 증언에 대한 탐구"라는 최초 의도를 넘어 생명권력 일반에 대한 비판으로까지 확장된다. 아감벤의 체계 내에서 이러한 이론적 확장은 필연적 결과라 할 만하다. 아감벤에게 나치가 창안한 수용소와 생명정치의 원리가 바로 우리 시대 "정치적 공간의 숨겨진 패러다임"이기 때

---

[2] 유대인의 '비체화'와 관련한 크리스테바의 논의는《공포의 힘Power of Horror》을 참조.

문이다(HS 123). 다시 말해, 히틀러가 "사람 없는 공간"이라고 칭했던 이 죽음의 수용소와 그 지배 원리가 현대사회 전반의 통치 원리로 작동하고 있다는 것이다. 이는 곧 지금의 우리 사회가 "생명정치적 기계"가 되었음을 의미한다. 이 기계는 우리의 사회적 공간을 "절대적인 생명 정치적 공간, '삶의 공간'이자 '죽음의 공간'인 것으로 전화시키는 기계인 바, 여기에서 인간의 삶은 특정 가능한 모든 생명정치적 동일성을 초월한다. 이 지점에 이르면 죽음은 그저 부대현상에 지나지 않는 것이 되고 만다." 그러하기에 이 사회적 기계 속에서 "점차적으로 인민은 인구의 일부가 되고, 인구는 '무젤만'들의 일부가 된"다(RA 84). 우리의 정치적 공간이 인간이 없는 공간, 비인간의 공간, 무젤만의 공간이 되는 것이다. 이렇게 본다면, 무젤만은 우리의 얼굴인 것이다. 바로 이런 이유로 스키톨스키는 아감벤의 무젤만에 대한 접근을 나르시시즘이라 정의한 것이다. 즉, 아감벤은 무젤만의 얼굴 속에서 "현대인의 존재 조건의 근원적 특징"을 발견한 것이다(Skitolsky 85).

실제 무젤만은 어디에?

스키톨스키가 아감벤의 이론적 기획을 "나르시시즘"이라 정의한 것은 분명 아감벤이 무젤만의 얼굴 속에서 보편적 현대인의 얼굴을 보았기 때문이라는 사실에는 이론의 여지가 없을 것 같다. 하지만 이 명명은 의도치 않게 아감벤의 진실 혹은 아감벤의 이론적 공백을 들추어 내는 거울이 된다. 여기에서 다소 뜬금없는 질문을 던져 보자. 아감벤의 철학적 상상력 속에 존재하는 '우리'는 누구일까? 그리고 그 '우리' 속에 이론적 비유와 형상으로서 제시되는 무젤만이 아닌 실제 무슬림 혹은 아랍인도 포함될까?

아감벤은 철학자이자 서지학자로서 모든 단어의 어원을 추적한다. 《아우슈비츠의 남은 자들》에서도 그는 그 의미가 자명해 보이는 말조차 그대로 사용하지 않는다. 그리스 어원과 라틴어 어원을 찾아다니며 그 말의 근원을 발굴하고 인간 사유 구조의 원형을 찾아낸다. 예를 들어, 프리모 레비의 증언에 등장하는 증언의 역설적 구조에 대한 탐색 역시 어원에 대한 분석으로 시작한다. 라틴어 "testis"(제3자 위치에서의 증언)와 "superstes"(사건을 처음부터 끝까지 경험한 자의 증언)에 대한 분석이 그것이다(17).

그런데 언어에 관하여 그토록 치밀했던 아감벤이 가장 핵심적인 용어인 무젤만에 대해서는 아무런 어원적, 역사적 설명도 가하지 않는다. 그가 제시하는 것이라곤 레비의 설명에 따라 그것이 수용소에서 특정 부류의 사람들을 지칭하는 은어였다는 사실과 더불어 "신의 의지에 무조건적으로 복종하는 자"라는 사전적 의미뿐이다(45). 그런 의미에서 아감벤이 "다른 용어들에 대해 세심하게 언어학적이고 어원학적인 설명을 가하면서도 무젤만이라는 말에 대해서는 수용소의 은어라는 설명 이외에 아무런 역사적 배경을 설명하지 않은 것은 놀라운 일이다."라는 질 자비스Jill Jarvis의 주장은 충분히 타당하다(718). 특히나 아감벤은 "우리가 만약 '무젤만'이 누구이고 정체가 무엇인지를 먼저 이해하지 못한다면, 즉 우리가 '무젤만'과 함께 고르곤을 응시하는 법을 배우지 못한다면 아우슈비츠의 본질을 이해하지 못할 것"라고 주장하지 않았던가 (RA 52).

자비스는 무젤만이라는 용어가 탄생한 구체적인 공간적·역사적 맥락을 제시한다. 그에 따르면 이 용어는 수용소의 은어로 사용되기 이전부터 프랑스의 사법적인 용어로 사용되었다(709ff). 1848년 프랑스의 제2공화국 헌법은 알제리를 프랑스에 합병함과 동시에 알제리를 세 부분으로 나누고, 사법적인 측면에서 식민지인들을 두 개의 범주로 구분한다. 첫 번째는 완전한 시민권자이고, 두 번째 범주는 군대 징집과 강제징용, 그리고 수용소 수감 대상자들이다. 이를 통해 알제리의 땅과 자원을 착취하고 재분배할 수 있는 법적 근거를 마련한다. 이후 1865년 프랑스는 알제리의 피식민지인들을 '토착 유대인'과 '토착 무슬림 musulmans'으로 구별하였고, 1870년에는 프랑스 알제리에 있는 3만 명의 토착 유대인에게 프랑스 시민권을 부여한 반면, 1946년까지 토착 무슬림에게는 사법적으로 상당히 애매한 지위를 부여하였다. 또한 제2차 세계대전 기간 중 무젤만은 프랑스제국이 보호하거나 처분해야 할 사람들을 구별하는 용어로 사용되기도 했다. 흥미로운 것은 이 당시 알제리에서 무젤만이라는 용어가 종교나 문화만을 지칭하는 투명한 용어가 절대 아니었다는 사실이다. 이 용어가 무슬림을 번역한 말이기는 했으나 그 말과 완전히 일치하는 것도 아니었다. 즉, 무젤만은 프랑스 제국주의자에 의해 재발명된 인종정치학적 용어였으며, 제국의 영토에서 추방되어야 할 자들에게 붙여진 법률적 이름이었던 것이다.

이러한 사실은 살아 있는 유대인과 '걸어 다니는 시체'로서의 무젤만 사이의 이분법이 나치 수용소가 세워지기 이전부터 이미 시작되었음을 암시한다. 물론 이런 무젤만이라는 말이 어떤 경로로 수용소의 은어로 유입되었는지는 분명하지 않다. 그럼에도 불구하고 중요한 것은, 무젤만이라는 용어가 역사의 외부에서 갑작스레 등장한 것은 아니라는 것이다. 그것은 구체적인 역사적 배경을 가진 말이었다. 그 역사는 다름 아닌 유럽에 의해 자행된 제국주의 폭력, 아프리카에 대한 폭력, 무슬림과 아랍인들에 대한 폭력의 역사이다. 이는 무젤만의 몸이 히틀러에 의한 유대인 대학살의 역사만이 아니라 유럽 제국주의의 폭력의 역사도 함께 기억하고 있음을 의미한다. 그런데 아감벤은 홀로코스트의 폭력만을 기억할 뿐 무젤만에 각인된 또 다른 폭력에 대해서는 철저하게 침묵한다. 물론 그의 침묵이 의도적인 역사의 왜곡이나 누락 혹은 선택적 기억상실증은 아닐 수도 있다. 단순 우연일 수도 있다. 하지만 그의 이론 속에 존재하는 이 공백은 하나의 징후임에는 분명하다. 오리엔탈리즘의 징후인 것이다.

프랑스 제국주의에 대항하여 알제리 민족해방전선에 참여했던 프란츠 파농Frantz Fanon은 《아프리카 혁명을 향하여Toward the African Revolution》에서 아프리카 시인 애메 세제르Aimé Césaire의 말을 인용한다. "그가(20세기의 부르주아 인본주의자가) 히틀러를 용서하지 못하는 이유는 범죄 그 자체 때문이 아니다. 그것은 백인에 대한 범죄였기 때문이다. 그것은 유럽의 식민주의자들이 알제리의 아랍인과, 인도의 쿨리, 아프리카의 니그로들을 위해 마련해 두었던 그 방법으로 유럽인들에게 고통을 주었기 때문이다"(166). 이 말은 아감벤의 침묵에 많은 것을 시사한다. 유럽의 제국주의자들은 식민지 경영을 위해 다양한 통치 방식을 개발했다. 아감벤도 밝히고 있듯이 수용소도 그중 하나였다(HS 166). 나치는 그러한 통치기술을 유럽인을 향해 사용했다. 다시 말해 히틀러는 실제 무젤만을 위해 고안된 폭력적 사회기계를 유럽인들에게 적용하여 유럽인을 무젤만으로 전락시킨 것이다. 이는 아리아인의 민족적 순수성을 강화하려는 의도와는 다르게 유럽과 아시아(혹은 아프리카), 혹은 주체와 타자 사이의 경계를 지워 버리는 결과를 낳았다. 그리고 무젤만은 그 경계의 와해를 표상하는 실질적 희생자이자 그 희생자의 메타포로 유럽인과 아시아인, 주체와 타자, 인간과 비인간의 중간지대에 위치하게 된 것이다. 이렇게 본다면 무젤만이 왜 인간과 비인간의 문턱을 구성하는 존재인지 그 이유가 분명해진다. 그리고 유럽의 부르주아 인본주의 지식인들이 히틀러에 대해 왜 분노했는지 역시 분명해진다.

물론 아감벤은 그러한 부르주아 인본주의 지식인들의 분노에 분노하고 있는 것처럼 보인다. 최소한 표면적으로는 그렇다. 하지만 그 역시 주체 위치의 한계와 유럽중심주의의 한계를 벗어나지 못했다. 그에게 유럽인의 고통은 보였으나 아랍인과 실제 무슬림의 고통은 보이지 않았으며, 히틀러의 생명권력의 폭력은 보였으나, 그보다 더 크고 광범위했던 제국주의의 폭력은 보이지 않았다. 그러했기에 제국주의의 실질적 희생자이자 나치 국가주의 폭력의 희생자였던 무젤만에게서 실질적 희생자의 몸을 삭제하고 오로지 유럽 희생자에 대한 메타포로서의 무젤만만을 보았던 것이다. 동양인의 주검에서 유럽인의 얼굴만을 보았던 것이다. 그런 의미에서 아감벤의 무젤만에게는 무젤만이 없다. 그렇기에 그의 이론적 체계 내에서 무젤만을 증언하려는 그 어떤 증언도 윤리적일 수 없다. 역사적인 의미의 무젤만은 이미 배제되었으며, 그 어떤 제국주의 폭력의 생존자도 증인석에 앉을 수 있는 기회를 부여받지 못했다.

마지막으로 "나르시시즘"이라는 말로 돌아가 보자. 어떻게 보면 무젤만이라는 이름은 고통받는 타자의 요청이 서려 있는 이름이다. 유럽 속의 무젤만은 그 몸과 이름 모두 제국주의 폭력의 결과물이기 때문이다. 아감벤은 그러나 그 요청에 침묵했다. 에코의 부름을 거부하고 자신의 이미지와 사랑에 빠졌던 나르키소스처럼 말이다.[3] 신화 속 에코는 헤라의 저주를 받은 인물이다. 그녀는 결코 타인에게 먼저 말하지 못한다. 오직 타인의 말 일부를 반복할 수 있을 뿐이다. 그녀에게는 언어가 거부된 것이다. 그녀의 말은 오로지 메아리를 통해서만 언어의 세계로 포함될 수 있을 뿐이다. 일종의 포함적 배제인 것이다. 따라서 그녀의 나르키소스를 향한 요청과 욕망은 언제나 증인과 증언을 요구한다. 하지만 나르키소스는 증인이 되길 거부했다. 결국 에코의 몸은 바람 속

---

[3] 에코와 나르키소스의 관계에 대한 포스트콜로니얼리즘적 독해에 대해서는 스피박 Gayatri C. Spivak의 논문 〈에코Echo〉를 참조하라.

에 흩어지고 메아리만 남게 된다. 아감벤에게서 무젤만은 또 다른 에코가 되었다. 아감벤은 실제 무젤만의 욕망과 요청에 대한 증인이 될 수도 있었다. 충분한 기회도 부여받았다. 물론 그의 증언은 무젤만을 증언하지는 못한다. 그러나 그의 증언이 서양과 동양의 이분법과 오리엔탈리즘을 분쇄할 수는 있었다. 하지만 아감벤은 침묵했고, 무젤만은 자신의 몸을 잃고 죽은 유대인의 메아리가 되었다. 결국 증언은 윤리적일 수 있었으나 아감벤은 윤리적이지 않았다.

| 참고문헌 |

프리모 레비, 《가라앉은 자와 구조된 자》, 이소영 옮김, 돌베개, 2014.
_____, 《이것이 인간인가》, 이현경 옮김, 돌베개, 2007.

Agamben, Giorgio, *Homo Sacer: Sovereign Power and Bare Life*, Trans. Daniel Heller-Roazen, Stanford: Stanford UP, 1995.

_____, *Remnants of Auschwitz: The Witness and the Archive*, Trans. Daniel Heller-Roazen, New York: Zone Books, 1999.

Chare, Nicholas, "The Gap in the Context: Giorgio Agamben's Remnants of Auschwitz," *Cultural Critique* 64, 2006.

Fanon, Franz, *Toward the African Revolution*, Trans. Haakon Chevalier, New York: Grove Press, 1967.

Foucault, Michel, *The History of Sexuality: An Introduction*, Trans. Robert Hurley, New York: Vintage Books, 1990.

Jarvis, Jill, "Remnants of Muslims: Reading Agamben's Silence, *New Literary History* 45.4 , 2014.

Kristeva, Julia, *Power of Horror: An Essay on Abjection*, Trans. Leon S. Roudiez, New York: Columbia University Press, 1982.

Skitolsky, Lissa, "Tracing Theory on the Body of the 'Walking Dead': *Der Muselman* and the Course of Holocaust Studies," *Shorfar: An Interdisciplinary Journal of Jewish Studies* 30.2, 2012.

Spivak, G.C., "Echo," *New Literary History* 24 , 1993.

민주주의 증언 인문학

2018년 2월 25일 초판 1쇄 발행

지은이 | 조선대학교 인문학연구원 이미지연구소
펴낸이 | 노경인 · 김주영

펴낸곳 | 도서출판 앨피
출판등록 | 2004년 11월 23일 제2011-000087호
주소 | 우)07275 서울시 영등포구 영등포로 5길 19(37-1 동아프라임밸리) 1202-1호
전화 | 02-336-2776   팩스 | 0505-115-0525
전자우편 | lpbook12@naver.com

민주주의
증언
인문학